동유럽 풍경

동유럽 풍경

펴낸날 2022년 11월 1일

지은이 김종호
펴낸이 주계수 | **편집책임** 이슬기 | **꾸민이** 전은정

펴낸곳 밥북 | **출판등록** 제 2014-000085 호
주소 서울시 마포구 양화로 7길 47 상훈빌딩 2층
전화 02-6925-0370 | **팩스** 02-6925-0380
홈페이지 www.bobbook.co.kr | **이메일** bobbook@hanmail.net

ISBN 979-11-5858-896-0 (03810)

여행 초짜가 주황빛으로 쓴
동유럽 5개국 여행 에세이

동유럽 풍경

김종호

내가 꼭 하고 싶은 일이라면,

서투르게라도 할 만한 가치가 있는 일이다.

– G. K. 체스터튼 –

행복은 자신이 좋아하는 일을 하고, 그것을 하고 싶은 일로 만들고, 하고 싶은 일을 잘 해내며 가족들이 이를 옆에서 잘 지켜봐 주는 것이다.

다양한 창작활동도 좋지만, 많은 사람의 좋은 글을 모으고, 모은 글들을 일목요연하게 정리하면서 세상을 폭넓게 배우고 다른 사람들에게 공감을 줄 수 있는 한 권의 책으로 만들어내는 일을 잘할 수 있을 것 같았다. 또 글을 좋아하기에 언젠가 꼭 한번 하고 싶은 일이기도 했다. 은퇴 후에는 책 쓰기를 통해 지금과는 또 다른 인생을 살아보고 싶었다.

시인 장석주는『이토록 멋진 문장이라면』에서 '베껴 쓰기의 첫 번째 목적은 들뜬 마음을 가라앉히고 마음에 조촐한 기쁨을 얻고자 함이다. 마음에 되새길만한 문장들을 무념무상으로 베껴 쓰는 가운데 마음의 정화와 영혼의 성장을 위한 계기를 발견하기 위함이다. 베껴 써라. 그러면 명문장에 깃든 빛이 당신의 내부를 밝혀 줄 것이다. 그 빛은 치유와 희망의 빛이다'라고 했다.

이처럼 '베껴 쓰기'는 마음을 담은 손으로 글을 옮겨 적으며 자신을 다듬는 일이다. 그리고 그 글을 보고 자신의 감정을 다스리고 감각을 깨워 자신만의 생각을 글 속에 담을 수 있다. 생각을 열어주는 다양한 글을 필사한다는 것은 마음에 조촐한 기쁨을 얻는 일이다.

동유럽 마을 여행을 처음으로 선택한 것은 영원히 변하지 않을 것만 같은 주황색의 풍경과 그곳 사람들이 더 나은 사회를 만들어 좋은 삶을 산다고 생각했기 때문이다.

그들은 어떻게 더 여유로운 사회를 만들어 좋은 삶을 살게 되었을까. 그들은 어떻게 지금까지도 옛 모습을 고스란히 간직할 수 있었을까. 마치 시간이 흐르지 않고 머물러 있는 듯한 동유럽의 오래된 풍경은 어떤 느낌일까. 이런 궁금증에 대해 그곳에 가서 그들이 사는 모습과 살아온 이야기, 그리고 그곳에서만 볼 수 있는 고색창연한 마을풍경을 직접 보고, 듣고, 느끼면서 그 답을 찾고 싶었다.

은퇴는 누구에게나 삶의 리듬이 새롭게 바뀌는 일종의 전환기이다. 33년의 교직 생활을 마무리하며 새로운 삶으로의 변곡점이 주어지는 때이다. 삶의 새로운 장을 펼치며 인생 2막이 시작되는 날인 것이다. 1막의 힘겨움과 아쉬움을 디딤돌 삼아 '나다운 나'로 살아가고 싶다.

당연히 별별 생각들이 많아질 수밖에 없다. 은퇴는 백수가 되는 것이다. 백수에게 가장 힘든 일은 사람과의 만남이다. 사람은 만남을 통해 소통해야 살아갈 수가 있다. 또한, '밥을 먹는 일이 가장 중요한 것이다'라고 했던 누군가의 말이 생각난다. 밥 속에 인간의 희로애락이 들어있기 때문이다. 이 두 사실을 미루어 보면 만나서 밥을 먹는 것을 통해 우정과 지성을 키우고 소통하므로 살아갈 힘을 얻는다.

은퇴라는 인생의 전환기에 들어서서 여행과 글쓰기를 통해 또 다른 세상과도 소통해 보려고 한다. 마음속의 의식과 무의식 사이의 소통을 통해 솔직하고 감동적인 글을 써 보고 그 글을 통해서 진정한 나로 거듭나는 공간을 만들고 그 공간 속에서 가면을 벗고 본연의 나를 찾아가고 싶다.

더 나아가 낯선 마을 여행을 통해 진정한 나와 만나는 즐거움을 얻고 세상의 많은 여행자와 소통해 보고 싶다. 은퇴 이후에 책 읽기, 여행하기, 글쓰기, 그리고 취미생활 따위의 다양한 방법을 통해서 자신의 삶을 바꿀 자유의 시간을 가져본다.

여행을 꿈꾸면 삶이 행복해진다. 누구에게나 여행은 지극히 주관적이고 소중한 경험이다. 언제, 누구와, 어디로 떠났는지에 따라 그 여행의 느낌이 달라진다. 그리고 다녀온 여행은 의미를 부여할 때 완성된다. 여행을 떠나는 나만의 이유와 과정, 그리고 다양한 경험들이 한 편의 기록으로 남겨질 때 비로소 그 여행의 진정한 주인공이 된다고 믿는다. 동유럽 여행을 함께한 아내에게, 그리고 동유럽 도시여행을 꿈꾸는 많은 사람들에게 이 작은 책을 선물하고 싶다.

2022년 9월

오룡산 자락 남악에서 기ㅁ조ㅇ호

차례

여행과 글쓰기는
나에겐 세상과 소통하는 길이고
작은 숲과 같은 휴식 공간이다.

체코

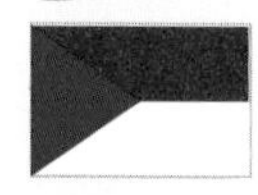

- 프라하
- 체스케 부데요비체
- 체스키크룸로프

오스트리아

- 잘츠카머구트
- 잘츠부르크
- 비엔나

슬로베니아

- 블레드
- 포스토이나

크로아티아

- 오파티야
- 플리트비체
- 자그레브

헝가리

- 부다페스트

동유럽 5개국 여행지도

체코
프라하
체스케 부데요비체
체스키크룸로프
오스트리아
비엔나
잘츠카머구트
잘츠부르크
헝가리
부다페스트
슬로베니아
블레드
포스토이나
크로아티아
자그레브
오파티야
플리트비체

◇ 1일 차 ◇

체코

Czech Republic

첫 번째 동유럽 풍경

동유럽 그리고 여행을 떠나는 날의 소묘(素描)

미국의 소설가 데이비즈 실즈는 자기는 말을 더듬기 때문에 작가가 되었다고 말하면서 '글쓰기는 나쁜 언어를 좋은 언어로 바꿀 가능성을 대변한다'고 했다. 그의 말에 수긍이 간다. 내가 글쓰기를 시작한 이유와 비슷하기 때문이다.

글쓰기는 자신만의 속도로 하고 싶은 말을 하는 안전한 수단이다. 마음에 담고 있는 생각을 정확하게 표현하지 못하는 사람들에게 글쓰기는 자신을 정확하게 표현하는 수단이 된다.

글쓰기는 화내거나 탓하지 않고 남을 이해하는 괜찮은 방법이다. 진흙탕 같은 세상에 뒹굴더라도 연꽃 같은 언어를 피워 올린다면 삶의 풍경은 바뀔 수도 있다는 것, 부족함이 내게 준 선물이다. 그래서 여행에 대한 기록을 남기는 일은 마냥 즐겁기만 했다.

체코 프라하공항의 담백한 풍경

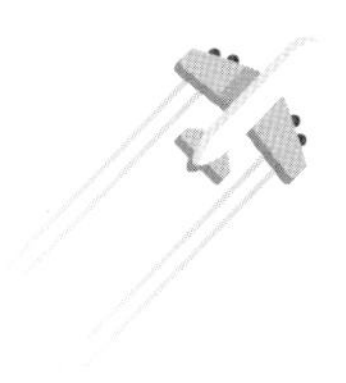

은퇴 이후에 가장 많이 했던 고민은 이렇다.

어떻게 살아야 편안할 수 있을까?

어떻게 하면 익숙한 것과의 결별을 잘할 수 있을까?

가장 나다운 것은 무엇일까?

생각 끝에 얻은 결론은 두 가지이다.

하나는 은퇴 이후에 좋은 삶을 사는 것이다.

좋은 삶은 반드시 즐거운 삶과 일치하지는 않는다. 좋은 삶이란 자기 바깥의 번잡함이나 자신 안의 걱정 따위에 교란당하지 않는 고요하고 평온한 삶이다. 즉 자신들이 가진 욕망이나 필요를 가능한 한 많이 성취하고 충족시키는 데서 즐거움을 찾는 것이 아니라 그 욕망과 필요를 가능한 한 줄임으로써 즐거움을 찾자는 원칙이다. 즉흥적이고 직접적인 즐거움은 어리석은 사람들이나 추구하는 것이다. 사람이 추구해야 하는 것은 삶 전체에 걸친 온화하고 조화로운 즐거움이다. 그런 만큼 욕망을 충족시키는 화려한 치장이 아니라 간결하고 단순함이 우리 삶의 미덕이다. 그러나 이런 쾌락의 원칙은 보통사람들이 따르기에는 너무 고상해 보인다.

에피쿠로스는 쾌락이란 무엇보다도 '정신적인 상태'와 연관되어 있다고 보았다. 그는 적극적인 즐거움과 쾌락의 상태 그 자체가 아니라 고통이 없는 상태, 무엇보다도 고뇌나 공포와 같은 정신적인 고통이 없는 상태를 추구했다. 가끔 술로 인해 즐거움을 얻을 수 있었지만, 그다음에 수반되는 고통은 큰 아픔으로 다가온다.

결국, 과도한 술이나 음식 따위의 섭취는 육체적, 정신적인 고통을 수반하므로 즐거운 삶이 될지언정 좋은 삶의 태도는 아니라는 것이다. 정신적인 고통이 수반되지 않는 모든 것에 중용을 지키는 고요하고 평온한 삶이 내가 앞으로 추구하고자 하는 삶의 태도이다. 어느 한쪽으로 치우치지 않는 삶을 살아간다는 것이 쉽지는 않겠지만, 그 길이 은퇴 이후 '참된 나'를 찾아가는 바른길이라고 믿는다.

둘은 나만의 브랜드를 만드는 일이다.

이 나이까지 살다보니 내 삶은 처음 27세까지는 배우는 시기, 은퇴 이전까지는 직장에서 일하는 시기, 은퇴 이후에는 인생을 덤으로 사는 시기로 나눌 수 있다. 요즘은 은퇴 이후 삶에 대해 생각이 많아진다. 이때는 자유로운 '참된 나'로 성장하는 시기이고, 나무로 보면 열매를 맺어 나눠주는 시기이다. 하지만 체력도, 기억력도 급격히 떨어진다. 이제까지 질주하던 인생의 시동을 끄고 오랜 관성으로 길들어진 삶을 바꿀 전환의 시간이다. 그리고 자신을 성찰할 시간이 필요하다. 누구에게나 어떻게 해야 슬기롭게 이 시기를 맞이할지가 큰 과제가 아닐 수 없다. 은퇴 이후 많은 시간은 건강함을 지켜나가면서 교직 생활 33년의 경험을 정리하는 시간으로 보내고 싶다. 작은 경험이라도 다른 사람들에게 도움을 줄 수 있었으면 하는 바람이다. 이것은 어떻게 보면 내가 살아있는 동안 나에 대한 책임감이 아닌가 싶다.

그 방법의 하나가 좋은 글을 모아 한 권의 책으로 만들어내는 일이다. 좋은 책을 만드는 것은 공부하는 만큼 자기 자신이 발전함은 물론이고, 자신을 가장 확실히 알리는 좋은 방법이다. 즉 자신을 브랜드화할 수 있다. 평범하고 굴곡이 없는 삶을 살아온 사람일수록 책 쓰기는 반드시 필요하다. 그래서 '평범한 사람일수록 책을 써라'라는 말도 있다.

책 한 권이 든든한 은퇴자본이 될 수도 있고, 책 쓰기는 자신의 인생 공부가 될 수도 있으며, 책 전문가로 통하는 자격증이 될 수도 있기 때문이다. 다시 말해 책을 쓰는 일은 자신의 인생을 바꾸는 '자기 혁명'이라고 말할 수 있다. 하지만 그만큼 어렵고 힘든 작업이다. 한 권의 책을 쓰기 위해서는 그 분야의 책 100권 정도는 독파해야 감을 잡을 수 있다고 하니 얼마나 피나는 땀과 노력의 대가인지 짐작해 볼 수 있다.

처음으로 선택한 은퇴 여행은 동유럽여행이고, 여행을 다녀와서 가장 먼저 하고 싶은 일은 그 여행에 대한 기록을 남기는 것이다. 여행을 통해서 그리고 여행에 대한 기록을 통해서 변곡점에 들어선 내 삶에 평온함을 찾을 수 있을 것만 같았다.

은퇴하고 두 달 만에 길고 먼 외출을 한다. 새벽 4시에 일어나 마지막 점검을 했다. 우리 부부가 함께 오랜 시간 집을 비워 본 적이 없어서인지 긴장이 된다. 3월부터 계획을 세우고, 동유럽에 대한 환상에 가슴이 설레었고, 마음이 들떠 있었던 기억들이 서서히 집을 나서면서는 빈집에 대한 걱정으로 변해간다. 모든 것이 괜한 걱정이거나 필요 없는 두려움으로 인해서 생기는 인간적인 고뇌이다. 놓아버리면 편안해지는 것들인데 떠나는 순간까지 놓아버리지 못함으로 인해 생긴 사소한 갈등이 아닌가 싶다.

고속버스가 서서히 움직인다. 길고 긴 여행이 시작되는 순간이다. 지그시 눈을 감고 '별일 없겠지…' 스스로 최면을 걸면서 걱정을 잊으려고 애쓴다. 정오에 출발하는 프라하발 비행기를 타기 위해 새벽부터 바쁘게 움직인다. 동유럽여행은 멀고도 고된 여행이 될 것을 암시한다. 여행은 결과보다는 과정이 중요하고 비록 힘들지만, 값어치 있는 경험이다. 모든 것들은 과정을 통해 결과를 얻어낸다. 사람들은 결과만을 중시하고 결과만 바라보고 평가를 하지만 사실은 과정을 통해 인생이 한 걸음 더 발전하고 진보할 수 있다는 것을 알아야 한다. 결과는 짧지만, 과정은 길다. 자신을 바라보게 하고 자신을 깨닫게 하고 자신을 비우게 한다. 그래서 결과보다는 과정을 중시하는 사회의 기초가 튼튼하고 건실하다. '빨리빨리'의 우리 사회도 조금은 변했으면 하는 바람이다.

인천공항에 다다랐다. 공항은 언제나 마음을 설레게 하는 곳이다. 처음은 아니지만 오랜만에 와보는 인천공항은 올 때마다 생경한 장소처럼 느껴진다. 공항은 변화가 빠르고 모든 시설이 첨단을 걷고 있다. 공항의 매력은 다양한 사람들의 집합체처럼 보인다는 것이다. 그리고 그 집합체가 터미널 천장에 줄줄이 매달려 비행기의 출발과 도착을 알리는 모니터

화면을 통해 일사불란하게 움직이고 있다. 누구도 안내하지 않는다. 스스로 화면에 쉬지 않고 나타나는 안내문을 따라 이동한다.

안내판의 깜빡거리는 커서의 초조한 박동은 일견 단단히 굳어 버린 듯한 우리의 삶이 얼마나 손쉽게 바뀔 수 있는지를 보여주는 듯하다. 도착해서 가장 먼저 한 일은 탈출할 준비를 하는 것이다. 스마트폰 로밍을 하고, 화폐를 바꾸는 환전을 하고, 대략 준비를 끝낸 다음 모임 장소에 가서 주의사항을 듣고, 여행 가방을 미리 수화물로 부친 다음에야 마음의 여유를 찾았다.

우리는 마음이 느긋해지자 공항 터미널을 한 바퀴 빙 둘러본다. 은퇴하고 처음으로 가는 여행이라서 그런지 마음이 더 자유롭다. 직장인과 자유인의 차이가 확연히 다른 느낌이다. 직장생활을 하면서는 무언가 모르게 내가 구속받고 있다는 느낌이었다면 한결 그런 기분에서 벗어나 여유로운 느낌이다. 평소에는 한 번도 구속당했다고 생각해보지 않았지만, 생각해보면 삶 자체가 구속이었던 모양이다. 어쩌면 사는 것, 그 자체가 매일매일 속박을 당하고 있는 것이 아닐까 한다. 비행기를 타기 위해서는 많은 절차를 통과해야 한다. 비행기 표를 확인하고, 검색대를 통과하고, 여권의 확인절차를 통과해야 비로소 비행기를 탈 수 있다.

공항에는 공항이면서도 공항과 또 다른 세상이 있다. 공항보다 더 화려한 곳, 마치 대도시의 중심거리를 방불케 하는 면세점들의 거리가 그런 곳이다. 상점 수보다 관광객들이 더 많은 거리, 소비자본주의 욕망의 극치를 보여주는 곳이다. 누구든 그곳에 들어서면 자연스럽게 욕망이 꿈틀거리는 곳이다. 면세점 거리를 움직일 때마다 욕망도 함께 출렁거린다. 스탠리 쿠니츠는 '삶의 원동력은 무엇일까? 첫째도 욕망, 둘째도 욕망, 셋째도 욕망이다'라고 했고, 팔만대장경에서는 '욕심은 수많은 고통을 부르는 나팔이다'라고 했다. 누구나 마음속에는 소유하고 싶다는 욕망의 싹과 자제하자는 감정의 싹이 동시에 자라난다. 결국, 우리네 삶은 욕망과 자제의 치열한 감정싸움이다. 이때 좋은 삶이란 둘 사이의 조화, 즉 '절제의 미덕'이 필요하다. 어느 한쪽으로 치우치지 않는 바른 생활이 절제의 행복이다. 하지만 말처럼 쉽지가 않다.

19번 Gate에서 비행기를 기다린다. 창밖으로 우리를 체코의 수도 프라하까지 태워줄 비행기가 대기하고 있다. 넓은 세상의 상징으로 그 안에 자신이 건너온 모든 땅의 흔적을 담고 있는 비행기이다. 우리를 태우고 갈 비행기 안에는 프라하의 흔적도 들어있을 것이다.

프라하 하면 2가지가 생각난다.

'프라하의 봄'이라는 말이 가장 먼저 떠오른다. 체코 출신의 작가 밀란 쿤데라의 소설 『참을 수 없는 존재의 가벼움』을 영화화한 〈프라하의 봄〉이다. 1980년대에 국내에서 개봉한 이 영화는 '사회주의 치하에서 겪어야 했던 지식인의 좌절'을 그린 영화이다.

또 하나는 프라하뿐 아니라 동유럽 하면 중세풍의 작고 아기자기한 파스텔톤의 예쁜 집들과 주홍빛 지붕들의 물결이 너무 예쁘다는 것이다. '건축박물관'으로 불리는 동유럽 중세시대의 왕궁이며 성당, 다리, 그리고 마을거리를 이루는 낯선 건물을 보고 싶다. 비행기가 중세의 도시, 중세의 마을, 중세의 거리, 중세의 성(城), 그리고 중세의 성당으로 데려다 줄 것이다.

안내방송이 나오고 19번 Gate가 열린다. 문 앞에는 프라하발 비행기가 낯선 나라, 낯선 장소로 데려다주려고 기다리고 있다. 누군가는 '우리 사회에 대한 환멸이 자신에 대한 환멸이고, 자신이 느끼는 피로가 곧 우리 사회에 대한 피로라면, 그 환멸과 피로는 자신과 우리 사회로부터 가능한 한 멀리 감으로써 떨쳐 낼 수 있을지도 모른다'라고 했다. 공항은 내가 나에게서 가장 멀어질 수 있는 장소이다. 그러면 매일 반복되는 생활의 환멸과 피로에서 나를 구원해 낼 수 있는 장소가 되는 것이다.

비행기에 오르는 순간부터 답답함이 밀려온다. 이코노미석은 좌석이 너무 좁고 사람은 많아 오랜 시간 비행하기에는 불편하다. 물론 비용절감을 위해서는 그 좌석을 예약할 수밖에 없다. 짧은 거리의 여행은 견딜 만한데 유럽 같은 반나절의 긴 여행시간은 이용객들을 고통스럽게 만든다. 공항을 이륙한 비행기는 서해를 넘어 중국, 몽골, 러시아 상공을 지나고, 우랄산맥을 넘어 모스크바, 폴란드, 그리고 체코의 프라하공항에 도착할 것이다. 비행시간은 무려 11시간이 좀 넘는다. 시속 800~900km로 나는 비행기라면 비행 거리가 1만km가 넘는다는 것이다. 옛날 같으면 배로 몇 달을 가야 할 거리다. 하지만 비행기의 발달로 빠르게 갈 수 있으니 다행이다.

다행히 오고 갈 때 운이 좋았다. 갈 때는 우리에게 배정된 좌석은 52B와 C이다. 오른쪽 창문에 배열된 좌석은 A, B, C인데 다행히 A석에는 손님이 없어 조금은 편하게 여행을 할 수 있었고, 올 때도 왼쪽 창문에 배열된 좌석 42H, J인데 K석이 비어 있어서 비즈니스석 같은 이코노미석에서 두 번 연속으로 편하게 오가는 행운을 누렸다. 모든 게 감사한 마음이 들었다.

이것은 마음대로 할 수 있는 일은 아니다. 이번 여행에서 아내의 기도가 통했는지도 모른다. 아내가 미국 아들 집에 다녀오면서 너무 힘들어서 그런 기대를 해 보았단다. 그런데 그것이 정말 실현될 줄이야. 작은 행운이지만 오고 갈 때 모두 이코노미 좌석이 하나씩 비어 있었다.

우연의 일치일까? 아니면 간절함의 힘일까?

그것이 무엇이든 '지금 이 순간' 작은 행운이 왔다. 이런 작은 행운을 보통 '동시성(synchronicity)'이라는 말로 표현한다. 다시 말해 우연을 가장한 의미 있는 일치이다. 보통 종교인들이 흔히 말하는 '간절히 바라면 이루어진다'라는 신의 은총을 의미한다. 옆 좌석에 손님이 없었으면 하고 간절히 원했는데 정말 바라는 대로 되었다. 생각하지도 못한 일이 우연히 일어난 것이다. 경이로운 마음으로 세상의 일들이 펼쳐지는 것을 바라볼 때 두려움과 걱정은 사라진다. 우리는 우리를 둘러싼 우연의 일치를 알아차리고 아주 사소한 일에도 어떤 의미가 있음을 깨닫는다.

이런 우연의 일치에 의도적으로 주의를 집중할 때 자신의 삶에서 특별한 결과를 창조할 수 있음을 발견한다. 우리는 우주에 있는 모든 사람, 모든 것들과 연결되고 우리를 하나로 묶어주는 정신을 인식한다. 우리는 내면 깊은 곳에 감추어진 경이로운 모습을 드러내고 새롭게 발견한 장관을 보며 기뻐한다. 우연의 일치를 알아볼 때 우리는 자신의 운명을 끝없이 창조적으로 만들어 간다. 그렇게 해서 우리 내면 깊은 곳에 있는 꿈들을 실현하고 깨달음에 더욱 가까이 다가간다. 이것이 '동시성 운명의 기적'이다.

비행기 안에서 그런 '동시성 운명의 기적'이 일어난 것일까? 정말 그것이 동시성이든, 하나님의 은총이든 감사할 뿐이다. '바라는 대로 이루어진다'라는 말처럼 일상에서도 단비처럼 우연의 일치 즉 '동시성 운명의 기적' 같은 작은 기적들이 가끔 일어났으면 하는 바람이다.

인천공항에서 출발한 비행기는 체코의 수도 프라하에 다다랐다. 무려 11시간 동안 날아온 것이다. 동유럽 낯선 도시를 찾아가는 길은 멀고도 긴 여정이다. 그것은 일상으로부터의 도망침이 아니라 다시 일상으로 돌아왔을 때 더 열심히 살기 위한 충전의 시간 같은 것이 아닌가 싶다. 가끔 비행기 창문 커튼을 열면 계속해서 햇살이 밝게 빛나고 있어서 눈을 뜰 수가 없었다. 생체시계는 계속 졸음이 쏟아지는데 마치 백야처럼 밖은 어두워지지 않고 눈부시게 환하다. 마치 태양을 좇아 낯선 세상을 여행하는 마법 같은 세상이다. 영원히 해가 지지 않을 것만 같은 색다른 경험을 했다.

낯선 세상을 꿈꾸는 것은 오로지 자신만의 몫이다. 그리고 그 꿈은 언제나 현실이 된다. 오랫동안 그리워했던 동유럽의 낯선 도시와 만나는 상상은 현실이 되어간다. 낯선 도시와 만나는 낯선 반가움이 내 마음에 가득 스며들기를 바란다. 잠자고 있는 자아를 끄집어내서 깊은 상상 속으로 빠져든다.

체스케 부데요비체
(체코)

박용후의『관점을 디자인 하라』에서 다르게 보는 것에 대해 이렇게 말하고 있다. '관점이 바뀌면 모든 것이 달라진다. 남들이 당연히 이렇다고 생각할 일을 저렇게도 생각해 보라. 바라보는 관점을 바꿔보라. 남들이 보지 못하는 것을 보고 남들이 생각지 않는 것을 생각하며, 다른 사람과 다른 관점으로 사물을 바라본다면 당신도 미래의 스티브 잡스가 될 수 있다'고 했다.

낯선 도시여행도 마찬가지다. 여행을 떠나기 전에 어떤 생각을 가지고 여행을 떠나는가에 따라 여행의 성격이 달라진다. 여행지에서 남들과 다르게 보려고 노력해야 한다. 남들과 다르게 본다는 것은 관점의 차이다.

동유럽에서 우리와는 또 다른 낯선 세상이 있다는 사실을 알게 된다. 그런 세상을 나만의 시선으로, 나만의 상상으로, 나만의 느낌으로, 나만의 각도로 이해하려고 노력하는 것이 여행다운 여행이 아닌가 싶다.

작은 창으로 바라본 '체스케 부데요비체' 시내 풍경

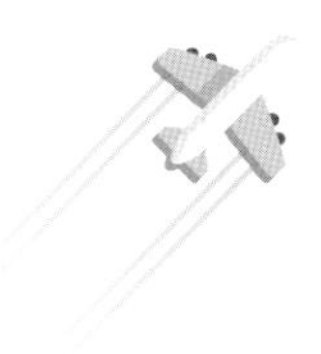

태어나 처음으로 동유럽 체코 땅에 첫발을 내디뎠다. 내가 오랜 시간 가보고 싶었고 눈으로 직접 보고 싶었던 곳이다. 동유럽의 첫 번째 여행지 체코는 어떤 곳일까? 체코의 소설가 하셰크가 즐겨 찾았다는 비어홀, 우 칼리하(U Kalicha)의 벽에는 '맥주가 있는 곳엔 인생이 즐겁다'라는 체코 속담이 적혀있다. 그 옆에는 '맥주를 마시는 곳에서의 삶은 언제나 윤택하다'라는 문구도 있다. 이는 맥주 몇 잔으로 저녁을 대신하기도 하는 체코인들의 삶을 단적으로 나타내는 말이기도 하다. 그래서 그들은 '저녁을 마신다'라고 표현하고, '맥주를 흐르는 빵'이라고 부르기도 한다. 이곳은 맥주의 천국임을 말해주는 듯하여 동유럽의 낯선 도시여행이 더 즐거워진다.

프라하공항은 인천공항보다는 작아 보인다. 모든 것은 친근하지 않았고 보이는 것은 모두 낯설었다. 사람도, 공간도, 하늘도, 땅도, 대합실 풍경도, 대합실 밖의 풍경도 모든 것이 생소하게 비쳤다. 심지어 숨 쉬는 공기까지도 왠지 낯설게 느껴진다. 공항에서 바라본 건물이며 거리, 택시, 버스, 전차 등 내 앞에 나타난 풍경들은 몸에 맞지 않는 옷을 입은 것처럼 어색했다. 낯선 마을 앞에서 호기심은 요동을 치고 가슴은 두근거린다. 그렇다고 놀라자빠질 만큼은 아니다. 방송 매체의 발달로 매일 보고 들어서 알고는 있었다. 단지 내 눈으로 직접 보고 있다는 낯선 반가움이 나를 설레게 했을 뿐이다.

프라하 여행은 며칠 뒤로 잠시 미루고 프라하에서 1시간 정도 떨어진 '체스케 부데요비체'로 이동한다. 남부 보헤미아지방의 교통 요충지로 발달한 '체스케 부데요비체'는 13세기 프로제미슬 오타카르 2세가 건설한 조그마한 마을이다. 소금광산이 발달한 오스트리아 국경에 인접해 있어 일찍 소금무역이 발달했고 지방특산 맥주를 생산하는 양조업이 성행해 16세기에는 최고의 번영기를 누렸다. 그 후 30년 전쟁과 1641년 대화재로 마을 대부분이 잿더미로 변했으나 200년이 지난 19세기 중반에는 새롭게 소금무역과 양조업이 부흥하여 과거의 영광을 되찾았다.

오늘날 이곳은 맥주 애호가라면 꼭 한번 가 봐야 할 맥주 마을이다. 이곳 지명을 딴 '부데요비치 부드바르 맥주(버드와이저 맥주의 원조)'는 '체스케 부데요비체'와 함께 걸어온 700년 역사와 전통을 자랑한다. '술 없는 인생은 시시하다'라는 체코의 속담에서 말해주듯이 작은 선술집에 들러 현지인과 맥주를 마시면서 즐거운 인생을 논해 보는 재미도 쏠쏠할 것만 같다.

여행 첫날에 머물 '체스케 부데요비체' 이 조그마한 마을이 유명하게 된 것은 미국 맥주 '버드와이저'의 유래가 이곳에 있기 때문이다. 한마디로 원조 격이다. 오랫동안 상표싸움을 하다가 지금은 이곳에 로열티를 낸다고 들었다. 그래서 비행기에서부터 이곳 맥주의 맛을 보는 기대에 부풀어 있었다.

버드와이저는 해방 이후 미군이 우리나라에 주둔하면서 미군 PX에서 구할 수 있었던 맥주로 오늘날 우리에게 널리 알려진 맥주이다. 이 맥주는 체코와 전혀 관계가 없는 순수한 미국산 맥주이다. 맥주 애호가라면 세계에서 가장 많이 팔리는 맥주가 버드와이저라는 것과 세계에서 가장 많은 상표소송에 휘말린 것도 버드와이저임을 알 것이다. 왜 이런 일이 일어났을까? 이는 버드와이저의 명칭이 탄생한 배경에서부터 시작된다.

'체스케 부데요비체' 지방의 맥주 생산의 역사는 보헤미아 왕 오타카르 2세가 1265년에 맥주를 생산할 수 있는 권한을 여러 양조제조업자에게 부여하면서 시작됐다. 이 지방에서 생산되는 맥주를 '버드와이저'로 부르도록 한 것이다. 그런데 1852년 조지 슈나이더라는 사람이 미국 세인트루이스에 소규모 양조장을 세웠다. 이 양조장은 1860년 비누제조업자였던 에버허드 인후이저에 의해 매입되었고, 이듬해 인후이저의 딸이 양조장 납품업자였던 에돌퍼스 부시와 결혼하자 양조장의 이름을 '인후이저 부시'로 바꾸었다. 부시는 독일계 이민자였다.

1929년에 미국에서 발행된 단행본 『The King of Beer』에 따르면 1870년대 인후이저부시의 공동 설립자인 부시의 친구이자 맥주 기술자인 콘래드가 당시 보헤미아지방의 '체스케 부데요비체'를 방문했다. 이때 어떤 수도원에서 제조된 맥주를 맛보고 반해서 수도원 수도사에게서 제조법을 배웠다. 그리고 미국으로 돌아와 그 방식으로 맥주를 생산하고 그 이름을 인후이저부시의 버드와이저라고 한 것이다. 그때가 1876년경이었다. 인후이저부시는 이에 그치지 않고 2년 뒤인 1878에 세계 최초로 미국에서 버드와이저를 상표로 등록해버렸다. 버드와이저는 우수한 맛으로 미국인들이 입을 사로잡았다. 버드와이저로 인후이저부시는 단숨에 미국의 대표적인 맥주회사로 부상했다.

문제는 그동안 소규모 양조장이나 레스토랑에서 맥주를 생산해 오던 체코의 '체스케 부데요비체'산 맥주가 본격적으로 상업적인 맥주를 생산하기 위해 1895년에 부데요비치 부드바르를 설립하면서 생겼다. 이때부터 인후이저부시와 부드바르의 '버드와이저' 상표에 대한 기나긴 분쟁의 역사가 시작된 것이다.

체코 하면 또 하나의 유명한 맥주는 플젠에서 생산하는 '필스너우르켈'이다. '필스너우르켈'은 영어로 '오리지널 필스너'라는 뜻이다. 필스너는 필스너 제조방식으로 유명해진 맥주이다. 1842년 10월 5일 바이에른 지역 출신의 맥주 양조업자가 하면 발효(비교적 저온에서 발효키는 맥주) 효모를 이용하여 라거 맥주를 생산해 낸 것이다. 뮌헨지방에서 제조해 오던 라거 맥주를 발전시킨 방식이다. 그 전까지는 주로 상면 발효(비교적 고온에서 발효되는 방식) 맥주로 흐린 고동색 맥주인 에일 맥주였다. 필스너 방식의 라거 맥주는 밝고 투명한 색깔, 잡미가 없는 깔끔한 맛으로 단번에 사람들이 입맛을 사로잡아 맥주의 대세를 이뤘다. 오늘날 생산되는 대부분의 맥주는 필스너 방식의 라거 맥주이다.

도착한 낯선 마을은 우리가 사는 세상과는 비슷하면서도 전혀 다른 풍경이다. 한국 시간으로는 자정이 넘어가는 시간에 프라하의 시간은 오후 5시 정도를 넘어가고 있다. 체코까지 오면서 일상과는 다른 하루를 체험했다. 하루가 24시간을 넘어 31시간이 되어 버렸다. 한국과 비교하면 7시간이나 시차가 느리기 때문이다. 그러다 보니 삶 중에서 가장 긴 하루를 보냈고 하루 동안 무려 4끼의 식사와 두 번의 간식을 먹는 신기록을 만들어냈다. 인천공항 가는 길에 휴게소에서 이른 아침을 먹고, 공항에서 출출해서 간식, 비행기에서 점심과 저녁, 그리고 또 한 번의 간식을 먹었다. '체스케 부데요비체'에 다다른 시간은 저녁 6시가 조금 넘어서였다. 당연히 이곳에서 저녁을 또 먹었다. 긴 하루와 시차 때문에 피곤했지만 색다른 시공간을 체험할 수 있었다.

체코의 중동부이고, 알프스산맥의 왼쪽으로 치우친 '체스케 부데요비체'에 이르러서야 비로소 날이 저물기 시작한다. 오늘은 세 끼 식사에 덤으로 한 끼를 더 먹을 시간이다. 속이 크게 거북하지는 않았다. 식당에는 우리 말고도 많은 여행자들이 붐빈다. 우리도 서먹한 가운데 자리를 잡고 음식을 가져와 식사했다. 이곳 식당에서는 생맥주가 큰 컵으로 한 잔은 2유로이고, 작은 컵은 1.2유로 정도이다. 개인적으로 사서 꼭 맛을 보라고 당부한다. 우리나라 맥주 맛과는 사뭇 다르며 유럽식 맥주 맛을 느껴볼 수 있다. 가늘고 길쭉한 생맥주 잔에 가득 채워진 맥주를 보는 순간 감동이 밀려온다. 맥주의 본고장인 체코의 작은 마을에서 마시는 생맥주는 이름은 알 수 없지만, 이 고장 '부드바르의 버드와이저'라고 생각했다. 깊은 향이 있고 달콤하면서도 씁쓰름함이 균형을 이루는 맛이다. 놀라운 것은 끝 맛이 굉장히 깔끔하다는 것이다. 한 모금 마시자 혀

끝으로 느껴지는 진한 향이 짜릿함으로 변하더니 입안에 한가득 머금고 있던 맥주 특유의 향이 가슴 깊은 곳까지 전해진다. 그리고 목으로 넘어가는 순간 깊은 호프향이 진하게 온몸으로 빠르게 전달된다.

동유럽 낯선 마을 여행에서 가장 해보고 싶었던 것 중의 하나는 바로 체코의 맥주 맛에 취해보는 것이다. 그 이유는 많다. 은퇴의 공허함도, 비행시간의 피로감도, 맥주의 본고장에 왔다는 기쁨도, 그리고 동유럽에 처음 왔다는 낯섦도 모두 취하고 싶은 이유가 된다. 그중 가장 큰 이유는 내가 맥주를 아주 좋아한다는 것이다. 하지만 첫날이고 처음 만나는 사람들이다. 거기에 내 성격까지 소심했다. 또 다양한 연령대의 사람들이 다양한 이유로 모이다 보니 모두 서먹서먹했다. 그런 분위기를 부드럽게 바꿔줬으면 내심 기대했는데 가이드의 지혜가 아쉽다. 그 때문인지 묶음 여행을 하면서도 서먹서먹한 분위기는 오랫동안 지속된다.

언제, 어디에서나, 그리고 누구나 서먹서먹한 그런 자리는 불편하다. 같은 테이블에 함께한 사람끼리만 어색한 분위기에서 맥주를 시켜 저녁을 먹었다. 서먹서먹한 분위기로 인해서 말수가 줄어든다. 어떤 사람에게는 지극히 평범한 일도 지나치게 조심스러운 사람에게는 너무 어렵고 힘든 일일 수도 있다. 내 마음이 하자는 대로 하면 편한데, 일단 그런 느낌이 생기면 그 느낌에 머무르는 것이 좋은데 그런 사소한 일도 누군가에는 어렵다.

사람이 살아가는 일은 서로 간의 관계이다. 원만한 관계를 갖는다는 것이 말처럼 쉽지 않은 일이다. 그런 일들이 누군가에게는 고통일 수도 있고, 또 누군가에게는 자신과의 갈등의 연속일 수도 있다. 짧은 순간이지만 나는 그곳에서 길을 잃었다. 길을 잃은 경험은 언제나 놀랍고, 오래 기억에 남고, 더 나아가 값진 경험이 된다. 우리는 길을 잃고 세상을 잃은 뒤에야 비로소 자신을 찾기 시작한다. 그리고 한참 후에야 자신이 서 있는 위치를 알아내고 자신과 세상이 무한한 관계를 맺고 있음을 깨닫는다.

세심하고 소심한 성격은 여러모로 자신을 괴롭힌다. 말하기 전에 모든 일을 미리 걱정하고, 남을 의식하므로 인해 생각이 많아진다. 많아진 생각들은 스스로 자신의 행동을 제약한다. 어떤 일을 행함에 있어 생각이 많아지는 것은 왜일까? 왜 남을 의식하는 걸까? 남을 의식하다 보면 자기 생각과 의지는 사라지고 가면을 쓰고 덩그러니 남아있는 자신을 발견하게 된다. 생각이 많아짐은 솔직함과 당당함과 정직함 같은 동심을 잊어버리게 한다. 우리 안에 있는 진짜 모습(민얼굴)은 어떤 모습이고, 숨겨진 모습(페르소나)은 어떤 모습일까?

에픽테토스라는 철학자는 페르소나와 민얼굴을 동시에 가지고 삶을 영위해야 하는 것이 인간의 숙명이라고 말하고 있다. 자신의 글에서 자신의 민얼굴을 가꾸는 방법에 대해 넌지시 알려준다. '존재하는 것 가운데 어떤 것은 우리에게 달린 것들이고, 다른 것들은 우리에게 달린 것이 아니다. 우리에게 달린 것들은 믿음, 충동, 욕구, 혐오 등 한마디로 말해서 우리 자신이 행하는 모든 일이다. 반면에 우리에게 달리지 않은 것들은 육체, 소유물, 평판, 지위 등 한마디로 말해서 우리 자신이 행하지 않는 모든 일이다'라고 했다.

이 말은 우리에게 달린 것들 즉, 우리 자신의 고유한 믿음, 충동, 욕구, 혐오 등 우리 자신의 민얼굴에 해당하는 것도 페르소나만큼이나 중요하다는 것이다. 우리가 통제할 수 없는 것 즉 우리에게 달리지 않은 것들이 페르소나와 관련이 있는 이유는 자신의 건강, 소유물, 평판, 지위가 모두 타인에 의해 평가되고 이해되기 때문이다. 다시 말해 페르소나에 집착했다가 민얼굴을 망각하거나 혹은 민얼굴에 신경을 쓰다가 페르소나를 경시하는 것, 이 두 극단에서 벗어나야 한다는 것이다. 그의 성찰로 인해 우리는 삶에서 겪는 모든 고통과 갈등이 어디에서 유래했는지를 이해할 수 있다. 그것은 민얼굴을 드러낼 때 페르소나를 쓰거나, 반대로 페르소나를 드러내야 할 때 민얼굴을 보여주려 해서 발생한다.

민얼굴이 없다면 페르소나를 쓰는 일도 없다는 사실을, 페르소나에 지나치게 신경을 쓰면 우리에게 민얼굴의 관리는 매우 중요한 일이다. 민얼굴이 건강하다면 우리는 다양한 페르소나를 쓸 힘을 얻을 것이다. 불행히도 민얼굴을 관리하지 않는다면 우리는 자신이 쓰고 있는 페르소나를 벗으려고 하지 않을 것이다. 페르소나를 벗는 순간 망가진 민얼굴을 누가 볼까 두렵기 때문이다. 식당에서의 행동은 그런 의미가 아니었을까? 민얼굴에 자신이 없어 페르소나를 한사코 벗기를 두려워하여 거부하고 있는 것은 아닐까? 그러므로 민얼굴에 대한 솔직함과 정직함과 당당함을 잃어버린 것은 아닐까?

그러면 어떻게 해야 민얼굴의 솔직함과 당당함과 정직함을 극복할 수 있을까? 니체는 『차라투스트라는 이렇게 말했다』에서 '아이의 정신'으로 돌아가야 한다고 말한다. 아이는 과거를 맹목적으로 답습하기보다는 새로운 것을 창조할 힘을 가진다. 즉 동심의 세계로 돌아감으로써 그런 힘을 얻을 수 있다는 것이다. 그래야 우리는 솔직함과 당당함과 정직함을 얻을 수 있다고 강조하고 있다.

우리는 동심의 세상으로 돌아가려면 먼저 비움이 필요하다. 비움을 통해서만이 새로운 것을 채울 수 있고 새로운 것을 채워야 동심의 세계로 들어갈 수 있다. 은퇴 후 처음 가는 동유럽여행이 더 넓은 삶의 무대를 만들어줄 것이라 믿는다. 첫날부터 스스로에 대해 깊이 성찰하면서 반성하고, 배우면서 낯선 세상을 알아간다. 동유럽여행이 가면을 벗고 '본연의 나'와 만나는 공간이 되었으면 한다. 이렇게 복잡한 감정과 많은 생각 속에서 하루가 간다. 지금까지 살아오면서 가장 길고 긴 하루가 지나간다. 여행은 매 순간 힘들고 후회하는 일도 있지만 즐겁고 보람된 일이 더 많다. 여행이 끊임없이 새로움과 낯섦을 찾아가는 과정이기 때문이다. 그래서 시간이 지나면 또다시 여행이 그리워진다.

1일 차_ 여행 정리

여행 출발

- 05~10시: 인천공항 버스 이동
- 12~ 17시: 체코 프라하 도착
- 17~18시: 버스 이동
- 18시: 체스케 부데요비체(체코) 도착
  - 가장 긴 하루 31시간 체험
  - 버드와이저 맥주 시음

◇ 2일 차 ◇

체코, 오스트리아

Czech Republic, Austria

세 번째 동유럽 풍경

체스키크룸로프

(체코)

조셉 캠벨은 '평생 하고 싶은 일을 하나도 해보지 못하고 사는 따분한 인생을 생각해 보세요. 난 늘 말합니다. 육신과 영혼이 가자는 대로 가거라. 일단 그런 느낌이 생기면 그 느낌에 머무르는 겁니다. 그러면 어느 누구도 우리 삶을 방해하지 못합니다'라고 했다.

잔잔한 일상 속에서 문득문득 낯선 곳에 대한 동경과 그곳에 가고 싶다는 욕구, 그리고 독서를 통한 여행지의 정보들이 어우러져 여행에 대한 열망을 일으킨다. 동유럽 풍경여행을 기다리면서 보냈던 하루하루의 시간들은 낯선 곳에 대한 상상과 설렘으로 가득 채워진다. 어떤 특정한 장소에 가기로 결정하는 순간부터 낯선 도시여행은 시작되는 것이다.

블타바 강을 끼고 형성된 '체스키크룸로프' 마을 전경

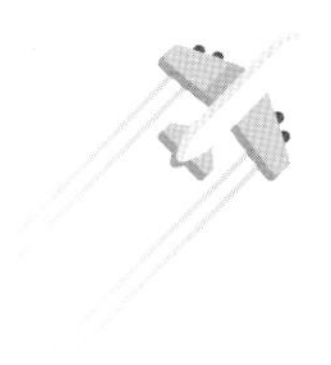

낯선 도시여행의 본질은 밖에서 시작해 안으로 깊숙이 들어가는 탐사에 있다. 자기를 찾기 위해 나아가 숨겨져 있는 자신과 조우하기 위해 여행을 한다. 자기 밖의 낯선 공간에서 사람과 사물 그리고 우연히 벌어지는 사건에 자신을 비추어 새롭게 발견하는 것이다. 진짜 '나다운 나'로 산다는 것은 자신의 인격이 무엇으로 이루어져 있는지를 아는 것이며, 외부의 영향에 좌우되지 않는 것이다. 타인과의 진정성이 어디에 있는지 깨닫는 것이다.

특히 은퇴 이후 전환기의 여행은 '새로운 나'로 가득 채우는 과정이고 은퇴 후에 무기력해져 가는 삶을 지탱해주는 힘이다. 여행을 통해 자연스럽게 세상과 그리고 타인과의 소통하는 방법을 배웠으면 한다. 지금부터 '새로운 나'를 찾아 떠나는 낯선 풍경여행을 시작한다.

동유럽과 첫 만남은 '체스케 부데요비체'에서 시작된다. '체스케 부데요비체'는 13세기 보헤미아 왕국의 프레미슬 오타카르 2세가 만든 마을이다. 1785년에 문을 연 '부데요비치 부드바르' 양조장을 중심으로 양조업이 발달하면서 전성기를 누렸다. 이후 체코 남부 보헤미아의 중심지가 되었다. 일찍 일어나서 숙소 주변을 두리번거렸다. 낯선 풍경들이 신기루처럼 눈앞에 펼쳐진다. 주황색으로 수놓아진 지붕, 끝이 보이지 않는 에메랄드빛 초원, 그리고 하늘로 솟아있는 중세성당 둥근 돔의 풍경이 유리창을 통해 들어온다. 순간 여러 색깔의 감정을 경험한다. 망막에 맺힌 모든 풍경은 경이롭고, 낯선 아름다움은 내 마음속에서 한 장의 사진으로 변해간다.

'지금' 그리고 '여기'는 11시간이나 날아온 동유럽이고, 정녕 내가 보고 있는 붉은 노을의 하늘이 동유럽의 하늘이라는 말인가? 아직 동트기 전의 폭풍전야 같은 고요한 기운이 감돈다. 이 감동, 이 감격을 말로 표현할 수가 없다. 평생을 그리워하면서 살아왔던 일들이 이루어지고 있다. 비로소 내가 동유럽에 온 것이 실감 난다. 한 번은 러시아 '이르쿠츠크'에서 그리고 또 한 번은 오늘 이곳 체코 '체스케 부데요비체'에서 동유럽의 모자이크 같은 마을풍경을 본다. 모든 것이 감사할 뿐이다.

호텔 식당은 인종시장을 방불케 했다. 다양한 사람들이 다양한 방법으로 식사한다. 삼삼오오 짝을 지어 식사하는 모습도 천차만별이다. 이곳은 처음 만나는 여행자들이 모이는 공간이지만, 동시에 전혀 어색하지 않은 공간이기도 하다. 세계 각국의 다양한 음식이 준비되어 있다. 그런 풍경을 구경하는 것도 즐겁다. 접시를 들고 자연스럽게 그들 속으로 스며든다. 이곳저곳 기웃거리며 테이블 위에 놓여있는 다양한 요리와 다채로운 여러 나라 음식을 구경하는 것도 여행의 즐거움이다. 우리나라 음식도 눈에 띈다.

새로운 음식을 경험해보고 싶어서 나는 접시에 과일 몇 조각, 요구르트 하나, 치즈와 얇게 썬 고기를 몇 조각을 담고 후식으로 마실 커피 한 잔을 준비했다. 여행을 다니면서 가장 힘든 일은 속이 불편한 것이다. 그런대로 적응해 가고 있지만 그래도 항상 불안 불안하다. 식당에는 묶음 여행을 함께 왔던 사람들이 하나둘 나타나기 시작했다. 처음 만남이라 서먹하지만 그래도 7일 정도 함께 하여야 할 이웃이다. '지금 여기', '바로 옆'에 있는 이웃이 가장 소중한 사람들이다. 나이가 들어가면서 새로운 사람과 만나고 친해진다는 것이 어렵다. 낯선 음식에 적응해 가는 것만큼이나 낯선 사람들과 친해지는 일은 조심스럽다. 까칠한 성격 때문에 서먹한 관계를 없애는데 남들보다 느리고 시간도 조금 많이 걸린다.

세계문화유산으로 지정된 중세의 마을 '체스키크룸로프'로 이동한다. 체코는 지역별로 역사와 문화의 중심지이고 가장 체코적인 곳이고 체코의 심장이자 핵심인 '보헤미아' 그리고 도시마다 색다른 매력을 감춘 '모리바'와 '슬레스코'라는 지역으로 나눈다. 그중에 이곳 '체스키크룸로프'는 보헤미아에 속하는 가장 매혹적인 마을이다. 인간이 창조한 도시 문명과 자연환경이 잘 어우러져 있다. '크롬로프'라는 이름은 '굽어진 초원(만곡부) 즉 체코에 있는 말발굽처럼 휘어진 강에 둘러싸인 풀밭'이라는 뜻의 독일어에서 유래하는데 마을의 자연 특히 블타바 강(江)이 구불구불하게 굽어 흐르는 지형 때문에 붙여진 곳이다. '체스키'는 체코 즉 '모라바'나 '슬레스코'가 아닌 '보헤미아'를 의미한다. 이름에서 알 수 있듯이 과거에 보헤미아라는 곳에 사는 사람(보헤미안)들의 보헤미아에 대한 자부심이 대단하였을 것이라고 느껴진다.

'체스키크룸로프'의 역사는 1253년 남부 보헤미아 귀족이었던 비테크 가문이 이곳의 풍광에 반해 고딕 양식의 성을 지으면서 시작되었다. 중세 때부터 이곳에서 소금광산이 있는 오스트리아의 잘츠부르크와 프라하를 잇는 소금교역을 위한 길이 놓여 있었다. 많은 상인이 이 길을 통과해야 했고 자연스레 산적들이 출몰했다. 산적들을 물리친 비테크가 영주가 된 후 성을 지었다. 후에 비트코프치 가문의 후손이 끊겨 친척인 로즘베르크 가문이 이 성을 물려받았다. 성 주위를 거닐다 보면 건물에 새겨진 다섯 개의 장미꽃잎 문양을 볼 수 있는데 이 가문의 문장인 동시에 마을의 상징이다. 로젬베트크 가문은 성을 물려받은 후 은(銀) 광산으로 많은 돈을 벌어들이자 도시를 더욱 아름답게 꾸몄다. 로젬베트크 가(家)는 17세기 초까지 영화를 누리다가 대가 끊겼다. 1602년 보헤미아 왕인 루돌프 2세는 이 가문으로부터 아름다운 성(城)을 사들여 보헤미아 왕국의 소유로 만들었다.

블타바 강을 끼고 형성된 '체스키크룸로프'는 아담하고 인구수가 1만 명이 채 못 되는 마을로 보헤미아 숲 속의 숨은 보물이라고 불린다. 이곳은 높은 언덕 위에 영주의 성이 자리 잡고 있고 그 아래로 주홍 빛깔의 지붕을 가진 집들이 평화롭게 펼쳐져 있다. 그리고 희한하게 마을 전체를 S자 모양으로 휘감고 흐르는 블타바 강. 이것이 바로 세상에서 가장 아름답다는 중세시대의 '체스키크룸로프'의 풍경이다. 14세기부터 17세기까지 전성기를 누렸으며 번영과 더불어 프라하 성(城)에 버금가는 '체스키크룸로프' 성(城)을 건설하였다. 이후 쇠락과 동시에 '체스키크룸로프'는 역사의 뒤안길로 사라지게 되고 1990년대까지 베일에 가려져 있었다. 깊은 산 속에 있는 이 작은 마을을 잠에서 깨운 건 달콤한 왕자의 키스가 아니라 모험심에 불타는 배낭족들이었다. 전 세계에 다시 얼굴을 내민 보헤미아의 숨은 보물은 중세의 전통과 문화를 그대로 보존하고 있어 1992년에는 세계 문화유산으로 지정되었고 오늘날 수많은 관광객을 불러들이고 있다.

우리가 다다른 곳은 유명세와는 달리 한적한 시골 마을풍경과 다르지 않았다. 도로를 따라 간간이 이어지는 주택들에서는 오랜 세월의 흔적이 묻어나지만 그래도 내가 생각했던 상상 속 중세의 모습과는 사뭇 달랐다. 1989년 체코가 자유화된 이후 도시의 분위기가 가장 화려하게 변한 곳이 '프라하'와 '체스키크룸로프'라고 한다. 공산주의 시대까지 이곳은 18~19세기의 모습을 그대로 간직했는데 해가 갈수록 관광객들의 구미와 편의에 맞게 변해가고 있다. 최대한 원형을 그대로 유지하면서 변하고 있다고 하니 그나마 다행이다. 세계적인 관광지라면 다채로운 색상과 이채로운 풍경은 어딘가에 숨어있을 듯한데 그 모습을 어디로 가면 찾을 수 있을까?

타임머신을 타고 중세에 여행하는 듯한 마을풍경

누군가 유럽의 낯선 도시들은 과거, 현재, 미래의 도시가 있다고 했다. 주변을 둘러보아도 현재의 도시처럼 보였다. 숲 속 사이에 난 경사가 있는 언덕길을 따라 올라간다. 한 걸음씩 앞으로 나아가자 서서히 앞에 보이는 풍경 하나하나에서 고풍스러운 기운이 감돌고, 역사적인 숨결이 흐르는 것만 같은 느낌을 주는 풍경이 나타난다. 언덕 위에 예스러운 풍치와 모습을 그대로 간직한 채 우뚝 솟아있는 커다란 성(城)과 첨탑이 눈에 들어온다. 절벽 위에 세워진 '체스키크룸로프' 성(城)의 모습과 성(城)과 마을을 이어주는 망토 다리는 보기에도 아슬아슬했다.

암벽과 암벽 사이에 놓인 구름다리 모양의 망토 다리는 1686년 적으로부터 마을을 방어하기 위해 만들었으며 이후 석조다리로 변경되었다. 다리는 3층으로 층마다 궁전 사이를 이어주는 가교역할을 한다. 다리에는 아치 형태의 창문이 뚫려있고, 창문을 통해 바라본 마을은 온통 주황빛 풍경으로 찬연했다. 내가 상상만 했던 동유럽의 이국적인 정경(情景)은 현실이 된다.

'체스키크룸로프' 성(城)과 망토 다리는 초라한듯하면서도 기품이 서려 있고, 낡은 듯하면서도 소중한 가치를 지녔다. 오래된 자연스러움에서 발산하는 '체스키크룸로프' 성(城)의 묵직한 아름다움에 입을 다물 줄 몰랐다. 구름다리 밑에 있는 작은 문을 통해 성안으로 들어간다. 중세인 14~16세기에 세워진 이곳으로 21세기를 살고 있는 사람이 들어간다는 것은 마치 타임머신을 타고 과거로 통하는 문으로 들어가는 느낌이다. 만약 이 문이 열리지 않으면 다시 나올 수 있을까. 이 문을 지나면서 살짝 그런 전율이 느껴진다.

'체스키크룸로프' 성(城) 작은 창으로 바라본 마을풍경

한국으로 말하면 조선 시대 중엽이다. 1592년부터 조선은 임진왜란, 병자호란 등의 빈번한 외침으로 백성들은 많은 시련과 고난을 받았다. 내가 타임머신을 타고 그런 시대로 들어가는 낯선 느낌, 어찌 짜릿함이 없겠는가? 긴 복도를 따라 박물관으로 이어지는 구름다리의 아치형 창문을 통해 바라본 '체스키크룸로프' 시가지가 한 폭짜리 병풍처럼 보였다. 블타바 강변과 공원, 뾰족한 첨탑과 주황빛 지붕의 전경(全景)이 파노라마처럼 이어진다. 옛 성(城)과 마을 숲의 모습도 우리나라 정선의 아우라지 강의 축소판처럼 작은 도시를 둥글게 끼고 돌아가는 블타바 강의

S자 모습도 그리고 파란 하늘에 떠 있는 뭉게구름마저도 붉은 지붕과 어우러져 절경을 이룬다. 한 마디로 작은 거인처럼 보이는 마을이라고 표현하고 싶다. 거대한 성벽바위와 우거진 숲으로 통하는 높은 망토 다리는 과거 이곳을 지키는 방어용으로도 적격이다.

'체스키크룸로프' 성(城)을 자세히 둘러보려면 대개 북쪽에 위치한 '체스키크룸로프' 성문(城門)에서부터 시작한다. 거대한 중세기의 성벽이 이 문과 연결되어 있는데 문(門) 자체가 역사적 유물이다. 1598년에 이탈리아 건축가 코메타가 디자인하고 이탈리아 건축가 세를리오가 고전주의 건축양식 그대로 조각한 인상적인 구조물이다. 후에 안 일이지만 우리는 편의상 반대쪽으로 관광하다 보니 이 문은 가장 늦게 통과하여 라트란 거리로 나아갔다.

성(城)으로 들어가는 문을 통과하면 조약돌이 깔린 길은 가파른 지붕을 이은 고색창연한 건물들 사이로 이어진다. 조약돌은 중세부터 길을 포장할 때 사용한 재료이고 지금도 도로 개보수작업 때 반드시 조약돌을 사용한다고 들었다. 그 위로 성곽이 우뚝 서 있고 정문의 정남향으로 마을의 그림 같은 전경이 펼쳐지는 주 통로인 라트란으로 통한다. 이 길을 따라 걷다 보면 붉은 문이 나타난다. 이 문을 통과하면 성벽을 이루고 있는 커다란 궁정 정원이다.

낮은 성곽 위로 둥근 원형의 화려한 성탑이 솟아있다. 높이는 자그마치 72m나 된다. 멀리서도 두드러지게 눈에 띄는 성탑으로 '체스키크룸로프'의 상징적인 건물이다. 탑의 아래층은 13세기 성의 원래 건축양식을

낮은 성곽 위로 보이는 원형의 성탑. 높이는 72m이며 '체스키크룸로프'의 상징적인 건물이다.

이발사 다리에서 바라본 '체스키크룸로프' 성(城)

간직하고 있다. 탑을 따라 소용돌이처럼 올라가는 통로와 정교한 구조물과 장식은 마치 16세기 천문시계처럼 보인다. 탑을 오르는 것은 힘들지만, 꼭대기에서 보는 도시의 아름다운 정경과 뱀 꼬리처럼 굽이쳐 흐르는 블타바 강의 물줄기는 장관을 이룬다. 중세와 르네상스와 바로크 양식의 고색창연한 모습이 눈앞에 펼쳐진다. 마치 시간을 거슬러 올라간 기분이다.

거대한 성곽은 다섯 개의 궁정 정원으로 이루어져 있다. 제1궁 정원은 하인들이나 성을 위해 여러 가지 도구를 만드는 기능공들이 활동한 무대이다. 작은 정원을 지나면 다리가 나오는데 16세기에 만든 깊은 해자에는 지금도 곰이 살고 있다고 한다. 오늘날은 성(城)을 방문하는 사람들의 호기심을 불러일으키는 관광명소이지만 예전에는 방어용이었다. 이를 통과하면 제2궁 정원이 나오는데 대포와 16세기 시골풍으로 장식된 벽으로 둘러싸여 있다. 화폐 주조소와 체코 최초의 농업대학이 있었다. 좀 더 올라가면 제3궁 정원이 나오는데 성주가 살았던 곳으로 성의 주요 건물이 들어있다. 이 성을 나서면 낯선 마을 속으로 또 다른 여행이 시작된다.

부데요비츠카 문을 통과하여 성(城)을 벗어나면 마을과 연결된 목조다리가 나온다. 다리 입구에는 한쪽은 예수상이 다른 쪽에는 얀 네포무크상이 세워져 있다. '라제브니키(이발사의 다리)'라고 명명되고 있는 이 다리는 슬픈 이야기를 지니고 있다. '라제브니키'는 이발사라는 말로 예전에 이 다리가 있는 강둑의 라트란 1번지에 이발소가 있어서 붙여진 이름이다. 이발소 주인집 딸을 왕자가 짝사랑했다. 허나 이 왕자는 루돌프 2세의 사생아였기에 사람들로부터 천시를 받았다. 게다가 정신병까지 앓고 있었다. 이루어질 수 없는 짝사랑은 사생아가 여인을 살해하는 비극으로 끝이 나고 말았다. 이런 아픔이 전설처럼 남아있는 곳이다.

망토 다리(위)와 이발사 다리(아래)

이곳을 벗어나 좁은 골목인 라트란 거리를 따라 걸었다. 길지는 않지만, 마을의 다양한 모습을 속속들이 바라볼 수 있고, 체코 보헤미안들의 일상과 마주할 수 있어 좋았다. 가게들은 화려하게 꾸미지도 않았고, 상점의 간판들도 눈에 거의 띄지 않을 만큼 작게 붙여져 있고, 여행자들에게 물건을 사라고 호객행위도 하지도 않고, 우리나라처럼 상점 밖 길거리에다가 상품을 내어놓고 팔지도 않는다. 마치 들어와서 '사려면 사고, 말려면 말아라' 하는 자신감처럼 우리 눈에는 비친다. 이곳 사람들의 생활의식은 소박하면서도 이웃에게 피해를 주지 않고, 옛것 속에 동화되어

'체스키크룸로프' 골목길의 생경한 풍경

조금은 소극적인 태도를 취하고 있다는 느낌도 받았다. 물론 우리와는 다른 문화적인 차이 때문일 수도 있다.

모든 상품은 건물의 작은 창문의 진열장에 아기자기하게 정렬되어 있다. 그러다 보니 통행하는 데 불편이 덜했고, 거리는 단정하게 보이고 깨끗했다. 무슨 물건을 파는지 모를 정도였다. 우리나라 길거리 풍경과는 사뭇 달랐다. 달라도 너무 달랐다. 선명한 대조를 이루는 생경한 풍경이다.

모두 여행자들은 호기심에 좁은 골목길을 지나면서 이곳저곳 기웃거린다. 머플러의 화려한 색깔이며 머그컵의 투박한 빛깔, 건물들의 밝은 색상, 섬세한 창문 무늬와 다채로운 색채 등 우리 눈에는 어느 것 하나 고색창연하지 않은 것이 없다. 골목길의 풍경은 모든 것이 촌스러운 듯하면서도 촌스럽지 않고 오히려 예스러워서 더욱 신선하게 보이는 공간이다. 예스러움 속에서 새로운 것을 발견하는 듯하였다. 무엇이든 느리지만, 장소와 때에 따라 가치의 기준도 유행처럼 서서히 변해간다. 그리고 덩달아 풍경도 조금씩 변해간다.

'체스키크룸로프' 시가지의 중심인 '스보르노스티' 광장에 이르렀다. 작은 마을에 건물들이 오밀조밀 모여 있다. 이곳은 13세기에 형성된 광장으로 시청사를 비롯해 르네상스 양식의 건물들로 둘러싸인 마을 공회장 같은 곳이다. 17세기에 세워진 시청건물은 지금도 그대로 사용하고 있다. 물론 내부구조는 현대에 맞게 개조하였겠지만, 외양은 르네상스 시대의 옛 모습 그대로인 건축물이다. 그 외 관광안내소, 호텔, 레스토랑이 밀집되어 있어서 여행자들이 빼놓지 않고 드나드는 공간이다.

광장 한가운데에는 페스트가 유행했을 때 페스트의 퇴치기념 및 흑사병으로 숨진 사람들을 위로하기 위한 추모탑으로 1715년의 추수감사절에 세워진 성 삼위일체상이 세워져 있다. 추모탑은 하단의 흑사병을 물리친 성인조각상과 상단의 성모 마리아 조각상으로 이루어져 있다. 수많은 인명피해를 입힌 흑사병의 발병은 유럽 생활상에 많은 영향을 미쳤다고 한다.

주변 건물들을 자세히 보면 특이점을 발견할 수 있다. 바로 건물들의 모양이다. 이곳뿐만 아니라 대부분 유럽의 옛 건물들은 건물과 건물 사이에 빈 곳이 없다. 우리와는 대조적이다. 그 이유는 건물 사이의 틈새가 있으면 쥐들이 서식할 가능성이 아주 크고 그로 인해 흑사병의 악몽이 되살아날 수 있어서 건물 사이의 틈새를 없앴다고 한다.

낯선 마을 중앙광장에 서서 건물들의 모습을 보면 마치 내가 500년 전 중세에 온 듯한 착각에 빠져든다. 먼 옛날 그대로 원형의 모습을 잘 보관하고 있다. 또 그 안에서 후손들이 지금도 살아가고 있다는 사실이 놀랍다. 물론 석조건물이라 수명이 길 수도 있지만 불편함도 클 것이다. 그런 불편을 감수하면서까지 자신들의 문화유산을 자의든 타의든 지금까지 지키고 있다는 사실이 놀라울 뿐이다.

중앙광장 근처에는 특이한 건물이 또 있다. 이름하여 관능미의 마법사 '에곤 실레의 아트센터'이다. '에곤 실레의 아트센터'는 구시가지 광장을 빠

마을 중심인 '스보르노스티' 광장 한가운데에 있는 추모탑

져나가는 작은 골목 같은 거리의 길목에 위치하고 있다. 그는 관능미의 마법사로 유명하다. 유명한 화가의 미술관이라기에는 아주 작다. 이 건물은 역사적으로 의미가 있다. 미술관은 17세기 초에 맥주 양조장으로 지어진 르네상스 양식의 건물이다. 계절에 따라 현대미술전시회를 연다니 한 번쯤 가서 볼만한 곳이다.

중앙광장에서 '에곤 실레의 아트센터'로 빠져나가는 작은 골목

'에곤 실레'는 생전에 어머니의 고향인 이곳에서 작품 활동을 하였지만 오래가지는 못했다고 한다. 이웃에게 발가벗은 미성년자를 그린 죄로 쫓겨나 다시 비엔나로 돌아갔다. 그러나 반세기가 훨씬 지난 1993년 '체스키크룸로프' 마을 사람들은 그의 진가를 인정해 그의 이름을 붙인 미술관을 설립했다. 오늘날에는 파격을 사랑하는 체코인들의 사랑을 받는 화가이다.

'에곤 실레'는 1907년 학부 그림의 전시 때문에 베를린을 방문했을 때 당시 명성이 자자한 '구스타프 클림트'를 만나게 된다. 실레의 그림을 처음 본 클림트는 '지나칠 정도로 재주가 있다'며 그의 그림을 높이 평가했다. 클림트의 제자가 된 실레는 클림트에게 그림을 배우며 아르누보 양식을 계승하기도 했다. 1910년 들어서 스승의 우아하고 장식적인 형상을 떠나서 실레 자신만의 독자적인 스타일을 표현하며 독창성을 발휘하기 시작했다. 이때 실레는 가족이 지원해주던 경제적 후원이 끊겨 고립감과 자기도취적 자기연민에 빠져 있었다. 이 무렵 그는 일련의 심리적, 성적 초상화를 그리기 시작했다.

그리고 1911년 조용히 작품 제작에 몰두할 은둔처로 어머니 고향인 '체스키크룸로프'로 이주했다. 어머니와 사이가 그리 좋은 편은 아니었지만, 어머니 고향이 주는 아름다움에 매료되었다. 비엔나 아카데미에서 함께 공부한 친구이자 매제인 '안톤 페슈카'에게 쓴 편지를 보면 그런 정서가 잘 나타나 있다.

> 보헤미아의 숲에 가고 싶다.
> 그곳에서 새로운 것을 발견하고
> 찬찬히 바라보며 어둑한 곳에서
> 입에 물을 머금고 하늘이 내려준
> 천연의 공기를 마시며
> 이끼 낀 나무를 바라본다.
> 왜냐하면 그것들은 모두 살아있기 때문이다.
> 어린 자작나무 숲에서 바스락거리는 소리를 듣고
> 나무사이로 비치는 햇볕을 쬐며
> 푸른빛과 초록빛으로 물든
> 계곡의 차분한 오후를 즐기고 싶다.

실레의 문학적 소양이 잘 나타나 있는 글을 보면 진심을 조금은 알 것 같다. 실레는 젊은 나이에 요절했다. 에디트와 결혼하고 군 생활을 마친 후 명성과 부를 얻기 시작할 무렵이었는데 그때 나이 스물여덟 살이었다. 1차 세계대전 말미에 불어 닥친 스페인 독감으로 클림트가 죽은 지 8개월, 아내가 죽은 지 3일 만에 일어난 일이었다. 짧은 생애 동안 그린 그의 그림은 미술적 소양을 제쳐놓고 볼 때 춘화 같은 그림들이 일색을 이루고 있다. 그런 그림 때문에 노렌바흐 감옥에 스무나흘 동안 수감되기도 했다.

'체스키크룸로프' 구시가지를 지나면 블타바 강을 가로지르는 또 다른

다리가 나타난다. 멀리 '체스키크룸로프 성(城)'이 보인다. 이쪽에서 바라본 성(城)의 망토 다리는 더 아찔하다. 양쪽을 이어주는 '망토 다리'는 깎아지는 듯한 절벽 위에 세워져 있다. 마치 망토 다리가 조립식 레고마냥 아슬아슬하게 이어져 있어 보는 여행자들의 가슴을 조마조마하게 한다. '체스키크룸로프 성(城)'을 따라 한 바퀴 빙 돌아보고 처음에 출발했던 곳으로 돌아왔다. 이 마을은 시간이 거꾸로 흐르는 듯 옛 모습을 그대로 간직하고 있다.

'체스키크룸로프'는 1992년 유엔에 의해 마을이 통째로 세계문화유산으로 지정된 유적지이다. 마을 크기는 작고 아담했다. 마을은 중세 모습을 원형 그대로 유지하고 있다. 마치 시간이 멈춰버린 공간처럼 보인다. 또 성곽 안에 여러 개의 정원을 배경으로 고색창연한 건물들이 인상적이었다. 마치 체코의 아름다움만을 쏙 빼내어 모아놓은 그런 마을풍경이다. 마을풍경은 『헨젤과 그레텔』에 나오는 과자의 집처럼 보였다. 과자의 집이 마을로 변하면 이런 모습이 아닐까 싶다. 야트막한 언덕 아래 알록달록한 사탕 벽돌로 쌓은 성(城)과 붉은 비스킷으로 만든 지붕, 오메가(Ω) 모양으로 마을 주변을 흐르는 초콜릿색 블타바 강을 보면 달콤하고 맛있는 과자 마을이 연상된다. '체스키크룸로프'는 동화 속의 마을처럼 순박했고 오메가(Ω) 모양을 닮은 낙동강의 안동 하회 마을처럼 고색창연했다. 또, 리드미컬한 블타바 강의 모습은 영산강 느러지 이산 마을이나 영월의 동강과 많이도 닮아있다.

하늘에서 본 '체스키크룸로프' 마을 전경(全景)

냉전 시대에는 이념이 사회가치의 최고 우선이었다. 당연히 사회주의 국가인 체코는 근대사에서 그리 주목받지 못했다. 그 덕분에 '체스키크룸로프'는 개발이 제한되어 현대적 문명이 덜 침투되었다. 결과적으로 오히려 중세의 모습을 고스란히 간직할 수 있어 보헤미아의 진주로서 위상을 한껏 뽐내고 있다. 이것이 역사의 아이러니가 아닐까 싶다.

네 번째 동유럽 풍경

잘츠카머구트
(오스트리아)

소설가 앨리슨 루리는 '나는 연필과 종이, 그리고 혼자 있는 시간만 있으면 세상을 바꿀 수 있다'라고 고백했다.

진정한 자아를 찾아가는 여정(旅程)을 기록한 매일 매일의 대화는 자신의 세상을 바꿔줄 가장 확실한 방법이라는 것이다.

나에게도 낯선 도시여행에 대한 기록을 남기는 긴 여정(旅程)은 자신을 있는 그대로 온전히 지켜내는 일이며, 진정한 자아를 찾아가는 또 다른 여행이 아닐까 싶다.

장크트 볼프강(st.wolfgang) 호수의 투명한 풍경

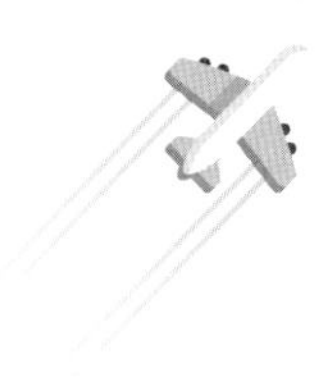

체코 '체스키크룸로프' 성(城)을 나와 오스트리아 '잘츠카머구트'으로 넘어간다. '잘츠카머구트'라는 이름은 왠지 폼나게 들린다. 발음이 어려워서 그런가, 아니면 낯설어서 그런가? 아니면 이름이 이국적이어서 그런가? 아무튼 '잘츠카머구트'하고 발음은 부자연스럽지만, 왠지 맑고 깊다는 느낌이다. 푸른 호수와 깎아지른 듯한 알프스 산자락이 어우러져 한 폭의 수채화 같은 담백한 풍경을 상상하게 된다. 어릴 때 그림 동화책을 너무 많아 보았나? 아니면 알프스의 멋진 풍경 사진을 너무 많이 보았나? 아무튼, 알프스 주변을 생각하면 먼저 떠오르는 것은 잘 닦인 가게 유리창처럼 맑고 투명한 풍경이다.

'잘츠카머구트'은 독일어로 '황제가 소유하는 소금 창고'를 의미라고 한다. 고작 '잘츠카머구트'이 소금 창고라니 순간 멋쩍은 미소가 얼굴에 번진다. 허나 그 당시에는 소금은 지금처럼 쉽게 구할 수 있는 물건이 아니었다. 소금이 황금에 버금가는 소중한 물건이라는 것을 알면 '잘츠카머구트'라는 이름도 황금처럼 반짝거린다. 또 잘츠부르크 외곽에 위치한 '잘츠카머구트'은 아름다운 호수지대라는 것, '잘츠카머구트' 길겐 마을은 모차르트의 외가로 유명하다는 것, 영화 〈사운드 오브 뮤직〉의 촬영지인 '잘츠카머구트'에 해발 2,000m의 산과 알프스의 빙하가 녹아 형성된 76개의 호수가 있다는 것 등 여러 토막지식을 알게 된다면 머릿속의 아름다운 이미지가 마음을 들뜨게 하고 한시라도 빨리 국경을 넘어서게 한다.

체코에서 오스트리아로 국경을 넘는 일은 자연스럽다. 아무런 제약도 제재도 없다. 이웃 마을로 마실가는 느낌처럼 느긋하고 편안했다. 너무 부러웠다. 우리는 서울에서 개성까지 가까운 거리를 가는 데도 제약과 제재가 너무 많다. 사실상 통행이 불가능한 게 현실이다. 오스트리아 잘츠부르크까지는 약 3시간 30분 정도 걸린다고 했다. 가는 도중 외곽에 있는 '잘츠카머구트'에 잠시 들렀다.

오스트리아 국경을 넘어 도로변 휴게소에서 쉬어간다. 그곳에는 'M-place'라는 식당이 있다. 식당은 작은 마을에 있지만, 음식 맛이 주변에 알려지면서 유명해졌다고 한다. 그 명성을 얻고 한국인 관광객도 그곳을 지나가면서 점심때 자주 들린다고 한다. 이곳 음식은 맥주 한 잔에 수프, 주요리인 돼지고기 스테이크와 감자 몇 조각, 그리고 아이스크림 순으로 나오는 현지 음식이다. 평소에 이곳 사람들은 이렇게 식사를 한다. 하지만 정작 '지금 여기' 작은 식당 안을 꽉 채우고 있는 손님은 대부분 한국인뿐이다. 현지어인 독일어가 필요 없는 상황이 연출되고 있다. 여기저기 우리 귀에 익숙한 한국말과 다정한 웃음소리가 좁은 공간 속에 울려 퍼진다. 그래서인지 종업원들도 인사말을 한국말로 한다. 참으로 넓고도 좁은 세상이다.

서양 음식에 적응이 안 돼 밥이 그립다. 그래도 새로운 것에 대한 호기심 덕에 그런대로 먹을 만했다. 이젠 요리 같은 음식으로 한 끼를 때운다는 것도 큰 불편은 없다. 그 이면에는 동유럽에 대한 그리움 같은 것이 작용했는지도 모르겠다. 며칠 지내면서 어디나 사람 사는 곳은 비슷비슷하다는 것, 단지 그 지역의 토양과 환경여건에 맞게 의식주가 변화됐다는 것을 자연스럽게 알아간다.

그래도 다른 지역에서는 음식을 잘못 먹으면 속앓이를 할 수도 있다. 특히 이곳 동유럽의 물은 석회질 성분이 많아 한국 사람의 체질과는 맞지 않으니 조심해야 한다. 먹는 물 한 병에 1유로라는 큰돈으로 매일 사 먹으면서 한국이 얼마나 좋은 금수강산에서 살고 있는지 비로소 실감할 수 있었다. 자그마한 일상에서도 고향산천에 대한 고마움이 느껴진다. 나라 밖에 나오면 고향사랑, 나라 사랑하는 마음이 저절로 생긴다는 말이 빈말은 아니었다.

체코 땅에서 오스트리아로 넘어오면 산천의 변화가 뚜렷하다. 체코에서는 높은 산과 야트막한 언덕도 거의 보이지 않고 지평선이 보일 만큼 초원지대가 연속적으로 나타났다. 그것은 땅이 비옥하지 못하고 많은 지각작용으로 표토층이 아직 두텁게 형성되지 않아서 그렇다. 나무들이 깊게 뿌리를 내리지 못해서 가는 곳마다 큰 나무는 거의 볼 수가 없었고, 대부분 작은 나무나 초원으로 이루어져 있었다. 또한, 밭은 거의 없고 대부분 목초지로 잘 가꾸어져 있다. 목초지 군데군데 집들이 보인다. 단칸집 모양으로 일자형 주택들이 대부분이다. 방 하나, 거실 하나, 부엌 하나의 형태를 취하고 있는 모양으로 별로 크지 않다. 대부분 동유럽 사람들은 생활의 소박함과 검소함이 몸에 배어있는 듯했다.

오스트리아 지방으로 넘어오자 서서히 앞이 답답해지고 큰 나무들이 하나둘씩 보이더니 높은 산들이 나타났다 사라진다. 알프스 산줄기와 가까운 지역으로 들어서자 변화의 기운이 역력하다. 어느 순간 확연히 다른 기운이 느껴진다. 맑고 밝은 기운이랄까? 바로 이곳이 세계자연유산 '잘츠카머구트'이다. 지금까지와는 확연히 다른 신선한 느낌이다. 주변 환경도 변하기 시작한다. 산세가 험해지고 호수가 나타나며, 높은 산 위에 아직 눈이 남아있고 길가에는 나무들이 무성하게 자라고 있다. 이곳은 잘츠부르크의 동쪽 일대에 펼쳐져 있는 산악지대라고 했다.

이곳은 소금을 채취하면서 마을이 형성되었지만, 소금광산은 거의 남아있지 않다. 현재 이곳은 오스트리아에서 가장 인기 있는 관광지가 되었다. '장크트 볼프강(st.wolfgang)' 호수를 끼고 있는 st.길겐 마을과 st.볼프강 마을이 특히 아름답다. 이 호수의 이름은 독일 레겐스부르크

'세인트 길겐' 마을 입구

의 주교였다가 성인(st)이 된 '성인 볼프강'에서 유래되었다고 한다. 모차르트의 이름이 '볼프강 아마데우스 모차르트'인 것도 이 지역 이름을 따온 것이다. '세인트 길겐' 마을은 특히 모차르트 어머니의 고향으로 호젓한 분위기가 맑고 푸른 호수와 어우러진 아름다운 마을이다.

'체스키크룸로프 성(城)'을 나와 꽤 먼 거리를 달려왔다. 오밀조밀하고 아담한 이 마을은 호반 위에 떠 있는 도시다. 아름다운 마을이 볼프강 호수를 따라 길게 발달되어 있다. 호수 주변에 많은 호텔과 펜션들이 세워져 있고 주변에는 마을을 형성하고 있다. 멀리 산기슭에는 '스머프' 동화에나 나올 법한 집들이 옹기종기 모여 있는 모습이 신기했다. 어릴 때 보았던 초록빛 동화 속에나 나오는 그림 같은 마을이다.

'잘츠카머구트 유람선(30유로/1인)'을 타려면 1시간 정도 시간이 남아 모차르트 어머니의 고향을 돌아보려고 마을 깊숙이 들어가 본다. 입구부터 낯선 거리는 단정하고 주택들은 산뜻했다. 낯선 마을은 조명을 켜놓은 것처럼 환하게 밝다. 대부분 3~4층으로 된 건물들이 다채로운 색깔로 단장되어 있다. 건물들은 노란색, 미색, 밤색, 분홍색, 붉은색 등으로 채색되어 있다. 창문마다 베란다를 만들어 놓았는데 그곳에는 노란 수선화가 자라고 있다. 고요하고 평온한 마을을 기웃거리며 이곳저곳을 신기한 눈으로 바라본다. 우리와 역사가 다르고 환경이 달라 사는 집들의 풍경이 낯설지만, 거리는 깨끗했고 마을은 밝고 맑은 색채를 띠고 있다. 그곳을 바라보는 우리 마음도 산뜻해지고 밝아지는 듯했다.

모차르트 어머니의 고향인 '세인트 길겐' 마을

또 낯선 마을 한가운데는 어김없이 성당의 첨탑이 우뚝 솟아있다. 동유럽에서는 어디를 가나 볼 수 있는 흔한 마을풍경이다. 모양도 비슷비슷하다. 높이 솟은 돔 모양의 뾰족한 탑 위에 십자가가 세워져 있고 탑 벽면에는 큰 시계가 있다. 대부분 밝고 따뜻한 색깔로 마을을 꾸몄다. 우리의 도시와는 다른 느낌이다. 우리네 도시가 정적이라면 이곳은 동적인 느낌이다. 우리네 도시의 색채가 담백하다면 여긴 산뜻했다. 우리네 도시가 단정한 차림이라면 여긴 봄 처녀처럼 화사한 차림이다. 마을이 크지는 않았지만 화사한 색깔로 채색된 건물들이 길을 따라 길게 늘어서 있다. 관광지라서 그런지 작은 마을에는 상점들도 간간이 눈에 띈다. 한적하고 아담한 호숫가의 마을이다.

문득 이런 다채로운 색채가 다양한 생각을 만들고, 다양한 생각들은 그들에게 모험적인 행동을 유발한 동기가 된 것은 아니었을까? 유럽 사람들을 점점 진취적으로 변하게 만들고 진취적인 생각들은 낯선 세상에 대한 모험이라는 행동으로 나타나 한발 앞선 그들의 행동이 근대를 지배하게 된 계기가 되었을지도 모른다.

마을에서 가장 눈에 띈 것은 '장크트 길겐(모차르트 어머니가 태어난 집)'이라는 건물이다. 모차르트라는 인물의 유명세 때문이리라. 이 집도 미색으로 채색되어 있고 잘 단장된 2층짜리 건물이다. 네모 반듯한 창문이 위아래 각각 9개가 있는데 2번째 창문 아래에는 모차르트 초상화가 위에는 모차르트 어머니의 초상화 걸려 있다. 또 건물 자투리 정원에는 사철나무가 네모 반듯하고 단정했다. 낯선 마을 '잘츠카머구트'의 건물들은 산뜻하고 거리는 청결하며 마을은 단아하고 조용했다. 또 마을 정원은 자연스러움보다는 절제된 아름다움을 갖고 있다. 마을 뒤로는 잔설이 남아있는 알프스 자락이 흘러내리고 앞에는 넓은 호수가 자리 잡고 있는 전원 마을이다.

방문한 시기가 마침 부활절 기간이라서 그런지 아니면 아직 성수기가 아니라서 그런지 상점들이 문을 열 준비가 덜 된 모양이다. 평일인데도 가게들은 대부분 문이 닫혀있다. 그러다 보니 마을 사람들과 접촉할 기회가 적었다. 마을 한가운데는 유명한 음악인의 마을답게 바이올린을 켜는 소년상이 있었는데 세월의 흐름을 느낄 수 있다. 분수 정원에도 붉은 빛깔, 보라 빛깔, 노란 빛깔 등 화려한 꽃들이 정갈하게 심겨 있다. 마을 어디를 가나 사람의 손길이 묻어나고 활발한 기운이 넘쳐난다.

'장크트 볼프강(st.wolfgang)' 호수와 짤츠감머굿' 유람선 선착장

30~40분 정도 마을을 한 바퀴 빙 돌아 유람선을 타기로 했던 장소에 돌아왔다. '잘츠카머구트' 유람선을 타고 호수로 나간다. 대략 30명 정도가 탈 수 있는 동력선으로 볼프강 호수 주변을 잘 볼 수 있도록 설계되어 있다. 우리나라에서 흔히 보는 유람선과 흡사했다. 영화 〈사운드 오브 뮤직〉 촬영지로 알려지면서 더욱 유명해진 이곳은 등산 열차를 타고 알프스 정상을 올라 아름다운 경치를 감상하기도 하고, 빙하가 녹아 만들어진 옥빛 호수(볼프강 호수 or 몬트 호수)를 배를 타고 여기저기 돌아다니며 구경하기도 한다. 유람선을 타고 호수를 미끄러져 나가면 호수 가장자리를 따라 늘어선 집들이 데칼코마니처럼 호수에 비친다. 눈앞에 비치는 풍경을 그저 바라보고만 있어도 그 느낌이 깨끗했다. 잔잔한 호수 위를 달리면서 바쁜 일상에서 벗어나 잠시 깊은 상념에 잠긴다. 마치 옥빛 호수에서의 시간은 멈춘듯했다. 참된 시간은 자연 속에 존재하는 듯했다. 자연 또한 참된 시간 속에 존재했다.

이곳에서의 시간은 수량화할 수 있는 직선의 시간이 아니었다. 다채로운 색깔과 무늬가 가로세로 어우러진 자유롭고 울타리가 없는 자연의 리듬과 생명의 율동이 꿈틀거리는 곡선의 시간만 존재하는 듯했다. 알프스 아래 푸른 호수에서는 풍성하고 역동적인 시간, 촉촉하고 비옥의 시간만 존재하는 듯했다. 생명은 이런 시간과 자연의 결합 속에 잉태되고 창조되는 모양이다.

호숫가를 따라 천천히 달리다 보면 옥빛 물결, 멀리 보이는 알프스산맥의 절경, 그리고 눈 덮인 산봉우리가 옅은 안개에 싸여 신비로움을 더해준다. 아름다운 산천의 정경(情景)은 꾸밈이 없고 순수했다. 알프스를 머금고 있는 볼프강 호수의 풍경은 티끌 한 점 없이 맑고 투명하다. 알프스에서 불어오는 신선한 바람에 마음이 정화되는 듯했다. 신선한 기운이 감도는 푸른 호수에서는 자연의 맑고 순수함에 잔잔한 울림이 전해져 오는 듯했다.

알프스 산자락과 호수를 따라 별장 같은 건물들이 많이 보인다. 강가로 따라 이어지는 마을풍경들도 때가 묻지 않았다. 반대쪽으로는 알프스의 높고 낮은 오름마다 잔설이 남아있고 호수의 잔잔한 물결 따라 출렁

알프스 산자락과 호수

거리는 듯했다. 동화 속의 알프스다. 직접 걸어서 가볼 수는 없지만 멀리서 바라보는 감동과 재미도 쏠쏠했다. 하늘은 잔뜩 비바람을 품고 산봉우리를 집어삼키고 있다. 호수 주변의 세상은 신화(神話)의 세상으로 돌아가는 듯했다.

알프스는 맑은 날에는 담백한 풍경도 좋고, 흐린 날에는 상상이 많아져서 좋다. 이런 곳에 사는 이들은 행복하지 않을 수가 없을 것이다. 매일 호수 주변을 산책하면 행복지수가 높아질 것만 같다. 맑은 날 늦은 오후에는 시간이 멈춘 듯이 느리게 흘러가고 햇살은 노란 빛깔로 호수를 물들일 것이다. 아침에는 활기차고 의욕적인 하얀 빛깔의 햇살이 바라보는 사람들에게 희망을 전하며 행복한 풍경을 그려낸다. 사시사철 비 오면 비 오는 대로, 눈이 오면 눈이 오는 대로, 맑으면 맑은 대로, 흐리면 흐린 대로 다른 모습의 풍경을 가져다주는 알프스가 지금 내 눈앞에 있다. 어찌 그 아름다움에 감동하지 않을 수가 있겠는가?

거기에다 마을 주민들은 자신들의 사생활까지 조금씩 양보하면서 이곳을 가꾸고 보존한다는 가이드 말은 또 하나의 감동이다. 자연을 지키려는 주민들의 노력이 눈에 보였다. 대략 40분쯤 지나 다시 선착장에 돌아왔다. 버스가 기다리는 곳까지 마을로 통하는 좁은 오솔길을 따라 서서히 움직였다. 걷기에 좋은 마을 길이다. 어디를 가나 깨끗했다. 휴지 하나, 폐비닐이나, 빈 병 하나 보이지 않는다. 이것은 한 사람의 힘으로는 불가능하다. 모두가 힘을 합칠 때만이 가능한 것이다. 이렇게 깨끗한 자연환경을 보면서 자라난 아이들이 예술가가 되지 않을 수가 없을 것 같다는 생각이 든다.

'잘츠카머구트'은 웅장한 알프스 산에 둘러싸여 있는 작고 조용한 마을이다. 깨끗한 호수, 푸른 언덕, 그리고 고즈넉한 마을이 있는 '잘츠카머구트'에서 어쩌면 잊고 있었던 혹은 알지만 모르는 척 지나쳐버렸던 인생에서 중요한 것들을 찾을 수 있었으면 한다.

체코의 '체스케 부데요비체'에서 나서서 '체스키크룸로프', '잘츠카머구트'을 돌아보고 오후 늦게 오스트리아 잘츠부르크에 다다른다. 하루 동안 국경을 넘나드는 길고도 짧은 여행이다. 비록 묶음이라는 방법의 겉핥기식 여행이지만 내게 시시각각 다가오는 또 다른 공간의 느낌은 늘 새롭고 산뜻했다. 평상시와는 다른 공간에서 다른 시간을 살았던 풍경을 만나는 기분은 금세 여행자의 마음을 들뜨게 했다. 그리고 일상을 새삼 되돌아보게 만들고 은퇴 후 앞으로 살아갈 시간들을 상상하게 했다.

다섯 번째 동유럽 풍경

잘츠부르크
(오스트리아)

토니 휠러는 '여행은 늘 사람에게 새로운 길을 열어준다. 다른 문화를 이해하고 서로 돕는 것이다. 나에게 여행이란 사람을 만나는 것이다'라고 했다.

낯선 도시여행을 통해서 우리는 많은 사람과 접촉할 것이다. 공항 터미널 안에서, 버스 안에서, 식당에서, 여행지에서, 거리에서 수많은 사람과 스치고 지나가고 또 만나고 헤어질 것이다. 여행은 한 편의 드라마처럼 또는 한 권의 책처럼 수많은 사람이나 사물들이 우리에게 다가왔다 사라질 것이다. 그 속에서 우리는 책이나 드라마 독자가 되기로 하고, 관객이 되기도 하며 또는 주인공이 되기도 한다. 낯선 도시여행을 통해 많은 것을 배우고 사람들이 사는 다양한 세상을 이해하고 싶다.

호헨잘츠부르크 성에서 바라본 잘츠부르크 묵직한 풍경

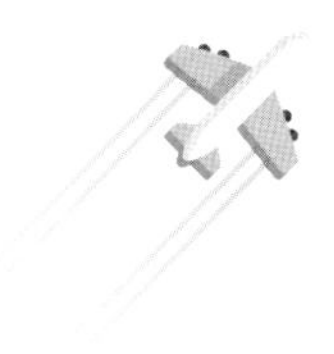

낯선 도시를 여행하면서 동시에 낯선 도시를 여행하고 있는 자신을 관찰한다. 낯선 도시를 여행하는 자신을 관찰하는 동안 우리는 자신이 어떤 사람인지 알아간다. 낯선 도시를 여행하는 자신을 관찰하는 일은 깊이 생각하는 일과 사뭇 다르다. 깊이 생각하는 일은 빨리 판단해야 하고 비판해야 하고 결정을 내려야 하는 일이지만, 자신을 관찰하는 일은 천천히 바라보는 일이다. 낯선 도시여행에서 보는 속도를 조금 늦추기만 해도 더 많은 풍경이 보일 것이다. 잔설(殘雪)이 깔린 알프스의 높고 낮은 언덕들이 어느 순간 멀어진다. 그 대신 버스 차창에는 낮은 언덕 사이마다 듬성듬성 크고 작은 주황 빛깔의 집들이 나타났다 사라진다. 산천에는 연둣빛 초원이 양탄자마냥 깔려있고 집 앞마당에는 푸름이 가득했다.

어느 순간 다른 풍경, 다른 거리, 다른 건물들이 보이기 시작했다. 늦은 오후에야 오스트리아 잘츠부르크에 다다랐다. 이곳에서는 〈사운드 오브 뮤직〉이란 영화에서 마리아 수녀와 대령의 자녀들이 '도레미송'을 불렀던 장소로 유명한 바로크식 미라벨 정원과 궁전, 잘츠부르크의 아름다운 간판 거리 게트라이데 가세, 아름다운 분수가 있는 레지던트 광장과 대성당 등 구시가지를 돌아볼 것이다. 잘츠부르크는 알프스의 경치와 화려한 건축술의 독특한 조합으로 전 세계에서 아름답기로 손꼽히는 도시이다. 잘츠부르크는 알프스 산 북부와 잘차흐 강의 평평한 유역에 자리한 아담한 도시로 비친다.

그러나 도시의 역사를 거슬러 올라가 보면 일찍이 고대부터 소금무역의 중심지로 번영을 누렸고 798년에 대주교 관구로 지정되면서 가톨릭 문화의 중심지가 되었다. 19세기 오스트리아 영토로 편입되기 전까지 이곳을 통치한 대주교들은 로마를 닮은 건축물을 시내 곳곳에 세워 '북쪽의 로마'라는 별명까지 얻게 되었다. 잘츠부르크의 행운은 여기서 그치지 않는다. 천재음악가 모차르트가 태어났고, 뮤지컬 〈사운드 오브 뮤직〉의 촬영지로 유명세가 오른 후 그야말로 시들지 않는 인기를 누리고 있다. 자연은 물론 음악, 건축, 교육의 도시로 불리며 연중 관광객으로 북적이고, 해마다 여름이면 유럽 3대 음악제의 하나인 잘츠부르크 페스티벌이 열려 세계적인 음악인들이 이곳으로 모인다.

관광과 휴양의 도시인 '잘츠부르크'라는 낯선 도시에 들어왔다. 낯선 도시를 여행하는 이유는 사람마다 다르다. 차창에 비친 낯선 도시가 품고 있는 다양한 풍경을 보면서 새로운 세상을 상상한다. 다양한 세상이란 복잡한 세상이 아니라 각기 다른 생각들이 존중되는 세상일 것이다. 다양한 세상은 거창한 주장으로 만들어지는 것이 아니라 서로 다르다는 것을 인정하고 존중하는 지극히 상식에서 출발한다. 그 다양한 풍경을 보고 싶어서 이곳까지 여행을 왔다. 그러려면 낯선 도시 잘츠부르크가 표현하는 다양한 풍경을 바로 볼 줄 알아야 한다. 건축물, 박물관, 궁정과 공원, 도시를 만들고 있는 길과 강 등 낯선 도시의 모든 풍경이 하는 말을 알아들어야 한다. 비록 같은 장소라도 어제와 오늘의 풍경이 서로 다르고, 맑은 날과 흐린 날의 풍경이 서로 다르고 함께 걷는 사람에 따라 그곳에서 느끼는 감정의 빛깔이 달라지기 때문이다.

낯선 거리에 들어서자 잠시 혼란스러웠다. 거리의 풍경이 우리와는 사뭇 달랐기 때문이다. 우선 거리에는 중앙선인 노란 차선이 없다. 모두 흰 차선뿐이다. 좀 의아했다. 점선으로 된 흰 차선 두 가닥이 중앙선 구실을 하는 모양이다. 도로 중앙의 두 가닥 흰 점선을 중심으로 한 차선은 직진 표시만 다른 차선은 우회전 표시만 덩그러니 그려져 있다. 또 건물들은 높지 않았다. 다만 크고 기다랄 뿐이다. 그리고 건물과 건물은 대부분 다닥다닥 붙어있다. 건물 사이에는 빈 공간이 거의 없다. 여기서도 과거 유럽을 휩쓴 페스트의 학습효과 때문인지도 모른다. 이곳의 가게들은 우리나라처럼 밖에 물건을 진열하는 경우는 거의 없다. 인도는 차분하고 한산해서 여행자들이 걸어 다니기에 불편이 없다.

처음으로 버스를 세운 곳은 '도레미송'을 불렀던 장소로 유명한 바로크식 미라벨 정원과 궁전 입구이다. 입구는 회색 벽으로 둘러싸여 있다. 들어가는 문은 오래된 바로크 문양이 설치된 화려하지 않은 아치형 철문으로 초라하게 보였다. 아마 정문이 아니고 후문쯤 되는가 보다. 하지만 그곳을 들어서는 순간 정원의 크기에 한 번 놀라고 정갈하게 가꾸어진 넓은 정원의 절제된 아름다움에 또 한 번 놀란다. 동유럽에 와서 처음 보는 서양식 정원이다. 동양처럼 울창한 숲과 정자, 그리고 소(沼)가 어우러진 한 폭의 산수화 같은 아담한 정원은 아니다. 아기자기하고 섬세한 아름다움은 없다. 그 대신 정원의 모든 것은 단정했으며 넓고 웅장한 맛이 일품이다. 특히 단정하게 가꾸어진 정원에는 빨간색 튤립과 노란색과 보라색의 꽃들이 푸른 잔디 위에 자수를 놓은 것처럼 다양한 무늬의 형상을 만들어내고 있다. 동양 정원에서는 볼 수 없는 분수와 그리스 신화에 나오는 영웅들의 조각상이 정원의 분위기를 웅장하고 화사하게 만들어준다.

특히 바로크식 미라벨 정원은 나무의 잔가지까지 사람의 흔적이 드러나도록 매만져져 있다. 마치 인공을 가하지 않는 것은 불성실로 비치고 있는 듯 네모 반듯하게 다듬어져 있다. 거기에 비해 우리나라 정원은 본래 거기

호헨잘츠부르크 성(城)이 보이는 미라벨 정원과 궁전의 우아한 풍경

에 있었던 것처럼 사람의 손길이 느껴지지 않아야 가장 아름다운 정원으로 여긴다. 우리나라 정원은 사람의 손으로 다듬어진 것은 어색하게 느껴진다. 참으로 나라마다 자연을 대하는 태도가 대조적이다. 낯선 도시에 와서 작은 것이지만 다양한 문화를 보고 느끼고 배워서 너무 좋았다.

이 궁전은 1606년 볼프 디트리히 대주교가 사랑하는 연인 살로메 알트를 위해 지은 것으로 두 사람 사이에는 무려 15명의 자녀가 있었다고 한다. 17세기 당시 성직자는 결혼이 금지되었는데 대주교는 당당히 연인과의 관계를 밝혀 종교단체의 노여움을 샀고 결국 요새에 감금되어 외롭게 죽음을 맞는다. 그 후 궁전과 정원은 종교적 수치로 여겨지자 후임자인 마르쿠스 대주교는 그 명칭을 프랑스어로 '아름다운 전경'이라는 뜻의 '미라벨'로 바꾸었다. 이 궁전은 19세기 초 화재로 파괴된 후 새로 복원해 오늘날 시청사로 사용하고 있다. 궁전 내부의 '대리석 방'은 모차르트 가족이 대주교를 위해 연주회를 한 장소로 오늘날 세상에서 가장 아름다운 결혼식장과 연주회장으로 사용되고 있다. 궁전보다 더 유명한 미라벨 정원은 〈사운드 오브 뮤직〉에서 마리아가 대령의 아이들과 함께 '도레미 송'을 부르는 장소로 깜짝 등장한 곳이다. 17세기에 바로크 양식으로 만든 정원에는 사계절에 꽃이 만발하고, 그리스 신화를 묘사한 중앙 분수, 북문 쪽에는 유니콘 조각과 페가수스 분수 등이 볼만하다. 무엇보다도 이곳에서 바라보는 호엔잘츠부르크 요새는 엽서에도 나올 만큼 아름답다. 중앙 분수 옆엔 바로크 박물관도 있다.

미라벨 정원의 단정한 풍경

미라벨 정원에서는 약 1시간 정도 자유롭게 돌아다닐 수 있는 시간이 주어졌다. 현지가이드의 설명을 들으면서 오른쪽으로부터 서서히 구경을 나선다. 한꺼번에 두세 가지 일을 동시에 하다 보니 가이드의 설명이 귀에 잘 들어오지 않는다. 그래도 듬성듬성 설명을 들으면서 미라벨 정원을 걸었다. 서서히 낯선 풍경 속으로 빠져든다. 그리고 낯선 도시를 여행하는 자신을 관찰한다. 자신을 관찰하는 일은 천천히 바라보는 일이다. 낯선 도시를 보는 속도를 늦추기만 해도 많은 것들이 보인다. 하지만 묶음 여행에서는 짧은 시간에 그 넓은 곳을 서서히 음미하면서 구경하기에는 시간이 턱없이 부족했다. 수박 겉핥기식으로 대충대충 보면서 자신들의 흔적을 남기기에 여념이 없다. 여행자들은 이 궁전의 역사적 사실을 통해 옛사람들이 살아왔던 숨결을 느끼기보다는 정원의 아름다움에 취해 낯선 풍경을 자신만의 사진 속에 담아보려는 마음이 앞선다.

가까이서 학교합창단 아이들의 '도레미 송' 노래가 들려온다. 〈사운드 오브 뮤직〉이라는 영화를 보는 내내 그 노래의 멜로디와 리듬은 매우 경

'도레미 송'을 노래하는 합창단 아이들

쾌한 느낌을 주었다. 영화를 통해서 수차례 보았던 상상 속의 공간이 내 앞에 있다. 낯선 도시가 갑자기 친근하게 느껴졌다. 낯설게만 느껴진 공간 속에 내가 알고 있는 기억 속의 작은 공간도 있다는 사실이 무척 반가웠다. 이곳 사람들은 무슨 행사가 있으면 항상 이 장소에서 '도레미 송' 노래를 부른다고 한다.

미라벨 궁전의 조금 높은 언덕에서 전체 풍광을 보고, 정갈한 정원 꽃밭을 거닐면서 아름다움에 취하다 보니 어느새 자유시간이 훌쩍 지나가 버렸다. 왼쪽 입구를 통해 궁전을 빠져나온다. 고풍스러운 시청사 건물도 보이고 그 앞으로 잘자흐 강이 흐르고 있다. 주변에 심어놓은 푸른 나무와 초록 잔디가 어우러져 강물까지 연두 색깔로 덧칠해 놓은 듯했다. 잘자흐 강 너머에는 높이 솟아있는 호헨잘츠부르크 요새가 눈에 잡힐 듯이 다가온다.

구도심으로 들어가는 길목에는 초록 물빛을 지닌 잘자흐 강이 흐른다. 강폭이 넓지는 않지만, 강둑을 따라 초록빛이 짙다. 강가의 짙은 초록빛이 여행자의 마음을 더 푸르게 했다. 강 건너에는 바로크식의 3~4층 정도의 건물들과 그 뒤로 군데군데 성당의 돔들이 보인다. 길 따라 가로수가 울창했다. 오래전에 형성된 전형적인 유럽의 마을이다. 도시 크기는 손에 잡힐 듯이 아늑하고 포근한 느낌이다. 잘츠부르크의 아름다운 간판 거리 게트라이데 가세, 아름다운 분수가 있는 레지던트 광장, 대성당 등 구도심를 보기 위해 마카르트 다리를 건넌다. 낯선 도시를 주의 깊게 살펴보면서 잘자흐 강을 따라 천천히 걸었다. 다른 세상이 더 가깝게, 더 정답게 다가온다.

마카르트 다리 난간에 희한한 진풍경이 벌어진다. 난간에 빨강, 노랑, 초록, 파랑, 녹슨 것, 새것, 큰 것, 작은 것 따위의 울긋불긋 다양한 모양과 색깔의 자물쇠가 걸려있다. 잘자흐 강 다리 위에 수많은 연인의 언약과 사랑이 피어나고 있다. 연인들이 사랑이 영원히 변치 않기를 바라는 의미를 담아 매달은 '사랑의 자물쇠'이다. 연인들이 사랑을 맹세하는 의례인데 우리나라에도 서울 남산 N서울타워에 오르면 야외전망대 난간에 수천 개의 자물쇠가 매달려 있다.

어디에서 유래했는지 불분명하지만 100여 년 전 1차 세계대전 당시 세르비아의 한 여성이 전쟁터에 나간 연인이 사망하자 그 사랑을 지키기 위해 다리 난간에 자물쇠를 매단 게 시초란 설이 있고, 이탈리아 피렌체의 베키오 다리 철조망에 자물쇠를 걸어놓고 열쇠를 강에 던지면 영원한 사랑을 이룰 수 있다는 전설에서 유래됐다는 이야기도 있다. 이후 유명 시인과 소설가들이 잇달아 소재로 다루면서 '사랑의 자물쇠'는 동서양을 막론하고 세계적으로 확산했다.

이런 진풍경은 사람들이 실연을 몹시 두려워한다는 것을 보여준다. 이때의 실연은 '헤어짐' 자체가 아니라 거절당하는 것을 의미한다. 즉 내가 이별을 통보하는 것은 괜찮지만, 이별을 통보 당하는 건 못 참는다.

사랑의 약속, 처음 사랑에 빠질 때 사람들은 자신이 누군가를 선택했다고 생각한다. 사실은 그렇지 않다. 사랑이 나를 선택한 것이다. 알 수 없는 힘에 의해서 이끌려 느닷없이 누군가가 삶 속으로 들어오는 것이 사랑이다. 그렇기에 사람들은 헤어짐을 두려워하여 이런 간절한 소망을 기대하는 것일 수도 있다.

최근에는 연인들이 난간이나 가로등, 벤치, 조각물 등 어디든 가리지 않고 크고 작은 자물쇠를 매달아 놓다 보니 안전과 환경오염 등의 문제가 발생하고 있다. 이탈리아 로마에서는 최근 밀비오 다리 가로등 2개가 자물쇠 무게를 이기지 못해 무너졌다. 프랑스 파리의 퐁데자르 다리도

마카르트 다리에서 바라본 잘자흐 강

자물쇠가 점령해 붕괴 위험마저 있었다. 당국이 난간을 교체했는데 자물쇠 무게만 0.5톤이 넘었다. 현재 파리 다리와 에펠탑 난간에만 사랑의 자물쇠 70만여 개가 매달려 있다고 한다.

환경 문제도 심각하다. 자물쇠를 채우고 열쇠는 주변에 던지다 보니 강바닥이나 전망대 아랫부분은 버려진 열쇠가 가득하다. 자물쇠가 빗물에 노출되다 보니 녹슬어 온통 녹물투성이가 되는 등 점점 흉물스런 모습으로 변해가는 문제도 있다. 이탈리아에서는 밀비오 다리에 자물쇠를 달다 적발될 경우 50유로(약 7만1,000원)의 벌금이 부과된다. 야박하다는 생각이 들 수도 있지만, 안전과 환경에 문제가 있다면 모종의 조치가 필요하다.

미라벨 정원과 잘자흐 강을 지나 구도심으로 들어간다. 마카르트 다리를 건너서 잘츠부르크의 아름다운 간판 거리 게트라이데 가세, 모차르트의 생가, 아름다운 분수가 있는 레지던트 광장, 잘츠부르크 대성당을 천천히 둘러본다. 도시풍경은 모든 것이 낯설기만 했다. 아름다운 간판 거리 '게트라이데 가세'는 마치 서울 명동거리처럼 길은 좁고, 건물들은 빽빽하고, 볼거리는 넘쳐난다. 덩달아 여러 나라 여행자들로 넘쳐나고 있다.

낯선 나라에서 만난 또 다른 나라의 여행자들의 눈빛은 호기심이 가득 찼고 진실했다. 인파에 휩쓸려 좁은 거리를 낯선 그들과 함께 천천히 걸었다. 낯선 길을 걸어가면서 느끼는 즐거움은 눈으로 보는 기쁨, 가슴으로 느끼는 설렘, 마음으로 느끼는 뿌듯함이다. 이 거리는 몸과 마음의 무디어진 감각을 깨운다. 오래전에 무역상들이 오가던 길목인 '게트라이데'는 '빨리 걷다'라는 뜻의 독일어이고 '가세'는 길을 뜻한다.

잘츠부르크의 가장 유명한 거리로 상점에 달린 아름다운 철제 간판이 여행자를 유혹한다. 상점 처마에 표시된 건축연도를 보면 얼마나 오래된 건물인지 새삼 깨닫게 된다. 대부분 몇백 년 된 건물들이다. 가게의 작은 창문 안에 있는 크리스마스트리, 성모 마리아상, 산타클로스 등 진기한 인형과 모차르트의 고향답게 음악 관련 CD, 소금의 고장답게 7가지 허브가 들어있는 소금 등 여러 가지 판매하는 물건들을 눈으로만 구경하고 지나간다. 가게들은 밖에서는 화려하지 않고 소박하고 아담하지만, 안을 들여다보면 화사하고 아름답고 신기한 물건들로 가득 차 있다. 그 안에는 세모난 풍경, 네모난 풍경, 그리고 빨간 노란 파란 풍경들로 가득했다.

한참 길을 걷다가 가이드가 멈춘 곳은 바로 '모차르트 생가' 앞이다. 오스트리아 국기가 길게 건물을 가로 지르고 있고 짙은 노란 바탕에 창문마다 하얀색으로 채색된 건물 가운데 '모차르트 생가'라는 글씨가 새겨져 있다. 모두 한참을 올려다본다. 여행자들은 누가 먼저라고 할 것도 없이 일제히 사진을 찍는다. 밋밋한 건물사진이다. 이름이 없으면 건물 모양이 비슷해서 알 수가 없다. 밋밋한 '모차르트 생가'라는 건물을 보기 위해 수많은 사람이 해마다 이곳을 찾아온다. 잘츠부르크를 관광명소로 만들고 있다. 모차르트라는 음악가의 명성이 얼마나 대단한지 알 것 같다.

‘모차르트 생가’ 사진 찍는 여행자들

'게트라이데 가세' 골목이 끝나는 곳에 아름다운 분수가 있는 레지던트 광장이 있다. 1660년에 만든 레지던트 광장의 분수대는 영화 〈사운드 오브 뮤직〉에 나오는 장소로 많은 여행자가 몰린다. 길거리 노포에 앉아 스테이크에 포도주 한 잔 마시고 싶은 그런 편안한 풍경이다. 광장 바로 옆으로 잘츠부르크 대성당이다. 성당 문 앞에는 774년, 1628년, 1959년 이

잘츠부르크의 명소 '게트라이데 가세' 골목

렇게 구분된 것이 세 번에 걸쳐서 성당을 다시 만들었다고 한다. 지금의 모습이 만들어지기까지 이렇게 많은 세월의 흔적이 남게 되었다.

유럽의 거의 모든 성당에는 멋진 조형물들이 장식을 이루게 되는데 잘츠부르크 대성당도 예외는 아니었다. 성당 내부로 들어가면 역시나 그 규모에 압도당하는데 화려한 모습도 눈에 들어오지만, 성당 안으로 들어가면 그 엄숙함에 숙연해진다. 이 성당은 17세기에 오스트리아 잘츠부르크에 지어진 바로크 양식의 종교 건물로 잘츠부르크 대교구의 대성당이다. 주보성인은 잘츠부르크의 성 루페르토 주교이다. 오스트리아의 대표적인 작곡가인 모차르트가 이곳에서 유아세례를 받았으며, 안톤 디아벨리는 이곳 잘츠부르크 대성당의 소년 성가대 소속으로 성가를 부른 적이 있었다고 한다.

잘츠부르크 대성당

먼 과거의 흔적이 곳곳에 남아있는 예스러운 도시 잘츠부르크에서 살아가는 사람들, 그들을 통해 오래전부터 이어져 온 옛이야기를 들었다. 그리고 잘츠부르크의 낯선 거리 '게트라이데 가세'를 걸어오면서 오늘의 이야기도 함께 듣는다. 좁은 길과 광장을 지나자 대성당 너머로 호헨잘츠부르크 성(城)이 보인다. 구도심에서 가장 높은 묀히스베르크 산 정상에 있어 잘츠부르크 시내 관광의 이정표 구실을 한다. 이곳에 오르면 시내 어디든 잘 보여 나침판처럼 길잡이가 되어준다. 호헨잘츠부르크 요새를 오를 수 있는 등산리프트가 설치된 곳에 이르렀다.

이곳은 잘츠부르크의 상징이자 오스트리아에서 손꼽는 문화재로 유럽에서 가장 큰 요새이다. 이 요새는 1077년 게하르트 대주교가 남독일 제후의 공격에 대비해서 건축한 이래 18세기까지 수백 년 동안 증축되었다. 외세의 침입을 막기 위해 요새까지 지은 것으로 보아 가톨릭 소국가의 당시 부와 권력이 얼마나 대단하였는지를 짐작할 수가 있었다.

이곳은 걸어서 올라갈 수가 없다. 등산리프트를 이용해서만 호헨잘츠부르크 성(城)에 오를 수 있다. 언덕이 높지는 않지만, 매우 가파르다. 호헨잘츠부르크 성에 올라서면 잘츠부르크의 모습은 그림 같은 아름다운 풍경으로 변해간다. 잘츠부르크 시가지는 오래된 사진첩 속에 숨어있던 빛바랜 사진이 된다. 오래전부터 자연적으로 형성된 도시지만 마치 누군가가 임의로 만들어서 색칠한 것 같은 인상을 풍긴다. 색다른 풍경은 바라볼 때마다 깊은 감동을 불러일으킨다. 이 공간은 먼 과거와 현재 그리고 다가올 미래가 함께한다.

과거 외세의 침입을 막고 생존을 위해 이런 가파른 절벽 위에 세워진

이 성은 지금까지 잘 보존되어 그 아름다움이 빛을 발하고 있었다. 요새 안에 있는 수령 수백 년은 족히 될 것 같은 커다란 보리수나무가 이 요새를 지켜주는 수호신인 양 석양에 빛을 발하고 있다. 석양의 빛과 함께 낯선 도시의 하루가 저물고 있다. 이곳은 계속 머물고 싶을 만큼 풍경이 아름다운 공간이다. 그 아름다움은 풍경을 온전히 들이마시고 싶을 만큼의 강한 충동이 느껴지는 곳이다. 그 아름다움은 일상의 환멸과 권태, 그리고 은퇴 후에 다가올 허탈감으로부터 나를 벗어나게 해줄 것이라고 믿는다.

잘자흐 강이 시내 중심으로 흐르고, 알프스 산이 도시를 감싸는 '잘츠부르크'는 8세기부터 소금교역을 통해 부를 쌓고 대주교의 통치하에 가톨릭교가 중심이 된 도시이다. 시내를 조금만 벗어나도 자연 그대로의 속살을 내주어 제대로 된 치유를 선사한다. 천재음악가 모차르트가 태어나고, 세계가 사랑한 지휘자 카라얀의 고향이기도 하며 도시 곳곳에서 흘러나오는 오케스트라와 교향곡, 왈츠로 낭만을 더한다. 특히 영화 〈사운드 오브 뮤직〉 촬영지를 따라 여행하는 것도 멋진 추억이 된다. 영화 속의 풍경들을 섬세하게 다 기억할 수는 없지만, 알프스의 그림 같은 초원은 기억한다. 그런 영화 속의 장소와 함께했다는 사실만으로도 마음이 쿵쿵거린다.

낯선 도시여행은 책을 읽는 일과 같다. 여행하는 것도 책을 읽는 행위와 같이 산책하고, 생각하고, 사랑하며 여행자로서만이 아니라 삶을 가꾸는 '나다운 나'로 살아보는 일이다. 사실이건 몽상이건 이런 여행을 통해 다른 세계와 좀 더 가까워진다면 다른 삶을 보면서 내가 되고 싶은 존재에 근접해 간다면 세상은 여행만 한 배움도 없을 것이다.

여행은 낯선 세상을 보고, 다른 세상과의 차이를 알아가는 과정이라고 했다. 세상의 다양성과 차이를 인정하면 여행을 다녀와서 일상은 더 유연해지고 단단해진다고 했다.

호헨잘츠부르크 성에서 본 아름다운 '잘츠부르크'

낯선 도시 잘츠부르크를 여행할 때는 몰랐는데 여행에 대한 글을 쓰면서 알게 되었다. 보고 왔는데 또 보고 싶거나, 이번엔 못 보았지만, 다음엔 꼭 가야겠다는 생각이 드는 공간이 세상에는 너무도 많다는 것을 말이다.

2일 차_ 여행 정리

- 8시~09시: 체스키 크롬로프(체코)로 버스 이동
- 09~11시: 체스키 크롬로프(체코) 관광
  - 체스키 크롬로프 성 관광
  - 골목길 가게 쇼핑
  - 이발사 다리 건너기
- 11시~12시: 버스 이동
- 12시~13시: 점심
- 13시~15시: 잘츠카머구트 관광
  - 볼프강 호수 유람선투어
  - 모차르트 외가마을 관광
- 15시~17시: 버스 이동
- 17시~19시: 잘츠부르크 관광
  - 미라벨 정원 관람
  - 모차르트 생가 관람
  - 잘츠부르크의 아름다운 거리 게트라이드 걷기
  - 등산리프카를 이용해서 호헨 잘츠부르크성 오르기
  - 호헨잘츠부르크성에서 잘츠 부르크 풍경 감상

◇ 3일 차 ◇

슬로베니아, 크로아티아

Slovenia, Croatia

여섯 번째 동유럽 풍경

블레드
(슬로베니아)

소설가 마르셀 프루스트는 '진정한 발견여행은 새로운 풍경을 찾아내는 데 있는 것이 아니라, 새로운 눈을 갖게 되는 데 있다'고 했다.

이처럼 여행은 삶을 사랑하는 누군가가 또 다른 저편 어딘가에 사는 누군가의 삶을 바라보며 '아름답다'라는 단어를 떠올리는 것이다.

또, 여행지에서는 사람도 낯설고 눈에 들어오는 풍경도 익숙하지 않으며 사물들도 낯선 것들로 꽉 차 있다. 눈에 들어오는 모든 것이 익숙하지 않기에 새로운 시각으로 바라보게 된다.

슬로베니아 블레드 성(城)의 담백한 풍경

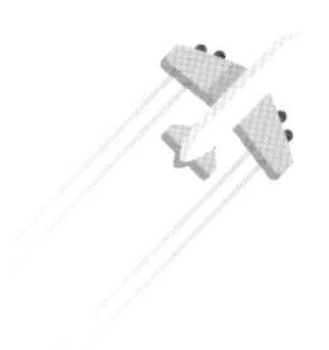

창밖의 사물들이 서서히 윤곽을 드러내기 시작한다. 동녘에 해가 살며시 고개를 들더니 어둠을 서서히 밀어내고 있다. '잘츠부르크'라는 작은 도시에도 아침이 밝아온다. 잠자리가 바뀌어서 그런가? 아니면 '잘츠부르크'라는 낯선 도시의 아침 풍경을 보고 싶어서 그런가? 일찍 눈이 떠진다. 몸을 뒤척이다가 새로운 도시의 낯선 풍경이 궁금해서 운동복 차림으로 밖으로 나왔다.

도시는 언제나 익명성과 다양성을 사람들에게 제공해 왔다. 도시는 낯선 사람이 거리를 걸어도 아무도 관심을 가지지 않는 곳이고 거리마다 수많은 가게가 있어서 볼거리, 먹거리를 제공해 준다. 그래서 낯선 도시에서의 산책은 편하고 마음이 가볍다. 낯선 도시의 산책은 수많은 가능성으로 가득 차 있다는 사실에 놀라기도 하고, 문밖을 나서기만 하면 낯선 풍경들을 찾을 수 있다는 생각에 즐겁기도 하다. 모든 건물이나 가게 입구는 다른 세계로 통하는 출구인 듯 보였다. 낯선 도시는 다양한 인생의 가능성이 압축되어 있다. 낯선 도시는 그 다양함이 다채로움을 만들어내는 공간이다.

낯선 도시의 공항관제탑도 멀리 보이고, 거리에는 그리 높은 않은 낯선 건물들이 가지런히 들어서 있다. 보이는 사물 하나하나가 눈에 익숙하지 않다. 도시가 낯설면 낯설수록 풍경의 다채로움은 더욱더 풍성해진다. 익숙하지 않은 세상에 대한 호기심 반, 두려움 반으로 또 다른 세상을 바라본다. 이른 아침이라 아직은 사람들로 붐비지 않았다. 낯선 도시에 대한 호기심이 생기자 그들의 일상으로 천천히 들어가 본다. 새롭고 신기한 풍경을 좋아하는 마음은 여행자의 즐거움을 갑절로 늘려준다.

만약 이런 곳을 혼자서 아니면 두셋이 자유롭게 올 수 있다면 얼마나 좋을까? 한 장소에서 오랜 시간 내 집처럼 머무를 수 있다면 일탈이 일상 같고, 일상이 일탈 같은 다채로운 풍경을 바라볼 수 있을까? 아침과 저녁, 봄과 여름, 맑은 날과 비 오는 날 등 시시각각 변화하는 다양한 풍경을 볼 수 있을까? '나짐 히크메트'는 진정한 여행이란 어느 길로 가야 할지 더 이상 알 수 없을 때 그때가 비로소 진정한 여행의 시작이 된다고 말하고 있다. 무엇을 해야 할지 더 이상 알 수 없을 때를 그는 절망이라 말하지 않고, 비로소 진정한 무엇인가를 할 수 있는 때라고 말한다. 하지만 순간순간 망설일 때가 더 많다. 목적지가 없이 무작정 떠나야 한다는 말인가. 아니면 기약 없이 머물러야 한다는 말인가? 여행을 떠나는 날 누구든 한 번쯤은 '진정한 여행'에 대해서 생각하게 된다.

우리나라에서도 낯선 곳은 혼자 다니는 것이 불편하고 종종 길을 몰라 머리가 무거울 때가 많다. 하지만 건강과 친구, 언어와 용기만 있으면 어디든지 갈 수 있다. 나라 밖 여행도 처음 할 때와는 달리 지금은 낯선 곳에 대한 불안감이 많이 줄었다. 다른 나라에 들어갈 때 느꼈던 크고 작은 두려움들도 조금씩 엷어진다. 이런 것이 여행을 통한 참된 배움이 아닌가 싶다. 그러면 과연 참된 배움이란 뭘까. 우리들은 가정이나 학교에서, 그리고 사회에서 무엇이든 열심(熱心)히 배워야 한다고 가르친다. 뭐든지 열심히 배운다는 것이 과연 참된 배움일까?

고미숙의 『몸과 인문학』을 보면 '그 열심(熱心)이라는 말은 뜨거울 열(熱)에 마음 심(心), 뜨거운 마음은 곧 심장이다. 한 마디로 심장이 열 받도록 애를 쓴다는 말이다. 심장이 열을 받으면 기는 안으로 흩어지고 혈은 기를 따라 흘러 영위가 혼란하므로 온갖 병이 공격한다. 『동의보감』에는 이때 먹는 약이 바로 청심환(淸心丸)이다'라고 말하고 있다. 어쩌면 '참된 배움'이란 열심(熱心)보다는 청심(淸心)을 유지해야 한다는 말처럼 들린다. 부질없는 욕심을 덜어내야 집중력이 생기고 세상이 더 잘 보인다고 말하는 것처럼 들린다. 여행은 바로 그런 역할을 하는 청심환(淸心丸)과 같은 알약이 아닐까. 여행은 마음을 비우고 온몸으로 새로운 것을 터득하는 곧 청심(淸心)의 작업 같은 것이 아닐까. 그런 의미에서 여행은 나라 안이든, 나라 밖이든 '참된 배움'이라고 할 수 있을 것이다.

잘츠부르크에서 아름다운 호반의 도시 슬로베니아 '블레드'라는 낯선 공간으로 이동한다. 묶음 여행은 버스로부터 그날 하루 여행이 시작된다. 가이드는 우리가 잠들기 전에 주의할 사항과 동유럽에 관한 이야기를 며칠째 계속 이어서 해 주고 있다. 어떤 부분은 이해가 가는 부분도 있었고, 어떤 부분은 이해가 안 되는 부분도 있었지만 흥미로웠다. 다만 톤이 단조롭고 역사적이고 교과서적인 얘기라서 그런지 시간이 지나갈수록 졸음이 밀려온다. 동유럽 국가 중 '슬로베니아'라는 나라는 처음 접하는 나라이다. '슬로베니아'에 대해 들으면 들을수록 점점 낯선 나라에 대한 호기심이 발동한다.

'슬로베니아'는 면적은 작지만 아름다운 전원풍경이 있는 그림 같은 나라라고 한다. 어디를 가나 초록빛 짙은 능선과 눈 쌓인 알프스가 있으므로 사람들은 슬로베니아를 '전원국가'라고 부른다. 농촌이 아름다운 구릉지에서부터 희고 거대한 알프스, 맑고 깨끗한 강과 청아한 호수를 보고 있자면 그 말을 실감할 수가 있다고 했다. 특히 카르스트지형이 매우 발달하여 곳곳에 거대한 석회암 동굴들이 많단다. 오늘 가는 곳은 풍경이 아름다운 블레드 성과 호수, 그리고 거대한 석회동굴인 포스토이나 동굴이다.

동유럽의 묶음 여행은 이 나라에서 저 나라로, 이곳에서 저곳으로 이동하는 장거리 버스 여행이다. 이곳은 나라마다 국경은 있지만 '유럽연합'이라는 테두리 안에서는 자유롭게 이동할 수 있어 편했다. 오스트리아에서 슬로베니아로 넘어갈 때도 시원하게 뚫린 고속도로를 따라서 마냥 달렸다. 처음으로 고속도로 휴게소에서 잠시 쉬어간다. 고속도로에는 이용차량도 많지는 않았고 휴게소에도 사람들로 붐비지 않는다. 휴게소 안으로 들어가니 카페, 슈퍼, 화장실, 간이식당 등이 복합적으로 이루어져 있다. 이곳 고속도로 휴게소는 우리나라 고속도로 휴게소 같은 그런 개념의 공간이 아니다. 주차공간은 넓지만 화려한 휴게시설은 없고, 번잡하지 않으며, 달랑 건물 한 채만 세워져 있다. 그 안에 마치 동네슈퍼마켓처럼 다양한 물건들이 진열되어 있다. 심지어 맥주나 와인 같은 술도 팔고, 도자기 같은 각종 잡화도 모두 팔고 있다. 우리나라의 고속도로 휴게소는 말 그대로 운전하다 쉬어가는 곳이라면, 이곳은 간단히 집에 돌아가는 길에 장까지 볼 수도 있는 그런 공간처럼 보인다.

동유럽은 동네 슈퍼마켓처럼 어디에나 있는 것도 아니고 개점시간은 늦고 폐점시간도 오후 5~6시가 되면 문을 닫기 때문에 한국처럼 아무 때나 물건을 살 수가 없다. 그런 문화적 차이 때문에 한국 여행자들은 조금 불편해한다. 특히 장거리여행을 하면서 가장 이해하기 어려웠던 부분이 화장실이다. 우리나라 고속도로는 화장실 문화가 발달되어 깨끗하고 어디서나 무료로 개방되어 있어 자유롭게 이용할 수 있다. 하지만 이곳에서는 어떤 이유인지는 모르지만 모두 유료화장실이다. 화장실 앞에 우리나라 지하철 탈 때처럼 돈을 넣으면 열리는 막대문이 설치되어 있고 또 관리 겸 도와주는 사람이 화장실 앞에 항상 상주하고 있다. 나라마다 약간씩 다르겠지만, 이 고속도로에서는 0.5유로(750원)를 내야 입장할 수가 있다. 화장실을 이용할 때마다 이용료를 준비해야 한다는 사실에 익숙하지 않아 순간 당황했다. 또 물건을 살 때 화장실 이용 영수증을 제시하면 약간의 할인 혜택도 주어진다. 우리와는 문화가 많이 달랐다. 어떤 법이든 습관이든 제도이든 옳고 그름은 없다. 다만 자신에게 가장 편리하고 익숙한 것이 가장 좋은 제도가 아닐까 싶다.

아내는 휴게소에서 오스트리아 접시가 예쁘고 실용적이라면서 몇 개를 샀다. 가격이 훌쩍 40유로가 넘어간다. 생각보다 물가가 비쌌지만 좋은 추억이라고 생각하면서 구입했다. 가끔 식탁에서 오스트리아 접시와 마주칠 때마다 동유럽 고속도로 주변 풍경과 휴게소 안의 풍경이 새록새록 떠오른다. 어디서나 산다는 것, 또 살아있다는 것은 모두 풍경이 되었다. 그곳에서의 행동 하나하나, 보았던 풍경 하나하나가 모두 소중한 추억으로 변해가고 있다. 그리고 그런 풍경들이 마침내 한 권의 책으로 기록되고 있다.

슬로베니아 국경에 다다랐다. 그리고 국경선을 자연스럽게 넘어선다. 그곳에는 초소도, 초병도 없다. 슬슬 슬로베니아적인 풍경이 나타나기 시작했다. 나무의 여신은 초록색 물이 뚝뚝 떨어지는 속곳을 오래오래 담갔다가 건져낸 듯 한없이 투명하면서도 푸른 빛깔로 변해간다. 그래서 슬로베니아는 '동유럽의 스위스'라고도 불린다. 나라 절반이 산이고 숲인 나라이다. 유럽에서 핀란드, 스웨덴에 이어 세 번째로 숲이 많은 나라라고 하니 대충 어느 정도인지 짐작할 만했다. '국경선을 아무런 제재 없이 통과했다'라는 말은 참으로 매력적이다. 남북이라는 경계선 속에서 오랫동안 살아오다 보니 이런 모습을 보는 순간 짜릿한 기분마저 느껴졌다.

우리에게 경계는 넘나드는 선이 아니라 지켜야 할 마지막 보루였다. 마냥 신기했다. 산다는 것은 어정쩡한 순간들의 연속이 아닌가? 묘하게도 지나고 보면 그런 애매한 순간들이 기억에 많이 남는다. 사귀는 것도 아니고, 사귀지 않는 것도 아닌 시기에 가장 마음이 설레고 짜릿하다. 백수도 아니고 일을 하는 것도 아닌 시기에 제일 하고 싶은 게 많고 의욕도 넘친다. 두 나라 경계에서 우리는 가렵고 애가 탄다. 중간지대에서 한참 동안 뒤뚱거리다가 진심으로 아쉬워하며 새로운 것을 받아들이는 사람 그게 바로 인간이다. 짧은 순간이지만 경계선에서 그런 혼란에 잠시 현기증이 일어났다.

슬로베니아 '블레드'라는 곳은 알프스의 서쪽, 인구 6,000명이 살고있는 작은 마을이다. 블레드는 자연의 아름다움과 역사적인 흥미를 모두 가지고 있는 매력적인 마을로 '줄리안 알프스의 보석'이라고 불린다. 잘 생긴 가축들, 끝없이 펼쳐진 목초지들, 하늘을 향해 수직으로 쭉쭉 벋은 나무들, 우리가 동경하는 전원생활을 얘기할 때 연상되는 모든 것이 그곳에 있었다. 슬로베니아에는 그런 곳들이 많단다. 그중에서도 으뜸은 단연 '블레드'라고 말한다. '블레드'는 모든 것을 다 갖춘 너무나 아름다운 휴양도시였다. '블레드' 하면 생각나는 이미지는 '높이 솟은 절벽 위의 성과 종탑, 너무 푸르고 맑고 아담한 호수, 호수 가운데의 작은 섬과 그 섬에 세워진 성당'으로 잘 알려져 있다. 블레드 성에서 내려다보는 마을 정경은 그야말로 평화롭고, 풍요롭고, 가장 멋지고 볼만한 풍경이라고 했다.

블레드 성(城)에 대한 전설은 『크로아티아여행바이블』 1011년에 나온다. 독일 황제 하인리히 2세는 블레드에서 300km 떨어진 오스트리아 티롤 지방 브렉슨 마을의 주교에게 성을 기증했다. 실제로 블레드 성에 가면 성을 증여하는 그림이 걸려있다. 이전까지 블레드 성은 대주교 휘하 기사들이 지배하던 곳이었다. 그러나 그 먼 곳까지 주교가 올 리가 만무했다. 주교는 14세기에 블레드에 대한 소유권을 포기하고 당시 블레드의 우두머리에게 땅을 임대하는 형식으로 권한을 이양했다. 워낙에 멀고 외진 곳에 있는지라 지배 체제는 폐쇄적이었고, 사람들은 악독한 군주가 나와도 속수무책으로 희생될 수밖에 없었다.

상황이 그래서인지 성에는 미스터리한 이야기가 전해온다고 한다. 서기 1500년 즈음 블레드의 우두머리였던 크레이그 성주는 매우 사악한 인물이었다. 그는 주교나 왕과의 친분을 들먹거리며 농부들을 심하게 착취했다. 그러던 어느 날 성주가 갑자기 사라져 버렸다. 지나가던 도둑에 의해 성주가 죽었다는 소문이 돌긴 했으나 시체도 흔적도 찾아볼 수가 없었다. 사람들은 성주를 기다리다 성주의 아내 폴록세나를 새 성주로 세웠다. 그러나 알고 보니 폴록세나도 남편 못지않게 사악한 여자였다. 그녀는 권력을 마구 휘두르며 사람들의 돈을 쥐어짰다. 부자가 된 그녀는 그 돈으로 남편의 실종을 애도하려고 종을 하나 만들었다. 사람들이 애써 만든 종을 블레드 섬 성당으로 옮기고 있는데 거센 바람이 불어 닥쳤다. 종과 뱃사공은 그만 비바람에 밀려 호수 아래도 수장되고 말았다. 이 일로 크게 상심한 폴록세나는 모든 것을 포기하고 로마의 수도원으로 들어가 버렸다. 이후 폭풍우가 치는 날이면 강바닥 진흙에 묻혀있던 종이 울리며 아름다운 소리를 낸다고 한다. 이 이야기를 전해들은 교황은 종을 새로 달아 주었는데 이 종이 현재 블레드 섬 성당에 달린 '소원의 종'이다.

긴 버스 여행을 뒤로하고 낯선 마을 '블레드'에 들어선다. 블레드 성 아래 주차장은 조금 높은 언덕이라 마을이 한눈에 들어온다. 순간 모두 '와'하는 감탄사가 흘러나온다. 블레드 호수 주변은 한 점 티끌이 없었고, 한없이 맑고 순수했다. 가장 장관(壯觀)인 것은 에메랄드빛 호수와 호수 한가운데 있는 작고 아담한 섬이다. 마치 화룡점정(畵龍點睛)이란 말처럼 완성의 극치를 보여준 신의 한 수였다. 블레드 성 내부 관람, 블레드 호수를 조망하기 위해 완만한 언덕을 오른다. 언덕길을 따라 올라가면 갈수록 감탄사가 점점 커지고 있다. 그리고 성 위에 올라섰을 때는 모두는 할 말을 잃었다.

화룡점정(畵龍點睛) 같은 블레드 호수의 섬 하나

알프스 중에서도 '줄리안 알프스'라고 부르는 이곳은 높은 산으로 둘러싸인 분지 모양을 이루고 있고, 거기서 흘러내린 빙하의 물이 모여 '블레드'라는 에메랄드 빛깔의 호수를 만들어내고 있다. 그 너머로 알프스 뫼와 뫼를 이어주는 긴 능선을 따라 백설(白雪)의 띠를 이루고, 그 아래 푸른 숲과 주황색 지붕으로 이어진 아담한 건물들이 코발트 빛의 호수를 중심으로 쪽빛 마을을 형성하고 있다.

대략 130m 높이의 호숫가 절벽에 위치한 블레드 성(城)은 슬로베니아에서 역사가 가장 유구한 성채다. 1004년 신성로마제국의 황제 하인리히 2세가 이곳의 주교인 알부인 1세에게 땅을 하사하고 1011년에 성을 지었다. 로마네스크 양식부터 고딕 양식, 르네상스 양식까지 다양한 건축양식은 물론 이중벽과 해자 등 요새로서의 모습도 남아있다. 내부에는 블레드 성(城)의 역사와 유물, 중세무기 등을 전시하며 12m 깊이의 우물도 있다. 그 외 블레드 성에는 역사적인 볼거리가 풍부했다. 성 위에 서면 아래서 보는 것과는 달리 넓은 공터를 중심으로 빙 둘러 건물들이 세워져 있다. 이것은 한 번에 지은 것이 아니고 여러 해에 걸쳐 증축했다고 한다.

이곳에서 가장 시선을 끄는 것은 예배당 앞 광장이다. 그곳에 15세기 구텐베르크 활자 인쇄방식을 재현한 인쇄소가 있었다. 그곳에서 한글로 쓰인 '중세 인쇄 당신의 이름으로 제작된 기념품'이라는 안내 문구가 나를 감동하게 한다. 한글로 된 것도 자랑스럽고 감동이었지만 이곳이 중세에 세워진 성이라는 사실도 마치 내가 타임머신을 타고 천 년 전의 세계로 되돌아온 것 같은 세월의 역류를 느끼게 했다. 이곳에서는 한글로 된 기념주화를 재래식으로 만들어준단다. 또 과거 수도사의 옷을 입고 와인을 파는 와인 저장소도 눈길을 끈다. 오래된 풍경은 여행자들을 행복하게 만든다.

이곳은 체코나 오스트리아 성처럼 화려하지도 않고 또한 크지도 않으며 소박했다. 수수한 서민들의 생활터전처럼 보인다. 높은 곳에 있는 성이라 주변이 한눈에 들어오는 것으로 보아 과거 전시에는 적들의 침입을 미리 알 수는 있을 것 같았다. 성 안에서 호수가 잘 보이는 가장 경치가 좋은 곳을 고른다. 블레드 호수와 줄리안 알프스가 한눈에 담아진다. 그 순간 말은 의미를 잃어가고 침묵으로 공간이 채워진다. 야외카페 근처에 앉아 블레드 호수와 그 안에 자리 잡은 블레드 섬을 배경으로 하나의 풍

15세기 구텐베르크
활자 인쇄방식을 재현한 인쇄소

블레드 호수가 보이는 카페 정자

예배당 앞 광장

경을 사진에 담았다. 한없이 보고 싶다. 떠나기 싫은 곳이다. 시간적인 여유가 있다면 아는 사람들과 차 한 잔 또는 맥주 한잔 하면서 한없이 그곳에 앉아 천국의 노래를 부르고 싶은 충동까지 불러일으키게 한다. 이것은 신선이 만든 한 폭의 그림이라 하지 않을 수가 없다. 아! 이렇게도 아름다운 곳이 세상에 있구나. 감탄사가 절로 나온다.

블레드 성에서 보았던 호수 안에 있는 섬에 들어가 보려고 마을로 내려간다. 그곳에서 배를 타고 호수 안의 섬으로 가서 '소원의 종이 있는 교회' 그리고 작은 섬의 둘레길을 한번 걸어볼 것이다. 섬에 들어가려는 많은 여행자가 마을 주변을 서성인다. 나뿐 아니라 여기에 보인 사람들은 빌어야 할 소원이 그리도 많을까 싶다.

블레드 섬을 왕래하는 배가 선착장에 대기 중이다. 이 배는 블레드 섬만 왕래하는 전통 배인 '플레트나' 보트라고 부른다. 베네치아에 곤돌라보다는 좀 덜 날렵하게 보이지만 최대 20명까지 탑승할 수 있다고 한다. 이 배는 직접 노를 저어서 가야 하기 때문에 꽤 기술이 있어야 한다. '플레트나' 보트의 전통은 18세기부터 무분별한 자연 훼손을 막기 위해 호수엔 23척의 나무배만 운영할 수 있게 지방 귀족의 집안에 허가권을 주었다고 한다. 지금도 풍습을 이어받아 가업처럼 3가구에서 '플레트나' 보트를 23척만 운영한다고 했다.

마을 선착장에는 '플레트나' 보트 여러 채가 손님을 기다리고 있다. 이 보트는 호수의 오염을 방지하기 위해 기름 엔진을 사용하지 않고 노를 저어 혹은 손님들이 페달을 밟아서 작동하는 전기모터로 운행한다. 불편하더라도 자신들의 이익에만 연연하지 않고 더 큰 이익을 위해 불편함을 감수하는 그들의 모습은 우리 모두 배워야 할 것 같다. 우리의 관광지는 돈이 된다면 무엇이든 물불을 가리지 않고 한다. 훗날의 환경오염이나 불법이나 불의는 아랑곳하지 않고 돈과 이권에만 혈안이 되어있다. 앞으로는 선진국이 되는 우리나라도 이익보다는 후손들에 대한 배려나 희망을 줄 수 있는 방향으로 개발되었으면 한다. '여행은 참된 배움'이라고 했던가. 여기에서 우리 후손들이 앞으로 살아가야 할 미래를 보는 것 같다.

마을에서 블레드섬까지 운행하는 '플레트나' 보트

보트 한 척에 정원이 약 20명 정도이고, 양쪽으로 균형이 잡혀야 배가 한쪽으로 기울지 않고 잘 나아갈 수 있다. 오늘따라 바람도 좀 불고, 물결로 인한 보트의 흔들림이 있는 관계로 멀지 않은 거리지만 괜히 긴장된다.

블레드 섬에 이르면 선착장 앞에는 99계단이 놓여 있다. 이곳에는 예로부터 내려오는 전설이 있는데 신랑이 신부를 안고 99계단을 오른 후 교회당까지 가면 백년해로를 한다는 말이 전해지고 있다고 한다. 그때 신부는 절대로 말하지 않아야 한단다. 전설로 내려오는 이야기 덕에 이곳은 현지 신혼부부들 사이에선 꿈에 그리는 곳이다. 99계단을 올라서면 박물관, 교회당 그리고 기념관 및 상점이 있다. 작은 섬이지만 공간이 꽤 넓다. 그곳엔 관광객들이 붐비고 있다.

이곳에서 사람들의 관심이 가장 쏠리는 곳은 바로 이 섬의 '성모 마리아 승천 성당'이다. 그 이유는 로마교황청에서 직접 하사한 '소원의 종' 때문이다. 이 성당의 '소원의 종'에 대한 기원은 16세기부터 시작된다. '성모

'성모 마리아 승천 성당' 외부

'성모 마리아 승천 성당' 내부

마리아 승천 성당'에서는 불규칙하게 자주 종이 울린다. 소원의 종소리다. 종의 유래는 사랑하는 남편이 살해되자 슬픔에 잠긴 어느 여인이 남편의 넋을 기르기 위해 이곳에 종을 달기를 소원했다고 한다. 높은 종탑에 기다란 줄이 성당 안으로 이어져 있어 세 번 종을 울리면 소원을 이루게 된다고 한다. 수많은 여행자는 순서대로 줄을 당겼다. 줄을 당겼는데도 소리가 잘 안 들린다. 나중에 알고 보니 안에서는 소리가 잘 안 들리고, 밖에 나오면 그 소리를 잘 들을 수 있다. 여행자들은 각자 한번 마음속으로 소원을 빌고, 그 소원이 이루어졌으면 하는 간절한 바람으로 정성을 다해 줄을 천천히 당긴다.

블레드 호수 안에 있는 블레드 섬

아직도 중세에 만들어진 성당건물에는 높다란 교회첨탑이 있고, 그 안에는 대형시계도 있었다. 지금은 수리 중이지만 원형을 그대로 유지하고 있었다. 교회첨탑까지 올라갈 수 있도록 계단으로 연결되어 있다. 여행자들은 차례차례 계단으로 올라간다. 거기에는 엄청나게 큰 시계의 톱니바퀴와 커다란 시계추가 박제된 듯 천장에 매달려 있다. 마치 먼 과거가 살아 움직이는 듯했다. 타임머신을 타고 중세로 돌아간 느낌이다. 곳곳에 먼 과거가 고스란히 보존된 동유럽의 도시들은 시간이 멈춘 듯 느리게 흘러간다. 여행자들은 그런 느린 풍경이 좋아 이곳을 찾는 것이 아닐까?

성당을 나와 교회당 아래로 이어지는 둘레길을 따라 섬을 가볍게 한 바퀴 돈다. 천천히 한 걸음 한 걸음 옮기면서 블레드 성과 호수 그리고 멀리 알프스의 잔설들이 출렁이는 능선을 따라 눈길이 이어진다. 오늘따라 유난히 하늘의 빛깔은 투명했고, 덩달아 호수의 빛깔도 맑고 푸르다. 맑은 하늘과 호수의 빛깔을 보면서 걷는 여행자의 마음은 평온해진다. 여행자의 얼굴에는 평안한 기쁨이 가득 채워진다. 블레드 섬은 크지 않아 금방 한 바퀴를 쉽게 돌 수 있다. 하지만 모든 여행자는 작지만 큰 섬처럼 천천히 걸어가면서 '느림의 삶'을 실천하고 있는 듯했다. '느림의 삶'이 얼마나 소중한가를 알게 해 준 바로 이곳은 슬로베니아의 '블레드' 호수이다.

블레드 섬 밖으로 나가려고 99계단에서 '플레트나' 보트를 기다린다. 아직 약속된 시간이 조금 남아있다. 잠시 계단에 멍하니 앉아 주변의 풍광을 바라본다. 멀리 바라보는 곳마다 맑은 공기와 티 없이 깨끗한 자연환경이 너무 부러웠다. 인간에게 가장 좋은 치유와 치료의 장소라고 알려진 세계 최고의 건강리조트 단지가 블레드 호숫가에 한 폭의 그림처럼 서 있다. 블레드 호숫가의 건물들은 140년 전에 슬로베니아가 오스트리아 제국의 일부였던 시절 빈, 프라하, 부다페스트의 귀족들은 블레드 호수 주변에 별장 지역을 만들었다. 이때 만든 건물들이 지금까지 전해오는데 이를 보존하고자 국가에서 법적으로 변형이나 개조를 금지시켰다.

호수 산책로 바로 옆에 있는 집일지라도 벽이나 가리개를 다는 것까지 금지시키는 바람에 사생활 침해논란도 있을 정도다. 그만큼 보존에 신경을 곤두세우고 있다. 자연환경과 문화유산을 지키려는 슬로베니아 사람들의 노력이 대단했다. 이런 것은 우리도 배울 만한 점이다. 우리도 이젠 개발과 보존의 갈림길에서 균형 잡힌 조화와 절제가 절실히 필요한 때이다.

'블레드' 호수는 알프스 빙하가 녹아 만들어진 것으로 알려져 있다. 수심 약 30m의 호수는 맑고 푸른빛을 띠고 있어 '알프스의 눈동자'라 불린다. 알프스산맥의 시작 '줄리안 알프스'의 영롱한 아름다움 때문에 '알프스의 진주'라고도 일컬어진다. 해발 2,864m의 트리글라브 산 아래로 멋스러운 풍광에 정점을 찍듯 호수 중간에는 블레드 섬이 자리한다. 동화 속의 풍경, 슬로베니아 여행에서 놓칠 수 없는 한 장면이다.

동화 속의 블레드 성과 '줄리안 알프스'의 영롱한 풍경

블레드 성은 슬로베니아에서 가장 오래된 성이고 블레드 호수 안에 있는 블레드 섬은 슬로베니아에서 유일한 섬이다. 블레드 호수에서 바라보면 수직으로 130m나 뻗은 높은 바위 절벽이 있고 그 위에 블레드 성이 보인다. 블레드 성은 슬로베니아를 상징하기도 하며 오래전에 살았던 슬라브인들의 흔적을 그대로 보여주는 박물관이기도 하다. 깎아지른 절벽 위에 있는 오래된 고성은 투명한 호수와 어우러지며 작은 호반 도시를 더욱 낭만적으로 만들어준다.

『그리스인 조르바』의 작가인 니코스 카잔차키스는 '모든 완벽한 여행자는 항상 자신이 여행한 나라를 창조하는 것'이라고 했다. 하지만 모든 여행지에서의 온전한 이해는 불가능하다. 다만 오해하지 않기를 바랄 뿐이다. 세상 모든 일도 온전한 이해가 불가능하다. 그런 점에서 모든 이해는 오해라 할 수 있다. 우리네 삶은 거대한 오해 더미 위에 구축되어 있되 다행히 잘도 굴러간다. 내가 누구를 좋아함은 그를 긍정적으로 오해한 것이고, 누구를 싫어함은 부정적으로 오해한 것일 뿐이다.

슬로베니아 블레드라는 낯선 여행지에서 두 가지 다른 감정이 겹쳐진다. 무언가 좋아함으로 생긴 오해와 누군가를 싫어함으로 생긴 오해가 겹쳐진다. 그렇게 사람들은 잘도 살아간다. 그리고 시간이 지나면 모든 것은 잊힌다.

일곱 번째 동유럽 풍경

포스토이나
(슬로베니아)

잉게보르그 마하만은 이렇게 말하고 있다.

"글을 쓴다는 것은 나를 나 아닌 것의 실험장으로 만드는 일이다."

누군가 '인생은 미친 짓의 기억으로 위대해진다'라고 했던가? 여행 에세이에도 멀쩡한 직장을 그만두고, 집을 팔아서 세계 일주 여행을 하는 미친 짓이 단골 소재이다.

나는 소심해서 그런 미친 짓은 못하지만, 요즘 매일 매일 엉뚱한 짓을 하고 있다. 묶음으로 다녀온 여행의 기억들을 기록하는 일이다. 나에게 단조로운 일상에서 마시는 청량제와 같다. 다른 감각을 느끼게 하고, 다른 세상을 바라보게 하고 다른 이야기를 듣게 한다. 비록 일상의 행로를 늘리고 비트는 정도이지만, 소심한 딴짓은 일상의 잔재미를 안겨준다.

슬로베니아 포스토이나 동굴 입구의 아담하고 정갈한 풍경

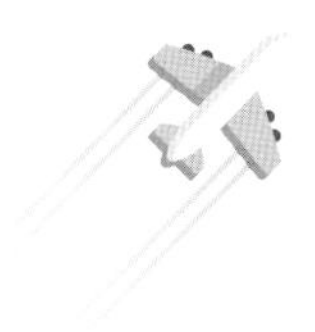

세계에서 종유석 동굴로 유명한 슬로베니아의 '포스토이나'로 이동한다. 가이드의 '오늘은 야마 도는 날입니다'라는 말에 모두 무슨 말인가 하고 어리둥절해 한다. 그리고 모두 나름대로 재빠르게 해석을 한다. 그리고는 동굴여행이 무척 힘드나 보다 했다. 그러나 끝에 반전이 있었다. '야마(Jama)'라는 단어는 슬라브어로 '동굴'이라는 뜻이다. 즉 '포스토이나 야마' 여행은 동굴을 한 바퀴 도는 거였다. 슬로베니아를 여행할 때 반드시 들러야 하는 곳이라고 한다.

길 위를 여행하다 보면 가끔은 보이지 않는 길이 궁금할 때가 있다. '포스토이나 야마' 여행은 바로 우리가 미처 알지 못한 신비의 지하세계, 이상한 나라로 떠나는 모험 여행이었다.

흔들리는 버스 안에서 졸다 깨다를 반복한다. 피곤함에 졸다가도 아쉬움에 다시 깨는 일이 되풀이된다. 차창에 스치는 사소하고 일상적인 한 장면이라도 추억으로 만들기 위해 졸음과 씨름하고 있다. 차창 밖을 스치며 지나가는 검소한 슬로베니아 농가의 모습들이며, 노란 유채꽃의 기다란 향연, 지평선의 끝이 보이지 않을 만큼 푸른 초원들, 다른 동유럽 국가에 비해 산악지형도 곳곳에서 보이지만 도로변에는 가는 곳마다 초원으로 이루어져 큰 나무나 울창한 숲은 별로 보이지 않는다. 농사를 지은 흔적은 집안에 텃밭 정도이다. 이런 낯선 마을풍경과 지금 이 순간의 감정을 잊지 않고 기억 속에 오래도록 담아두려고 틈틈이 디지털카메라 속에 차곡차곡 보관했다.

슬로베니아 '포스토이나', 이곳은 동굴을 보기 위해 오는 관광객들로 인해 유명관광지가 되었다. 많은 동네주민이 이곳에서 직장생활을 하고 있다. 물론 동굴을 관리하는 데 많은 인원도 필요하다. 근처 식당과 커피숍, 매점 관리, 매표소 관리, 입구에서 사진을 찍어주는 사진기사, 열차 안전 관리, 동굴안전 관리, 가이드, 동굴 안 매점 관리 등 작은 마을에서 유명동굴로 인해 벌어들이는 관광수입은 엄청날 것이다. 매일 세계의 수많은 관광객이 몰려오니 말이다. 관광의 매력은 크든 작든 간에 가지고 있는 자원을 최대한 안전하고, 편리하고, 아름답게 포장해서 시장에 내놓는 것이 중요하다. 가이드는 '슬로베니아에는 이런 석회동굴이 무려 6,000여 개나 있고, 이런 석회동굴을 형성하는 카르스트지형은 이탈리아 국경 인근에서부터 시작되며 크로아티아, 보스니아, 헤르체코비아를 지나 몬테네그로까지 이어진다'라고 했다. 또, '카르스트 지역은 큰 솥이 땅에 묻혀있는 것처럼 혹은 포탄을 맞은 땅처럼 움푹 파인 곳이 많다. 땅이 그러함에도 심심찮게 농사를 짓는 모습을 볼 수 있다. 지반이 약하기 때문에 농부들은 언제 땅이 무너질지 몰라 스릴이 넘친다고 농담 아닌 농담을 한다'라고 웃으면서 말했다.

포스토이나 동굴로 올라가는 공원길

포스토이나 동굴여행은 아담하고 깨끗한 입구에서부터 시작된다. 포스토이나 동굴 안은 온도가 연중 약 10~15도를 유지하므로 기온에 맞는 복장을 꼭 준비해야 한다는 안내가 있어서 바람막이 긴 소매 옷으로 갈아입었다. 또한, 동굴 안에서는 개인적인 행동은 할 수 없고 동굴해설사가 동반한 관람만 허용된다. 늘 인원 제한이 있으며 동굴보호정책으로 가급적 동굴 안에서의 플래시를 통한 사진촬영은 금하고 있다. 동굴관람은 설명하는 시간을 포함해서 3시간 정도면 충분히 동굴을 다 돌아볼 수가 있다.

포스토이나 종유석 동굴은 중국 장가계 용왕굴 다음으로 세계에서 두 번째로 긴 카르스트 동굴이다. 이 동굴은 슬로베니아의 수도(首都) 류블랴나에서 남쪽으로 약 50km 떨어져 있다. 현재 20km까지 개발되어 있으나 일반인에게는 5.2km만 개방하고 있다. 정해진 관람 시간에 맞추어 동굴 입구에 들어서면 가슴을 설레게 하는 동굴 열차가 기다리고 있다. 스키장의 리프트처럼 되어있는 열차는 많은 인원이 한꺼번에 탈 수 있어서 많은 인원을 동굴 안으로 빠르게 실어 나를 수가 있다. 원하는 자리에 앉자 열차는 꽤 빠른 속도로 동굴 속으로 빨려 들어간다.

동굴의 높이가 높은 곳도 있지만 낮은 곳도 있어서 달리는 중에 머리를 들거나 일어나면 큰일이 날 수도 있다는 경고문이 앞 의자에 붙어있다. 우리나라도 석회동굴 등 다양한 동굴들이 제주도와 강원도 등지에 산재되어 있지만 모두 걸어서 동굴 안으로 들어간다. 동굴 열차를 타고 오가지는 않는다. 동굴 열차로 관광객을 태워 나르다니 동굴의 크기를 가히 짐작할 수가 없다.

이 동굴은 19세기 합스부르크 왕가가 동굴 안을 운행하는 열차를 개발하면서 전 세계에 알려졌다. 그 유명세는 지금까지 이어져 전 세계 관광객이 연중 끊이지 않으며, 갖가지 종유석으로 역사의 흔적을 말하는 가장 경이적인 자연사미술관 같은 '포스토이나 종유석 동굴'을 관광하려고 줄을 선다고 한다. 우리가 도착했을 때도 매표소 앞에 긴 줄이 이어지고 있었다. 옛 철도 그대로 복선을 이용하다 보니 들어오고 나가는 열차가 같은 시간에 지나가면 좁아서 부딪칠 것 같은 아슬아슬한 기분도 느낄 수가 있다.

이 동굴의 끝 어딘가에 미지의 세계로 통하는 문이 있지 않을까? 누구나 한 번쯤 이런 엉뚱한 상상을 해봤을 것이다. 어둠으로 이어진 동굴 앞에 서면 저 끝 어딘가 한 번도 가보지 못한 미지의 세계가 펼쳐질 것만 같았다. 오랜 시간에 걸쳐 형성된 천연동굴은 평소 볼 수 없는 자연의 신비로움을 선사할 것이다. 은은한 조명을 받은 동굴생성물들은 신비로운 기운이 감돌고 다채로운 형상을 만들어낸다. 그야말로 거대한 지하궁전의 미니어처 세트를 연상케 했다.

열차는 동굴 속을 달려 거대한 산 '그레이트 마운틴'에 다다른다. 동굴 열차에서 내리면 여기서부터는 각각 나라 언어표지판을 들고 동굴해설사가 기다리고 있었다. 우리나라는 관광객이 많아서 그런지 몇 년 전부터 한국어로 된 수신 장비를 지급하고 있단다. 수신 장비만 있으면 1코스부터 21코스까지 연결된 동굴관람은 혼자서도 천천히 할 수 있다. 또 동굴해설사의 설명을 잘 듣지 못했을 때는 지급된 수신 장비를 이용해 코스 번호에 맞추면 자기가 서 있는 코스의 설명을 한국말로 친절하게 해준다. 이런 것에서 자부심을 느낀다고 해야 하나 아니면 우월감을 느낀다 해야 하나. 자본주의 세상은 어디서나 공평하지 않았다. 아무튼, 편하게 설명을 들을 수 있는 것은 행운이었다. 그만큼 대한민국 위상이 높은 것 또한 사실이다.

동굴여행 도보 코스의 시작점은 '골고다 언덕'이라는 별칭을 지닌 '그레이트 마운틴'이다. 그리 높지 않은 45m짜리 언덕이지만 천천히 오르다 보면 왜 '거대한 산'이라 불리는지 실감할 수 있다. 길게 늘어선 거대한 석순들은 무어라 표현이 안 될 만큼 아름답다. 실로 위대한 자연만이 만들어 낼 수 있는 작품이다. 언덕은 수백만 년 동안 자라난 석순 기둥들이 가득 메우고 있다. 볼거리가 많아 지루할 틈이 없다. 또 제1차 세계대전 때 러시아 포로

들이 만든 다리라고 해서 이름 붙여진 '러시안 다리'도 있다. 10m의 아슬아슬한 높이에 세워진 이 다리는 북쪽의 아름다운 동굴과 연결된다.

피사의 사탑이며, 흰색과 붉은색 석순으로 장식된 아치형 천장과 스파게티처럼 생긴 종유석들이 천장에 매달려 있다. 이곳은 일명 '스파게티홀'이다. 지금도 천장에서 떨어지는 작은 물방울들이 만들어내는 석순과 방해석 장식물이 계속 생성되고 있는데 조명 아래 비추어지는 그 모습이 신비롭다 못해 신령스러운 기운까지 느껴졌다. 자연의 장엄함과 오묘함 앞에서 인간의 한계가 느껴지는 순간이다. 위대한 자연 앞에 절로 고개가 숙여진다. 신비한 지하세계의 풍경이 한 송이 꽃처럼 화사하게 어둠속에서 피어나고 있다.

동굴관람에서 한 가지 꼭 주의할 것은 '동굴생성물인 종유석과 석순은 보통 10년에 0.1mm씩 자라는데, 사람의 손길이 닿거나 플래시의 불빛을 만나면 더 이상 자라지 않는다'라고 했다.

제1코스부터 동굴투어가 시작되었다. 총 21코스까지 서서히 동굴해설사를 따라 이동한다. 석회동굴은 우리나라에도 많이 있고 가보았지만, 이곳은 좁은 입구와는 달리 시간이 지나면 지날수록 상상을 초월하는 크기이다. 커다란 산이 있는가 하면 만 명 수용이 가능한 음악 광장이 나오고, 광장이 나오는가 했더니 지하의 사바강(江)이 흐른다. 어마어마한 동굴 속에 또 다른 크고 작은 종유석 동굴도 보인다. 얼마나 큰지, 얼마나 넓은지 그 크기를 가늠할 수가 없다. 왜냐하면, 눈으로 보이는 곳

'스파게티'처럼 생긴 종유석

'피사의 사탑'을 많이 닮은 석순

은 동굴 전체크기의 4분의 1밖에 되지 않기 때문이다.

다음으로 이동한 곳은 명칭이 '순백의 다이아몬드 홀'이다. 완벽한 순백색의 석순이며 동굴 안에서 가장 아름다운 곳이다. 투명하게 비치는 불빛 일부가 석순에 투과해 빛을 발하는 모습이 마치 다이아몬드와 같아 여성들의 마음을 사로잡는다. 자연이 만든 만물상은 정말 다양했다. 커튼처럼 얇게 펼쳐진 종유석은 주름까지 커튼을 닮았다. 닭, 사람, 개 등 다양한 모양을 볼 수 있고, 거대한 버섯 모양도 있다. 물이 고인 바닥에 진주처럼 생긴 작고 둥근 돌들이 모여 있다. 동굴을 대표하는 '브릴리언트' 석순도 있고, 흰색과 적색 석순이 한자리에 밀집해 눈길을 끈다.

그곳에서 조금 걸어가면 수족관 같은 곳에 사람들이 웅성거린다. 무언가 하고 보니 수족관에 '인간 물고기'가 있다고 한다. 작은 도마뱀을 연상시키는 이 물고기는 어둠 속에서 완벽하게 적응하기 위해 눈이 퇴화되어 앞을 볼 수가 없다. 한 과학자에 의해 발견된 이 물고기는 외부 아가미를 통해서 숨을 쉬며 먹지 않고도 1년 정도를 살 수 있는 것이 밝혀졌다. 수명은 80~100세로 사람과 비슷하고 피부색은 백인과 비슷하다고 해서 '인간 물고기'로 불리고 있다.

인간 물고기라는 '휴먼 피쉬'는 양서류도 파충류도 아니며 종 구분이 없다. 그들은 강이 흘러넘칠 때 동굴 밖으로 쓸려 나오며 발견됐다. 이후 슬로베니아 다른 카르스트 동굴에서는 눈도 있고 피부도 갈색인 '휴먼 피쉬'가 발견된 적이 있다. 그것은 아마 오랜 세월이 지나 밝은 세상에 적응하게 되자 동굴 밖으로 나와서 먹이를 찾으면서 그렇게 진화했다고 여겨지고 있다.

마지막으로 '콘서트홀'이다. 이곳을 지나면 동굴 열차는 다시 동굴 밖으로 나간다. 이 홀은 천장높이가 약 40m에 달하는 넓은 공간이다. 공간이 넓어서 1만 명 정도를 수용할 수 있다고 한다. 울림 현상이 강해서 소리를 내면 6초 정도 메아리가 울린다고 한다. 여기서는 많은 공연이 열렸지만, 연주를 계속하면 동굴에 균열이 생길 수도 있어 당분간은 콘서트 계획이 없다고 한다. 이곳은 플래시를 터뜨리고 사진을 찍을 수 있는 유일한 공간이다.

'콘서트홀' 가운데는 기념품 판매점과 1894년에 문을 연 세계에서 가장 오래된 지하동굴 우체국도 있었다. 그곳에서는 동굴기념엽서나 사진, 보라 빛깔의 크리스털, 그리고 인형들을 살 수가 있으며, 커피나 아이스크림 같은 음식도 가볍게 먹을 수가 있다. 이곳은 마치 지하세계의 '지하궁정'과 같은 곳이다. 그곳에서 여행자들은 누군가에게 보낼 엽서를 쓰기도 하고, 커피나 아이스크림을 먹기도 하고, 기념사진을 찍기도 하고, 신기한 물건들을 구경하면서 마지막 만찬 같은 관광을 즐긴다.

종유석과 석순들의 춤추는 향연에 넋이 나가 오랜 시간 지루한 줄 모르고 동굴을 구경할 수 있었다. 그중에서도 가장 으뜸이었던 것은 종유석과 석순이 수억 년을 자라 서로 붙게 된 기둥 모양의 석주였다. 과학교과서나 사진 속에서만 보았던 그 모습 그대로이다. 석회동굴 속에서 실물을 보니 마냥 신기했다. 천장에서 내려온 종유석과 바닥에서 올라온 석순이 신전의 석조물처럼 웅장함을 자랑한다. 지하신전' 같은 다양한 형상(形像)들은 어떻게 형성되었을까?

이런 현상은 카르스트지형 때문에 생긴 것이다. 이런 지형은 이산화탄소가 비에 섞여 땅으로 흡수되어 석회 지반을 녹이고, 이때 생긴 구멍들이 서로 연결되어 석회동굴을 형성한다. 그래서 카르스트 지역은 큰 솥이 땅에 묻혀있는 것처럼 혹은 포탄을 맞은 땅처럼 움푹 파인 곳이 많다고 한다.

이때 동굴 천장에서 고드름처럼 물방울로 매달려 자라는 생성물이 '종유석'이고, 종유석으로부터 떨어지는 물이 의해 바닥에서 자라난 생성물

종유석과 석순의 우연한 만남 - 석주

이 '석순'이다. 이들이 동굴 속에서 자라면서 아주아주 우연히 서로 만나게 되면 이를 '석주'라고 한다. 그래서 오랜 기다림 속에서의 만남을 우리나라로 치면 '견우와 직녀'의 만남이라고 말할 수 있다. 배우는 학생들은 한 번쯤은 와 보았으면 하는 곳이다. 석회동굴의 생성과정을 배울 수 있는 산교육의 현장이다.

동굴 안에는 다양한 인간 군상들의 모습이 그대로 집약되고 투영된 듯했다.
마치 삼라만상의 형상이 다 있는 축소판 세상처럼 보였다.

동굴 탐험을 마치고 나오는 동굴 열차에서 가이드가 했던 '오늘은 야마가 도는 날이다'라고 했던 말이 생각났다. 일본말 '야마'는 우리말로는 '산'이다. 하지만 '돌다'라는 말과 함께 쓰면 이건 일본인들은 모르는 '머리'를 속되게 이르는 우리말이 되어 '힘들다, 짜증난다'라는 뜻이 된다. 들어갈 때는 '야마'가 이런 의미로 들렸다면, 나올 때는 '야마'가 슬라브어 '동굴'이라고 들린다. 그만큼 포스토이나 석회동굴체험은 세계 최대의 동굴답게 환상적이었다.

포스토이나 석회동굴이 있는 '슬로베니아'는 나에게는 생소한 나라였다. 동유럽 여행을 가서야 알게 된 나라 이름이다. 처음 여행 안내문을 받아보고 체코슬로바키아에서 분리된 슬로바키아와 슬로베니아를 같은 나라라고 혼동했다. 나중에서야 슬로베니아는 유고연방에서 독립한 국가라는 것을 여행하면서 알게 되었다. 1980년 구유고슬라비아 대통령 티토가 사망한 뒤, 연방 경제가 형편없이 추락하자 연방 내 다른 공화국보다 부유했던 슬로베니아는 연방을 탈퇴했고 독립선언은 유고내전의 발단이 되었다. 그러나 험난한 과정을 거쳐 2004년에는 나토와 EU에 가입하였으며 현재는 유로화를 사용하고 부유하게 살고 있다고 한다.

슬로베니아의 포스토이나 종유석 동굴에서 나와 크로아티아 오파타야로 향하는 길에 경찰의 불시검문이 있었다. 동유럽에 와서 처음 접하는 낯선 풍경이다. 이곳은 대형 버스 기사들의 운행시간이 하루 총 11시간으로 정해져 있고 버스와 승객의 안전을 위해 근무시간을 엄격히 지키도록 규정되어 있단다. 만약 근무시간을 초과할 경우 검문에 걸리면 버스 기사는 많은 벌금을 내야 하고 그뿐 아니라 그 날은 시간 초과로 더 근무할 수가 없어 버스를 운전할 기사가 버스 차고지에서 와야 한다고 했다.

가이드는 옛날에 한 번 모르고 초과운행을 하다가 불시검문에 걸려 10시간이나 기다렸다는 일화를 소개하면서 이곳은 승객의 안전을 위한 장치가 법제화되어 있다고 했다. 경찰들도 잘 보이지 않고 신호등 같은 것은 많이는 없지만, 만약 한 번 걸리면 엄격하게 법을 적용하는 체계라서 이곳에 사는 유럽인들은 법을 엄격히 지키려고 한다. 고속버스에는 항상 비행기의 블랙박스 같은 버스운행 일지를 비치하고 경찰이 제시를 원할 경우 확인을 받아야 한다고 했다. 다행히 우리가 승차한 버스는 10분 정도 검사를 받고 다시 고속도로를 달린다. 앞으로 5km 정도 가면 크로아티아 국경선이다.

최근에 크로아티아는 EU에 가입되어서 입국할 때와 출국할 때 형식적으로 여권검사를 한다. 국경선에 도착해 여권을 검사하는 직원이 오기를 기다린다. 형식상이라서 일일이 하지 않고 여권을 단체로 거두어가서 한 번에 도장을 찍어서 가져오기도 하고 또는 직원이 도장을 가지고 와서 간단히 얼굴을 확인하고 도장을 찍어준다.

우리는 경계선을 가볍게 통과했다. 이런 모습이 매우 낯설다. 낯선 시선으로 국경선을 지키는 군인들을 바라본다. 긴장한 모습은 어디에도 없다. 그들의 표정은 온화했다. 우리는 언제쯤 경계선을 넘나들면서 저런 온화한 모습이 볼 수 있게 될까?

여덟 번째 동유럽 풍경

오파티야
(크로아티아)

우리는 아름다운 풍경이 사람을 위로해 주는 힘이 있다고 믿는다. 삶에서 힘들고 지쳤을 때 우리를 위로하는 건 아름다운 풍경이다. 내가 낯선 마을 여행을 떠나는 이유는 풍경이 지닌 이런 힘을 믿기 때문이다.

오파티야의 아드리아 해에서 아름다운 에메랄드빛 풍경을 보는 것은 우연히 책을 보다가 눈에 쏙 들어오는 문장을 발견할 때처럼, 라디오를 틀었는데 때마침 좋아하는 음악이 들려오는 것처럼, 놀이터에서 아이들의 해맑은 웃음소리를 듣는 것처럼 나에게 큰 위안(慰安)을 준다.

삶의 순간순간은 풍경여행이며, 풍경여행의 모든 추억은 누군가의 위안(慰安)이 된다.

오파티야의 상징인 '갈매기와 함께 있는 소녀의 청동상'이 바라보고 있는 아드리아 해변 해 질 녘 풍경

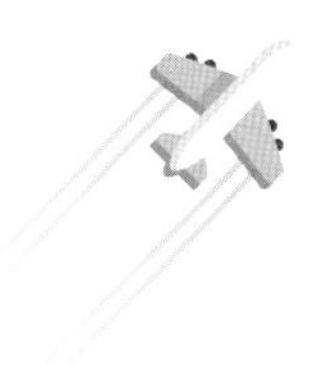

모두가 아직 깨어나지 않은 새벽에 책을 읽다가 마치 나만을 위해 써진 듯한 눈에 쏙 들어오는 문장을 발견할 때가 있다. 혼자서 차를 운전해 가다가 라디오에서 흘러나오는 노랫말이 유난히 가슴을 적실 때가 있다. 산책 중에 공원에서 뛰어놀던 아이들의 찬란한 웃음소리에 문득 생각지도 못한 마음의 위안을 얻을 때가 있다. 이 같은 경험을 우리는 '일상 속의 즐거움'이라고 부른다. 또는 '작고도 큰 깨달음'이라고도 한다. 바로 이곳 '오!파티아'에서 그런 '일상 속의 즐거움' 같은, 그런 '작고도 큰 깨달음' 같은 낯선 풍경을 본다. 생각지도 않았던 곳에서 찾아온 '오파티아'의 낯선 마을풍경은 생각보다 넓고 그윽했다. 바로 눈의 눈이 떠지는 아름다운 순간이다. 일상의 메마른 마음을 적시는 촉촉한 즐거움이다. 여행한다는 건 세상을 바라보는 또 다른 눈을 갖는다는 의미가 아닐까?

슬로베니아 국경선을 순조롭게 통과했다. 한 20~30분 지나자 서서히 버스가 속력을 줄인다. 차창 밖으로 멀리 산기슭에 2~3층 크기의 주황 빛깔의 지붕들이 그림처럼 다가온다. 동화책 속에서나 보아왔던 그림 같은 집과 그 집 너머에 짙푸른 코발트 빛 아드리아 해의 해안이 꿈처럼 나에게 다가왔다. 산과 바다가 만나는 전형적인 크로아티아 낯선 마을이다. 높은 고원에서 바다로 이어지는 경사진 언덕을 따라 만들어진 휴양도시이다. 버스가 내리막길을 따라 천천히 마을 속으로 들어간다. 협소한 도로를 따라 해변 쪽으로 접근해간다.

누군가 '오! 파티야'라고 크게 외치면 왠지 파티를 열어야 할 것 같은 그런 풍경이 내 앞으로 다가온다. 그 순간 힘든 여행에 대한 피로감은 싹 사라진다. 책이나 사진 속에서만 읽고 보았던 황홀한 풍경에 행복감이 물밀 듯이 밀려온다. 산기슭을 따라 형성된 아담한 마을에 따사로운 저녁노을이 깃들고 있다. 크로아티아 휴양도시 오파티야에 다다랐다.

아드리아 해변이 보이는 'GRAND HOTEL'에 짐을 푼다. 야트막한 산기슭에 건설된 오파티야의 풍경은 마치 제주도의 한 펜션 마을 같다. 거리는 잘 정돈되어있고, 해변을 따라 만들어진 산책로가 있어서 천천히 걷기에는 더없이 좋은 곳이다. 간단히 짐만 정리하고 상상만 했던 오파티야의 아드리아 해변이 걸어보고 싶어서 밖으로 나온다. 아직도 우리를 기다리고 있는 듯이 아드리아 해변에는 저녁노을이 어렴풋이 검푸른 바다에 반사되고 있다. 마치 불그스름한 하늘과 검푸르스름한 바다가 하나로 이어져 있는 듯했다. 그사이에는 아무런 장애물도 없다. 오로지 맑고 순수함이 존재했다. 우아한 건물들을 배경으로 잘 꾸며진 해변의 풍경도 눈부셨다. 저녁노을은 우열을 가리기 힘들 정도로 묵직한 아름다움을 만들어낸다.

이탈리아 반도와 발칸반도가 만들어 낸 아드리아 해 저녁노을

버스에서 들려준 가이드 설명이 유난히 기억에 생생하다. '아드리아 해'를 오래 기억하려면 우리 일상에서 아기 낳으면 물어보는 말을 기억하면 됩니다.

"아들이야? 딸이야?"

바로 이곳이 그 '아드리아 해'라고 한다. 지금도 그 말만 생각하면 웃음이 절로 나고 금방 잃어가던 크로아티아의 '아드리아 해'가 바로 생각난다. 이처럼 연상 기억이란 참으로 무섭다.

유럽 황실의 휴양지로 발달한 이곳은 옛날에 황제가족을 따라온 각국의 왕과 귀족들도 덩달아 고급주택을 지으면서 오파티야는 유럽의 패션을 주도하는 휴양도시로 발달하였다. 이곳은 크로아티아 어느 해안 도시에서는 좀처럼 볼 수 없는 건물들에 묘한 느낌을 받는다. 파리나 비엔나 한복판에서 볼법한 궁전 같은 건물들이 해안을 따라 늘어서 있다. 그래서 '크로아티아의 모나코'라고 부르기도 한다. 또 오파티야는 카지노도 유명하다. 19세기 모나코에서 만든 카지노가 지체 높은 이들의 사교장으로 명성을 날리자 오스트리아-헝가리 제국의 귀족들은 덩달아 이곳에 카지노를 만들었다. 당시 귀족들의 저택이 지금은 호텔, 레스토랑, 박물관 등으로 개조되어 사용되고 있다고 한다.

이 먼 곳까지 와서 아드리아 해변에 서 있다는 사실도 그리고 이곳에 서서 아드리아 해의 저녁노을을 바라보고 있다는 사실도 모두 꿈만 같다.

아드리아 해변에서 바라본 주황빛 마을풍경

낯선 마을풍경을 오래 그리고 많이 담아두려고 주변을 연신 두리번거린다. 한국의 도시에 비하면 읍 정도의 아주 작은 마을이지만 관광지여서 그런지 편의시설 따위가 잘 갖추어져 있다. 우리는 숙소가 있는 해변을 빠져나와 시내를 따라 걸어본다. 이곳은 빨리 문을 닫는 관계로 사람들은 별로 없고 문을 연 상점들도 문 닫을 준비를 한다. 그래도 우리는 마치 호기심 많은 수학 여행 온 학생처럼 이곳저곳을 연신 기웃거렸다.

오파티야가 특별히 기억에 남은 것은 책을 통해 얻은 자그마한 지식 때문이다. 오파티야에는 아드리아 해변을 따라 13km가량의 '블루로드'라는 긴 산책길이 있고, 그 길을 따라 걷다 보면 고상하고 우아한 식당과 카페가 유난히 많다는 것이다. 또 하나는 버스정류장 바로 맞은편에 있는 '빌라 안졸리나'이다. 1844년에 세워진 이 저택에서의 파티를 시발점으로써 오파티야는 고급 리조트로서의 명성을 얻게 되었다. 지금은 여행박물관으로 사용되어 있다. 자투리 시간이라도 내서 그 길을 조금이나마 걸어보고 싶다. 아내와 함께 아드리아 해변의 해 뜨는 모습과 '빌라 안졸리나'의 정원의 정갈함도 보고 싶다. 그 길을 느릿느릿 걸으면서 아드리아해의 잔잔하고 고요한 아침 풍경을 보고 싶다.

크로아티아 오파티야에서 여행의 넷째 날이 시작된다. 오전 9시에 출발한다는 했다. 자투리 여행시간이 넉넉했다. 아침 6시 모닝콜을 듣고 일어나 아침을 간단히 먹고, 아드리아 해변을 따라 1시간가량 산책했다. 해변을 따라 천천히 걸을 수 있도록 만들어진 산책길은 제주의 올레길과 많이도 닮아

있다. 걸어가는 곳마다 바로 마을로, 집으로 통하는 좁은 골목길인 고샅길과 연결되어 있다. 또 아드리아 해는 정말 제주 앞바다와 흡사했다. 멀리 끝없이 펼쳐지는 수평선을 따라 짙은 코발트색 바다가 투명하고, 맑고, 깨끗했다. 유난히 제주의 모습을 닮은 이곳의 바다에 정이 많이 간다.

바다로 난 산책로 '룽고 마레'

오파티야의 상징인 '갈매기와 함께 있는 소녀의 청동상'을 보기 위해 바다로 난 산책로 '룽고 마레'를 걸었다. 해변으로 이어지는 길목에는 중간마다 벤치도 있고, 운치 있는 식당이 있고, 정원이 잘 꾸며진 성당과 고급주택 등이 아드리아 해를 바라보며 서 있다. 이렇게도 깨끗하고 선명한 풍경 하나하나를 보면서 걷는 순간순간마다 행복하지 않을 사람이 과연 있을까 싶다.

소녀상을 지나 '룽고 마레'의 끝까지 걸어가면 원색의 파라솔이 놓인 해변광장이 나타난다. 아침이고 비수기라 마을이 차분했고 조용하다. 침착할 정도로 고요한 해변광장에서 선다. 낯선 풍경 속에 수많은 생각이 꿈틀거린다. 축제가 있을 때마다 붐비는 여행객들의 모습도, 아드리아 해의 순결한 모습에 취해 걸음을 멈춘 여행자들의 모습도, 축제를 즐기면서 어깨를 들썩이는 연인들의 모습도, 벤치에 앉아 두 손을 꼬옥 잡고 수평선 넘어 주홍빛으로 물들어가는 석양을 바라보는 노부부의 잔잔한 미소도 떠오른다. 바다와 가장 가까운 공연장에서 푸른 아드리아 해를 보며 듣는 연주는 어떤 느낌일까? 여러 생각이 겹쳐진다. 해변을 끼고 있는 티토 거리, 고급호텔과 레스토랑뿐 아니라 여행안내소도, 슈퍼마켓도 모두 이 거리에 있다. 이곳은 작은 동네처럼 가깝고 서로 친근하게 보이는 마을이다. 힘든 관광객들의 하루 휴식처로 손색이 없는 곳이다.

크로아티아는 이번 여행에서 가장 가고 싶은 나라였다. 아드리아 해를 끼고 도는 해안가의 블루로드와 만나는 환상적인 풍경 때문이다. 블루와 레드가 만나는 환상적인 조합이 여행자의 마음을 설레게 한다. 나는 주황과 파랑 그리고 초록을 유난히 좋아한다. 그 속에는 그 색깔만큼이나 셀 수 없는 감정들이 담겨있기 때문이다. 풋풋한 사랑이 있고, 햇살 같은 웃음과 위안이 있고, 바다 같은 그리움이 있고, 부서지는 파도 같은 아픔이 있으며, 짜디짠 슬픔도 있다.

아드리아가 품고 있는 크로아티아는 세상에 존재하는 그 모든 푸름을 다 만날 수 있는 곳이다. 그 이름조차 파래서 건드리면 툭 터질 것 같다. 생각만 해도 금세 내 마음에 푸름이 번지는 곳임을 오파티야의 아침 햇살 속에서 느껴진다. 나의 감정을 홀로 만나고, 구겨진 기억을 다려 펴고, 사람의 기억을 매만지는 게 여행이라면 크로아티아는 여행의 또 다른 이름이다.

아드리아 해변광장 아침 풍경

호텔로 돌아와 간단히 여행 가방을 정리하고 밖으로 나온다. 4월 18일 금요일 '오파티야'에서 이른 아침에 또 다른 도시여행을 떠난다. 다시 와 볼 수 있을지 몰라 자꾸만 뒤를 돌아보게 된다. 버스가 서서히 완만한 언덕을 굽이굽이 돌고 돌아 오파티야를 서서히 벗어난다. 아드리아 해의 블루로드에서 만난 풍경이 신기루처럼 눈앞에서 흐릿해지더니 사라져 간다. 산기슭의 주황빛 풍경과 '아드리아 해'의 푸른 기억들이 추억 속으로 자취를 감추는 순간이다.

추리 작가 애커서 크리스티는 '인생을 살아볼 가치로 만드는 유일한 것이 있다. 바로 아름다움이다. 여기에 이의를 달 사람은 없다'라고 했다. 현실에 감사하다 보면 일상 속의 아름다움은 삶의 사소한 부분에서 드러나고 유지되고 확대된다. 소박함을 받아들이면 적게 가질수록 아름답다는 사실을 마음으로 이해하게 된다. 마음이 자유로워지면 생활에 질서가 생기고 내면세계가 조화를 이루게 되어 세상은 더 아름답게 보인다.

자신에게 맞는 속도를 몸으로 느낄 수 있다면 삶은 한층 더 아름답게 느껴지고 모든 일에 고마움을 갖게 된다. 이곳 오파티아에서 보고 느꼈던 그런 묵직한 아름다움을 오래도록 간직했으면 한다. 넋 놓고 그런 아름다움을 바라보는 순간 자신의 내면은 따뜻한 빛과 향기로 가득 찬 정원이 될 것이라고 믿는다. 이런 마을풍경이 모든 사람이 은퇴 이후에 바라는 아름다운 풍경이 아닐까?

3일 차_ 여행 정리

- 8시~10시: 블레드(슬로베니아)로 버스 이동
- 10시~12시: 블레드 성과 블레트 섬 관광
  - 플로트나 보트 타기
  - 블레드 섬 성당에서 소원의 종 울리기
  - 블레드섬 둘레길 걷기
- 12~13시: 북경반점에서 점심
- 13시~14시: 버스 이동
- 14시~17시: 포스토이나(슬로베니아) 동굴관광
- 17시~18시: 버스로 크로아티아 국경을 넘다.
- 18시: 오파티야(크로아티아) 관광
  - 오파티아 시내 관광

◇ 4~5일 차 ◇

크로아티아, 헝가리

Croatia, Hungary

아홉 번째 동유럽 풍경

플리트비체 (크로아티아)

누군가 '그리워서 떠나는 게 여행이라지만, 떠나고 보면 그리운 것은 언제나 사람이었다'라고 말했다.

하지만 플리트비체에서 그리운 것은 사람보다는 '푸름'이었다. 물은 흐르고, 부딪치고, 머물고, 떨어지면서 다채로운 물빛을 만들어낸다. 푸르스름한 흰색, 짙은 갈색, 옅은 갈색, 아주 옅은 갈색, 검지만 푸르스름한 색, 갈색, 옅은 청색, 베이지색, 옅은 흰색, 짙은 초록 등 표현하기 힘든 다채로운 푸른 빛깔들을 만들어내고 있었다.

너무 푸르러서 눈이 시릴 정도로 푸르고 푸른 플리트비체가 벌써 그리워진다. 시시각각 변화하는 수많은 폭포의 터키석 물빛이 플리트비체 국립공원을 더욱더 신비롭게 만들고 있다.

플리트비체 최대의 폭포 '벨리키 슬랍'의 시원한 풍경

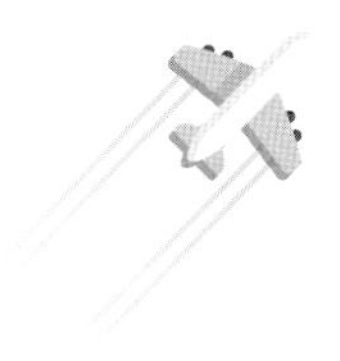

누군가 '모든 풍경은 이곳에서 시작되었다'라고 말할 만큼 아름다운 풍경을 자랑하는 곳, 바로 크로아티아의 '플리트비체 국립공원'이다.

플리트비체는 크로아티아의 자산일 뿐만 아니라 모든 인류가 지켜내야 할 소중한 자연유산이다. 세계에서 가장 인상적인 카르스트지형을 품은 이곳은 태초의 자연과 같은 모습을 인정받아 1979년 유네스코 세계자연유산으로 지정되었다. 하지만 이곳에도 커다란 아픔을 간직하고 있었다. 1991년 내전 당시 크로아티아에 사는 세르비아계 주민들은 세르비아의 지원을 받아 반군을 결성하고 재빨리 플리트비체를 장악했다. 1995년 8월 크로아티아가 플리트비체 지역을 탈환했고 세르비아군이 물러감으로써 전쟁은 끝이 났지만, 전쟁 기간 플리트비체의 자연과 시설물은 크게 훼손되고 말았다. 크로아티아 사람들의 의지와 노력으로 플리트비체는 그 아름다운 모습을 되찾았고, 2000년에 유네스코 세계자연유산으로 등재되었다.

플리트비체의 첫인상은 한마디로 '우와'라는 경탄(驚歎)으로 표현하고 싶다. 호수의 빛깔은 천진난만한 표정을 지닌 청순한 소녀와 닮았고, 호수에 물이 흐르는 모습은 장난기를 잔뜩 머금은 개구쟁이 사내아이를 많이 닮아있다. 마냥 평온해 보이는 플리트비체에도 이런 가슴 아픈 역사가 있었다. 어렵게 제 모습을 찾게 된 만큼 방문하는 사람들 모두가 자연이 훼손되지 않도록 신경을 써야 할 것이라고 가이드는 친절하게 설명한다. 오늘날 과거의 아픔을 잊은 플리트비체 국립공원의 사계절이 무척 매력적이다. 봄에는 연둣빛의 새싹을 틔운 나무와 눈이 녹은 물로 형성된 엄청난 수량의 폭포수를 볼 수 있고, 여름에는 싱그럽고 활달한 자연의 풍경을 볼 수 있고, 가을에는 단풍으로 물든 원숙한 분위기를 느낄 수 있으며, 겨울에는 눈의 왕국을 볼 수 있다.

오파티야에서 내륙 쪽으로 올라가는 길목에 플리트비체 국립공원이 있다. 거기까지는 3시간 정도 걸린다고 했다. 처음에는 넓은 도로를 따라 빠르게 움직이더니 어느 순간 숲들이 우거지고 산세가 수려한 산길로 접어든다. 아드리아 해변의 코발트색깔의 푸름은 사라지고 짙은 초록 빛깔의 푸름으로 변해간다. 동유럽 묶음 여행에서는 산길을 따라 우거진 나무들의 신록을 보면서 가는 일은 좀처럼 드물었다. 그런 풍경이 왠지 낯설기만 했다. 숲길을 벗어나면 버스는 작은 마을 사이를 통과한다. 작은 마을을 통해 난 길은 거의 1.5차선이다. 버스 몸집에 비해 길이 너무 좁아 앞에서 오는 큰 차를 피할 수가 없을 것 같다. 가는 내내 마음이 조마조마했다.

이곳 사람들은 차량통행이 많지 않아 아직은 길을 넓힐 필요를 느끼지 않고, 또 무분별하게 개발하지 않는다고 했다. 아마 자연 친화적인 마인드를 가진 모양이다. 그런 동유럽의 낯선 마을과 낯선 풍경을 볼 수 있어서 흥미로웠고 대도시에서는 볼 수 없는 동유럽의 민얼굴 같은 모습을

플리트비체 국립공원 조감도

보는 재미도 쏠쏠했다. '다들 이렇게 사는구나!', '우리의 삶과 다르지 않구나!' 하는 이곳 사람들의 속살을 보는 것 같아 짜릿했다. 좁은 마을 길을 따라 한참을 가면 넓은 2차선 도로가 나오고 버스는 다시 속력을 내서 플리트비체 국립공원으로 향한다. 아마 산길이나 마을 길은 이곳으로 가는 지름길이 아니었을까 하고 상상했다.

플리트비체 국립공원은 예약제로 입장시간이 정해져 있어서 공원 근처 식당에서 점심을 먹게 되었다. 점심은 크로아티아의 동전에도 나올 만큼 유명한 송어요리이다. 2쿠나의 동전 뒷면에 그려진 물고기가 송어란다. 또 5쿠나에는 곰이 그려져 있는데 이 나라는 그만큼 송어와 곰들이 많다. 메인요리는 개인 접시에 담겨 나온다. 감자 서너 조각, 약간 짭조름한 우리나라 시금치와 비슷한 삶은 나물 조금 그리고 손바닥만 한 송어 한 마리가 통째로 나온다.

이런 음식은 처음 맛본다. '이곳에서는 이렇게 먹고 사는구나!' 감탄한다. 낯선 곳에서 먹는 음식은 장소와 문화에 대한 앎의 깊이를 더해준다. 음식의 맛은 다양한 감각을 깨우는 일이다. 여행이 시각에만 매몰되지 않고 공감각적으로 채워지도록 도와준다. 시간이 흐르면 잃어버릴 수도 있겠지만, 몸이 기억하는 생생함은 오래도록 남아서 여행 후 또 다른 여행이 된다.

송어는 가시가 많은 고기이다. 가시를 바르는 모습을 보면 사람들의 성격을 파악할 수 있다고 한다. 성격이 차분한 사람들은 송어를 쪼개거나 뒤집지 않고 고기를 그대로 놓고 젓가락으로 살을 천천히 꼼꼼하게 발라 천천히 맛을 음미하면서 먹는다고 한다. 우리나라 사람들은 성격이 급해서인지는 모르나 송어를 쪼개거나 뒤집어서 산산조각을 내서 가시를 발라먹는 경우가 많다고 한다. 하지만 일본사람들은 고기 가시의 형태를 그대로 유지하면서 살만 발라 먹는 민족이라고 한다.

이런 습관들의 차이는 호불호를 떠나서 주변 환경이나 자란 습성에 따라 달라질 수도 있다. 가깝고도 먼 나라 일본과 한국은 이 작은 것 하나에도 아주 먼 나라처럼 느껴지는 것은 무엇 때문일까? 물론 같은 나라 안에서도 지역에 따라 차이가 있고, 습관도 천차만별이다. 굳이 호불호를 말해 뭐하겠는가?

다만 음식 먹는 모습을 보면서 함께 여행 온 사람들의 습관을 관찰하는 일은 참으로 흥미롭다. 묶음 여행을 통해서 여러 사람을 알아가는 재미도 쏠쏠했다. 이곳 사람들은 어떻게 송어를 먹는지 궁금해진다. 밖으로 나와 주변을 살펴본다. 공원 지역이기도 하지만 주변에는 사람도, 차도,

집들도 거의 보이지 않았다. 국토면적에 비해 인구가 적어서 그런가 보다. '크로아티아'는 주변에 보이는 풍경마다 느긋함과 넉넉함이 느껴진다.

'플리트비체 국립공원' 입구에 다다랐다. 많은 여행자가 붐빈다. 버스에서 내리는 순간 맑은 공기가 머리를 정화시켜 주는 듯했다. 마치 요정들이 살 것만 같은 아름다운 플리트비체를 보기 전에 자연이 주는 세심한 배려 같다. 가이드 안내에 따라 입장권을 받아들고 공원 안으로 들어선다. 탁 트인 공간에 멀리 여러 개의 폭포수가 우리의 눈길을 사로잡는다. 플리트비체는 태곳적 자연 그대로의 풍경을 간직하고 있는 아름다운 곳이고, 크고 작은 폭포들이 높은 호수에서 낮은 호수로 떨어지며 역동적인 생명력을 발산하는 곳이고, 푸르른 숲과 폭포의 물보라, 그리고 옥빛 호수가 어우러져 누구도 흉내 내지 못할 다채로운 색깔의 향연이 펼쳐지는 곳이다.

멀리 하늘에서 뚝 떨어진 듯한 플리트비체 최대의 폭포 '벨리키 슬랍'을 포함한 수많은 폭포와 작은 호수들이 층층이 어울려 눈과 귀를 시원하게 해준다. '벨리키 슬랍'은 물줄기가 100m 높이쯤 되어 보인다. 폭포수는 상부에서 거대한 소리의 울림을 만들면서 퍼지고, 그 퍼짐이 오목한 공간에 분산되어 퍼져나가면서 물안개를 만들고, 그 물안개가 햇살을 받아 아름다운 화음의 오색 무지개를 만들어내고 있다. 다행히 날씨가 좋아 선명한 색깔의 플리트비체를 한눈에 볼 수 있는 행운도 따랐다. 높은 곳이라 바람의 냄새부터가 달랐다. 비와는 분명 다른 희미한 물 내음이 봄바람에 실려 온다.

에메랄드빛 상부 호수의 연초록 풍경

국립공원의 정식명칭은 '플리트비츠카 예제라'라고 한다. 중국 쓰촨성 '구채구'와 거의 같은 카르스트지형 때문에 생긴 호수지대이다. 두 개의 강물에 녹은 석회질이 쌓여 계단식 둑이 생겼고, 열여섯 개의 호수와 백여 개의 폭포도 만들어졌다. 그 폭포들 사이에 이 세상의 것이 아닌 듯한 풍경 속으로 너도밤나무를 길게 잘라 이어 붙여 만든 가느다란 오솔길이 있다. 그 숲 속에는 요정들이 살고 있을 것만 같았고 마치 천상으로 향하는 길목처럼 보였다. 수많은 여행자는 끊어질 듯 이어지는 너도밤나무 징검다리를 건너 사파이어 물빛을 닮은 장엄한 폭포 속으로 자취를 감춘다. 자연이 만들어낸 터키석 물빛에 홀린 듯이 홀연히 사라졌다.

너도밤나무 징검다리 산책로

플리트비체는 말라카펠라 산과 플리에세비카 산에 있는 크로아티아 최초의 국립공원이다. 울창한 숲에 16개의 에메랄드빛 호수가 계단식으로 펼쳐지고 호수 위로 크고 작은 폭포가 흘러내려 천혜의 비경을 이룬다. 이뿐만 아니라 보호가치가 높은 동식물의 서식지로도 인정되어 유네스코 세계자연유산으로 지정되어 있다.

'벨리키슬랍'을 비롯한 수많은 폭포로 연결된 코츠약 호수 등 16개 호수로 구성된 플리트비체 국립공원은 상층부의 큰 호수와 하층부의 자그마한 호수로 나뉜다. 원래 하나였던 강물이 탄산칼슘과 염화마그네슘으로 분리되는 과정에서 생긴 석회침전물이 쌓여서 자연스럽게 계단식으로 둑을 이루어 16개의 호수가 생겼으며 그 호수 사이에 100여 개의 폭포가 있다. 가장 높은 곳에 있는 호수는 해발 637m, 가장 낮은 곳에 있는 폭포는 해발 503m에 있다.

상부 호수는 백운석으로 된 계곡과 울창한 숲으로 둘러싸여 있고 각각의 호수에는 크고 작은 폭포가 흐른다. 하부 호수는 상부 호수에서 흘러 내려온 물의 압력으로 땅속 동굴이 무너지면서 생성된 것으로 수심이 얕고 그다지 크지 않다. 플리트비체는 대자연의 섭리에 따라 앞으로 얼마나 많은 제방과 호수가 생길지 모른다. 유람선을 타고 상큼한 강바람을 쐬면서 아름다운 자연을 만끽하고 계곡에 올라 제방과 잡목으로 나뉘어 있는 에메랄드빛의 호수들의 신비로운 조화를 체험하는 코스로 일정이 짜여 있다고 한다.

여행자들에게 마음의 평온을 주는 이 공원은 한때 사람의 이동이 어려워 '악마의 정원'으로 불리기도 했다. 호수 위로 산책로가 개발되면서 여러 나라 여행자들이 찾아온다. 그 오솔길을 따라 많은 여행자와 함께 걸어간다. 사람들의 감탄사, 폭포가 떨어지는 힘찬 소리, 물이 흘러가는 산뜻한 소리로 어수선하여 가이드의 설명이 들리지 않는다. 하지만 듣지 않고 눈으로만 바라보아도 무엇을 말하려고 하는지 알 것만 같다. 그만큼 낯선 아름다운 풍경이 앞에 펼쳐지고 있다. 안개를 떠나보낸 터키석 물빛, 녹색 나뭇잎 사이로 부서지는 햇살, 바람이 씻긴 파란 하늘, 아침이 맑게 내려앉은 호수를 둘러싼 모든 것이 눈부실 정도로 윤이 났다.

공원 하부는 호수의 숫자가 적은 만큼 산책로도 짧았지만, 물빛은 상부 호수보다 훨씬 파랗고 예쁘다. 같은 호수라도 물의 깊이, 햇살의 방향, 그리고 하늘의 밝기에 따라서 물빛이 달라지곤 했다. 산책로는 대부분 호수에 바짝 붙어있어 새카맣게 몰려드는 물고기 떼를 코앞에서 볼 수 있다. 플리트비체에서는 그 누구도 자신에게 해를 끼치지 않는다는 것을 물고기들도 아는 모양이다.

너도밤나무 징검다리 산책로

더는 푸를 수 없는 초록과 청록의 파노라마, 깨알 같은 사람들이 실선을 그리며 그 푸르름 속으로 발걸음을 옮기고 있다. 순간순간 여행자는 걸음을 멈추고, 눈을 고정하고, 숨소리까지 멈춘다. 그리고 아름다움 속에 자신을 담고 싶어 앵글을 만진다. 카메라의 앵글이 자유로워진다. 화면에는 역동적이고 입체적인 풍경이 하나둘씩 잡힌다. 여기저기서 스마트폰의 반짝임이 눈부시다. 어느 누가 이 아름다움 속에 자신을 보관하고 싶지 않겠는가? 자신이 아름다운 자연의 일부가 되는 순간이다. 나도 모르는 사이 아기자기한 폭포 속으로 빨려 들어간다. 수많은 풍경과 섞이고 싶은 생각에 아래로 내려가 하부호수의 나무다리를 건너 폭포에 가깝게 다가간다.

위에서 본 것과는 다르게 높고, 웅장하고, 힘차고 떨어지는 폭포가 한 개가 아니고 여러 개였다. 크고 작은 폭포를 관람한 후 방향을 오른쪽으로 바꾸어 선착장을 향해 나아간다. 너도밤나무로 만든 오솔길을 따라 앞서거니 뒤서거니 하면서 걸었다. 묵묵히 오솔길을 따라 누구의 흔적도 쫓지 않고 그저 오롯이 나만의 작은 흔적을 남기면서 걸어가기에 딱 좋

지명이 P3라는 쉼터

은 산책로였다. 두 개의 호수를 가로지르는 S자 모양의 나무판자로 이어진 징검다리는 플리트비체 하면 떠오르는 가장 대표적인 풍경이다. 그리고 수많은 사람을 플리트비체 초록환상 속으로 빠져들게 하는 이국적인 정경(情景)이기도 했다.

아름다운 산책길을 따라 걷다보면 지명이 P3라는 곳에 다다른다. 이곳은 호수를 건너가기 위해 잠시 휴식을 취하는 쉼터 같은 공간이다. 여행자들은 이곳에서 여행의 속도를 조절하고, 주변을 거닐면서 야생화와 만나고, 삼삼오오 짝을 지어 간단히 식사도 하면서 유람선을 기다린다. 세계 각지에서 여행 온 사람들로 인종시장을 방불케 했다. 다양한 인종이 모여도 아무런 거부감 없이 자연스럽게 어울린다. 우리나라에서 살아갈 때는 다양성에 대해 거부감을 많았다. 하지만 이곳에서는 공항처럼 아무런 거리낌 없이 마주치면서 도움을 청하고 필요에 따라 친해지기도 한다. 단 하나 언어가 달라 소통이 안 되는 것 말고는 큰 불편을 느낄 수가 없다. 사회문화의 다양성은 틀림이 아니라 다름이라는 것을 자연스레 알아간다.

잠시 후 호수를 건널 유람선인 전기배가 도착했다. 이곳은 카르스트지형으로 지하 동굴이 붕괴하면서 위에 흐르는 강물이 아래 지형의 변화로 움푹 패어 이와 같은 상·하의 폭포와 호수를 이루었다. 건널 호수도 크기가 꽤 넓다. 전기배로 P2라는 선착장에 도착하면 상부 호수 근처에 가서 주변 풍경을 구경하다가 다시 내려와서 선착장 P1으로 가는 코스이다. p2를 향해 전기배가 서서히 에메랄드빛 호수 위를 미끄러지듯 나아간다.

P3에서 P2로 호수를 건너는 유람선인 전기배

라디오수상기 안에서 노래가 흘러나온다. 우리나라의 관광유람선을 연상시킨다. 유람선 갑판 위에 긴 의자가 길게 놓여 있고 주위에는 투명한 바람막이가 설치되어 있다. 그래도 간간이 너른 호수를 따라 불어오는 4월의 봄바람은 나도 모르게 몸을 움츠릴 정도로 차갑게 느껴진다. 모두 바람막이 덧옷을 꺼내 입는다.

p2에서 내려 좁은 나무판자 길을 따라 위로 올라가 본다. 곳곳에 다랑이논 같은 형상을 하고 있고, 그 위에 호숫물이 사방으로 넘쳐흐르면서 아기자기한 폭포들을 만들어낸다. 조금 위로 올라가면 평평한 초원이 나오고 폐허가 된 같은 건축물이 두 채가 보였다. 옛날에는 이곳에 사람이 살았던 흔적이라고 한다. 우리나라 물레방아 같은 시설이 건물 안에 설치되어 있는데, 이 시설은 수량을 조절하는 장치다. 즉 가까운 과거에는 이곳에서 농사를 지었다는 것이다. 물론 지금은 국립공원이고 지형의 변

화로 농사를 짓기에 적합하지 않겠지만 말이다.

다시 p1을 향해 호수를 건너가며 하부에 있는 호수와 폭포를 구경하고 있다. 상부 호수나 폭포는 시간상 가볼 수가 없다는 것은 묶음 여행의 부족한 점이다. 그래도 천상의 화원 같은 이곳을 가슴에 품고 떠나게 되어 무한히 감사했다.

가이드의 말인즉 이곳은 멀리는 1차·2차 세계대전, 가깝게는 유고연방의 해체와 독립하는 과정에서 많은 전쟁이 있었지만 크게 파괴되지 않았다고 한다. 이런 자연 풍경이 망가지지 않고 남아 세계의 많은 여행자에게 희망과 기쁨을 줄 수 있는 것은 행운이다. 물론 아주 전쟁피해가 없었던 것은 아닌 관계로 주변을 정리하고, 전쟁의 아픈 상처를 아물게 하

플리트비체의 하단 폭포

는 데도 큰 비용을 지불했다고 한다.

전기배가 p1을 향해 서서히 다가간다. 많은 여행자와 함께 너도밤나무 오솔길을 걷고 쉼터에서 야생화들을 관찰하였다. 또 호수의 푸름을 넋 놓고 바라보기도 하고 호수를 둘러싼 초록 빛깔에 깊이 빠져 지내다 보니 어느새 태양은 머리 위에 올라 검은 그림자를 지워내고 있다. 요정의 푸른 눈물을 훑어낸 녹색 바람을 맞으며 플리트비체를 떠나야 할 시간을 계산하기 시작했다.

플리트비체의 상, 하단 폭포

요정이 살고 있다고 착각할 만큼 신비로운 분위기를 자아내는 플리트비체는 영화 〈아바타〉 속의 매혹적인 자연환경의 모티브가 되기도 했다. 특히, 세계에서 가장 인상적인 카르스트지형으로 손꼽히는 플리트비체 국립공원에는 에메랄드처럼 푸른 호수와 화석처럼 잠긴 나무, 석회석이 쌓여 만든 계단식 폭포와 태초의 자연을 그대로 옮긴 듯 울창한 숲이 자리한다. 이곳을 오롯이 즐기는 방법은 산책로를 따라 느릿느릿 걷는 것이지만 호수를 지나는 보트를 타기도 하고, 숲길을 지나는 꼬마 기차를 타기도 한다.

여행은 낯선 곳에 묵직한 그리움의 흔적을 남기는 일이다. 낯선 곳에 대한 그리움은 낯선 공간에 추억 하나쯤 있어야 가능하다. 낯선 사람들과의 말을 섞지 않아도, 서로 인사를 하지 않아도 너도밤나무를 길게 잘라 이어 만든 가느다란 오솔길에서 마주친 그들이 그저 반가운 얼굴이 되어버리는 그곳이 바로 '플리트비체 국립공원'이다. 가슴을 뛰게 하는 그리운 풍경이 있는 곳이 바로 '플리트비체 국립공원'이다.

열 번째 동유럽 풍경

자그레브
(크로아티아)

책은 눈으로 읽음과 손으로 읽음이 확실히 다르다. 정민은 '손으로 또박또박 베껴 쓰면 또박또박 내 것이 되지만, 눈으로 대충대충 스쳐보는 것은 말달리며 하는 꽃구경일 뿐'이라고 했다.

발터 벤야민은 '책이 온전히 내 것이 되는 것은 그 책을 필사하는 것밖에 다른 수가 없다'고 했다. 책을 필사하거나 베껴 쓰는 작업은 손으로 책을 읽는 행위이다. 여행이 온전히 내 것이 되기 위해서는 책을 베껴 쓰는 마음으로 느리게 걸어가는 길밖에 없다는 말과 같다.

나에게 자그레브는 시간이 멈추어 버린 곳이고, 오래된 풍경이 머물러 있는 도시였고, 걸음을 느리게 만드는 여백(餘白)의 도시였고, 감동의 여운(餘韻)과 생활에 여유(餘裕)가 넘치는 사람들이 사는 곳이었다.

자그레브의 '성 슈테판 대성당' 위풍당당한 풍경

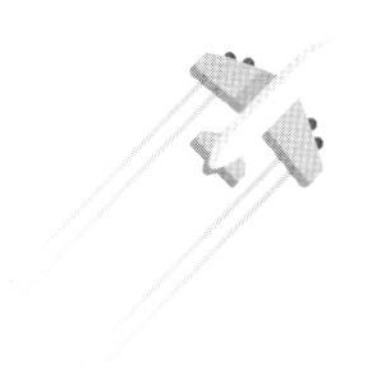

낯선 도시는 동네서점과 비슷하다. 길을 걷다가 무작정 들어가도 '뜻밖의 발견'을 할 수 있는 그런 공간이다. 동네서점 2층에 마련된 독서실에 앉아 가판대에 놓여 있는 다양한 신간 도서를 가져다 읽거나 경험하는 재미가 쏠쏠하다. 꼭 사야 한다는 부담감도, 책방주인에 대한 미안함도 느낄 필요가 없다. 누구도 나에게 관심을 두지 않는다. 이런 것이 낯선 도시의 익명성이고 동시에 동네서점의 편리함이 아닐까 싶다. 또 여행에 관한 다양한 책들을 이곳저곳 돌아다니면서 들춰보는 여유를 누리는 것은 덤이다. 이런 방식으로 낯선 도시를 끝없이 여행하고 싶다. 그런 즐거움을 깊이 맛보려면 크로아티아의 수도 '자그레브'에 오면 된다. 시간이 중세에 멈춰있는 듯한 '느림의 삶'을 살고 싶을 때 찾는 여유의 도시다.

크로아티아의 수도 '자그레브'라는 도시의 첫인상은 여백(餘白)이 많다는 것이다. 맑은 하늘이 내려앉은 도시는 싱그럽고 여유로워 보였다. 감동의 여운(餘韻)이 넘치는 곳으로 이곳에 사는 사람들의 삶도 느긋하고 넉넉할 것만 같다. 시간이 지날수록 그런 즐거움은 곰탕 국물처럼 진국으로 변해간다. 그리고 자그레브 시내를 걸어가면서 우연히 만난 우리나라의 젊은 자유여행자를 보면서 즐거움은 최고조에 달했다. 동유럽 중에서 크로아티아는 여자 혼자 다녀도 신변에 문제가 없을 만큼 안전한 나라라고 알려져 있다.

처음으로 자그레브 와서 버스가 멈춘 곳은 자그레브를 대표하는 네오고딕 양식의 화려한 2개의 첨탑을 볼 수 있는 자그레브 대성당 즉 '성 슈테판 성당' 앞이다. 성당의 이름에서 알 수 있듯이 이 낯선 도시는 비엔나를 많이 닮았는가 보다. 같은 강줄기를 품고, 언덕에 기댄 도시지형, 대성당을 중심으로 형성된 도심, 각이 살아 있는 고풍스러운 건물, 그와 대비되는 사람들의 자유분방한 분위기가 모두 비슷했다. 한때는 같은 나라에 속했다. 자그레브에는 그 당시에 지은 건물도 많이 남아있으며, 비엔나는 지금도 자그레브에서 가까운 동유럽 도시 중의 하나이다. 바로 여기에서 크로아티아 여행은 시작되었다.

자그레브 대성당은 자그레브를 하나로 보여주는 대표적인 명소일 뿐만 아니라 구시가지와 신시가지를 연결하는 언덕 위에 세워진 자그레브시의 왕관과도 같은 존재이며 크로아티아의 심장이다. 성당은 1094년 헝가리의 왕인 라디슬라스에 의해 자그레브 교구가 만들어졌다. 1217년에는 스테판 주교에 의해서 헌당되었고, 1242년에 타타르족에 의해서 파괴되었다가 1254년에 티모데이 주교에 의해서 고딕 양식으로 새롭게 지어졌다.

또한, 자그레브 대성당은 로아티아 자그레브에 있는 가장 유명한 건물로 캅톨 언덕 위에 세워져 있는 가장 높은 건물이다. 주보성인은 하늘나라로 승천한 성모 마리아와 성 스테파노, 성 라디슬라오 등이다. 대성당과 대성당 내부의 제의실은 전형적인 고딕 양식이며, 건축학적으로 가치가 대단히 높다. 대성당의 첨탑은 시내 어느 곳에서도 볼 수 있을 정도로 높다.

대성당 주변을 둘러보면 정문에는 '모락'이라는 사람이 조각한 6명의 성인(聖人)조각상이 있다. 성당 안으로 들어가 보면 성당의 창문 역할을 하는 스테인드글라스는 1849년에 만들어진 것으로 크로아티아에서 가장 오래된 것이다. 스테인드글라스에 새겨진 다채로운 빛깔의 기묘한 모자이크가 섬세하고, 화려하고, 맑아서 바라보고만 있어도 신앙심이 저절로 생길 것 같은 묘한 감정을 불러일으킨다.

중세고딕 양식 성당건축의 어둡고 침침한 실내를 보석같이 찬란하게 밝혀주었던 스테인드글라스의 색상대비는 성당을 엄숙하고 거룩하고 성스럽게 만들어주고 있다. 성당 가운데는 성모 마리아상이 있고, 오른쪽에는 예수의 부활을 알리는 내용이다. 마주 보이게 성모 마리아 제단이 있고, 위에는 '알로지제 스테피나츠' 추기경이다. 2차 세계대전 당시 독재에 맞서 싸우던 이 사람은 1930년에 서품되었으며 1945년 크로아티아가 유고슬라비아의 통치에 들어가면서 사제들을 추방하려 하자 이에 저항하였고 1960년에 확증이 없지만 독살된 것으로 추정되며 교황 바오로 2세에 의해서 복자로 탄생하였다고 한다. 성당 두 개의 첨탑이 위풍당당하게 서 있는 광장 앞에서 우리의 모습이 한없이 낮아지고 작아진다.

마침 부활절이 가까워졌는지 대성당 앞마당 정원에는 커다란 부활절 달걀 형상이 세 개가 세워져 있다. 부활절 달걀에는 화려한 칼라의 모자이크 지붕이 아름다운 성 마르코 교회, 천상의 나라를 형상화한 듯한 그림, 그리고 대성당의 모습이 그려져 있다. 성당 앞 광장 가운데 중앙 분수대에는 황금빛의 성모 마리아상과 네 명의 천사상이 세워져 있다. 중앙 분수대는 'hermann bolle'라는 사람이 세웠고, 'fernkorn'이라는 사람이 황금빛의 성모 마리아상과 네 명의 천사상을 만들었다. 네 명의 천사는 각각 믿음, 희망, 순결, 인간성을 나타낸다고 한다.

성당 옆에는 지금도 오른쪽 탑은 보수공사가 한창인 스테파니츠 추기경의 박물관이 있고, 대성당 왼쪽에는 망루와 성벽이 남아있다. 오스트리아와 헝가리 침략에 대비해 대성당의 주위로 성벽을 쌓았다고 한다. 그리고 그 성벽에 새겨져 있는 시계는 지금 멈추어져 있다. 1880년 지진

대성당 성벽에 새겨져 있는 시계

이 일어났을 때 그때의 시간으로 멈춘 시계라고 한다. 그것은 아마 어제로부터 배우고, 오늘을 성실히 살며, 내일로 나아가기 위해서가 아닌가 싶다.

발칸반도의 천년고도로 불리는 크로아티아의 낯선 도시 자그레브는 구시가와 신시가가 조화를 이루고 있는 아름다운 도시로 중세의 매력과 현대적인 도시의 활기찬 모습을 함께 지닌 곳이다. 동유럽 교통 중심지인 자그레브는 전 세계 여행자들의 목적지로 가는 도중에 잠시 들르는 장소로 알려지기 시작했다. 또 자그레브는 크로아티아 교통의 요충지이며 수도이다. 자그레바치카 산의 경사면과 사바 강에 걸쳐 있는 자그레브는 원래 13세기 오스만튀르크의 침입을 막기 위한 성벽으로 둘러싸인 그라데츠와 16세기에 요새화된 성직자 마을 카프톨. 이 두 마을이 합쳐져 세워졌다. 1093년 로마가톨릭 주교관구가 되면서 유럽지도 상에 등장했으며 오랫동안 오스트리아·헝가리 제국의 지배를 받아왔다. 19세기에 들어서면서 새 건물이 들어서고 광장이 생기면서 시가지를 늘리고 넓혀나갔다.

그 후 아드리아 해와 발칸반도로 이어지는 도로와 철도망이 발달해 동서유럽을 연결하는 교통의 측면에서 핵심적인 역할을 했으며, 1991년부터 1996년까지 종교와 인종의 갈등으로 비극적인 내전을 겪기도 했다. 자그레브는 공산주의 붕괴와 함께 관광지로 유명세를 타고 있는 다른 동유럽 국가들과는 달리 10년이 지난 지금에야 관심의 대상이 되고 있다. 지상낙원이라 칭송받는 크로아티아의 자그레브는 수도라고 하기에는 너무나 수수하고 소박하지만 이제 막 기지개를 켜고 과거의 영광을 되찾기 위해 끊임없이 노력하는 중이다. 자그레브는 어느 도시보다 다정다감하고 친절한 현지인을 만날 수 있어 기억에 많이 남는 도시였다.

자그레브 대성당을 본 다음 본격적인 구시가지 구경에 나선다. 구시가지 풍경은 여행자들의 발걸음을 느리게 한다. 아니 멈추게 했다. 시간이 멈추어 버린 듯한 느린 도시풍경은 우리 감정의 시간도 멈추게 하는 마력을 지닌 곳이다. 중세의 느낌이 물씬 풍기는 거리를 걸어가면서 여백이 많은 도시를 오래도록 자세히 바라볼 것이다. 타임머신을 타고 도착한 과거처럼 지나간 시간 속에 움직이는 풍경을 꼼꼼히 살펴보려고 한다. 낯선 도시여행은 색다른 풍경을 통해 그 도시를 이해하고 역사를 배워가는 활동이 아닌가?

현지가이드와 함께 나선 시내 여행은 자그레브 도시를 다 보기에는 턱없이 시간이 부족할 것이다. 묶음 여행의 한계 때문에 겉만 훑어보는 양상이다. 그래도 꼼꼼히 책을 필사하는 자세로 느긋하게 둘러본다. 낯선 도시여행이 온전히 내 것이 되기 위해서는 책을 베껴 쓰는 마음으로 느리게 걸어가는 길밖에 없다. 천천히 둘러보면서 낯선 도시의 진정한 풍경을 보고 듣고 느껴보려고 한다.

밀란 쿤데라는 작품 「느림」에서 '느림과 기억 사이, 빠름과 망각 사이에는 어떤 내밀한 관계가 있다. 느림의 정도는 기억의 강도에 정비례하고, 빠름의 정도는 망각의 강도에 정비례한다'라고 말한다. 기억이 있어야 추억도 있다. 묶음 여행은 지나온 장소를 잊어버릴 만큼 빠르게 움직인다. 빠른 여행을 하면 금세 어디를 지났는지도 모를 정도로 기억이 가물거릴 때가 많다. 찍어둔 사진을 봐도 기억하지 못할 때가 종종 있다. 비록 묶음 여행이지만 자그레브에서만큼은 여유롭게 천천히 걸으면서 구경하고 싶다. 경험에 비추어보면 여행하는 속도가 느릴수록 시야가 넓어져서 기억력이 확장된다. 느릴수록 사물과의 교감이 깊어지기 때문일지도 모른다.

대성당 앞에 있는 도로를 따라 '돌라치' 시장 쪽으로 걸었다. 이 시장은 구시가지와 신시가지를 이어주는 우리나라 재래시장 같은 곳이다. 양쪽 옆에 작은 인도가 있고 가운데는 노천카페도 보인다. 그곳에서 우연히 한국인 가족을 만났다. 처음 보는 사람이지만 유럽의 낯선 도시에서 같은 한국 사람을 만났다는 사실만으로도 오래된 친구처럼 반가웠다. 누가 먼저라고 할 것도 없이 서로 손을 흔들면서 아는 체를 했다. 노천카페에 식사하기 위해 나온 가족의 여유가 한없이 부러웠다. 내가 원하는 여행은 그런 것이다. 낯선 도시에서 그곳의 일상을 자연스럽게 체험을 통해 알아가는 것, 그것이 가장 멋있는 여행이 아닐까? 언제, 어디서든 내가 가고 싶은 곳을 가고, 쉬고 싶은 곳에서 쉬고, 먹고 싶은 곳에서 먹을 수 있는 여행이 가장 좋은 여행일 것이다. 문제는 갈 곳은 많고, 가야 할 곳은 넓고, 시간이 부족하다 보니 빠르게 여행을 한다. 최근에는 묶음 여행도 변하고 있다. 갈수록 많은 여행자는 동선(動線)이 짧고 천천히 걸어 다니면서 하는 느린 여행을 선호한다.

'돌라치' 시장을 지나 그라데츠 언덕으로 가기 위해 서서히 걸어 올라간다. 가는 길목에는 꽃집이며 카페가 많이 보인다. 네모진 조약돌이 깔린 오르막길 양옆으로는 중세 건축양식으로 지어진 4층 정도 높이의 건물들이 즐비하다. 그라데츠 광장으로 가는 길목에서 또 하나의 자그레브 민얼굴을 만나게 된다. '카메니타 브라타'라고 하는 터널 같은 아치형 돌문이다. 중세시대에 목조 문으로 건설됐으나 1731년 화재로 모두 소실되어 1760년에 다시 지었다고 한다. 화재가 났을 때 기적적으로 성모 마리아의 그림만은 타지 않고 그대로 남아 크로아티아 사람들은 이곳을 성지(聖地)처럼 여긴다. 약 300년 된 터널 안으로 들어가면 왼쪽 약간 어두운 벽면에 성모 마리아의 그림이 아직도 남아있다. 그 앞으로 제단을 쌓고 정교한 바로크 양식의 철문으로 감싸 놓았다. 주변의 벽에는 이름이 새겨진 석판이나 동판이 잔뜩 붙어있다. 이곳에는 촛불을 켜고 기도하는 사람들로 언제나 붐비는데 특히 자식을 위해 기도하는 어머니들이 유난히 많다. 동서양을 막론하고 어머니들의 자식 사랑은 한결같다. 이곳을 지나가는 사람마다 기도를 드리는 모습은 낯익은 풍경이다.

'카메니타 브라타'라는 굴과 같은 어두운 돌문을 지나 야트막한 언덕을 오르면 광장이 나온다. 이름하여 '그라데츠 언덕' 광장이다. 이 광장에는 세상에서 가장 아름답고 화려한 색채의 모자이크 타일의 지붕을 가진 성 마르코 교회와 17세기에 바로크 양식으로 만들어졌으나 지진으로 무너졌다가 1880년에 외관이 복원된 캐서린 성당 그리고 의사당, 정부청사로 쓰는 반스키 드보리가 유명하다. 더구나 13세기에 세워진 성 마르코 교회는 지어질 당시의 형태를 그대로 보존하고 있는 건물이다.

카메니타 브라타라고 하는 터널 같은 아치형 돌문

알록달록한 지붕의 성 마르코 교회

교회의 알록달록한 지붕은 마치 여러 색깔의 털실로 짠 양탄자처럼 포근하고 온화한 느낌을 준다. 처음에는 로마네스크 양식으로 만들어졌으며 14세기에 천장을 고딕 양식으로 수리하였다. 이 성당은 19세기 'bolle'라는 사람에 의해서 네오 고딕 양식으로 재탄생되었으며 빨강, 파랑, 흰색의 지붕의 타일은 합스부르크 왕조의 문양을 나타내는데 왼쪽은 크로아티아를, 오른쪽은 자그레브시를 나타낸다고 한다. 내부는 1936년부터 2년에 걸쳐 '메스트로비치'라는 사람이 보수하였다. 성당의 문양과 색깔이 다른 것과 견줄 수 없을 정도로 뛰어나서 많은 관광객이 찾는 곳이다.

중세의 영화 속에서나 보았던 그런 모습들을 '그라데츠 언덕' 광장에서 본다. 구시가지는 성장이 멈추어 버린 마법의 도시 같다. 옛 모습 그대로 원형을 잘 간직하고 있다. 잘 간직하고만 있는 것이 아니라 지금도 그곳을 보수하여 이용하고 있다는 사실은 더 놀랍다. 옛것을 잘 지키고 보존하려는 이곳 사람들의 정신은 본받아야 할 점이다. 성당 앞쪽으로 해서 골목을 빠져나오면 나무가 우거진 아름다운 산책길이 여럿 있다.

그곳에 오르면 시내를 한눈에 볼 수가 있다. 멀리 보이는 자그레브 대성당의 두 첨탑이 가장 빨리 눈에 들어온다. 그리고 주황빛 지붕으로 이어진 구시가지의 모습들이 석양의 햇살과 만나 눈을 현혹시키고 있다. 반면 주황 빛깔의 지붕 너머로 신시가지에는 현대식 빌딩공사를 하고 있는지 하늘을 향해 솟아있는 거대한 타워크레인의 모습도 보인다.

'그라데츠 언덕' 광장에서 바라본 '자그레브' 풍경

같은 공간 속에 구시가지와 신시가지, 과거와 현재가 공존하는 낯선 도시가 바로 자그레브이다. 따닥따닥 연결된 구시가지의 지붕과 숲 사이에서는 소통, 이음이라는 단어가 보이는 반면 높이 솟은 신시가지의 빌딩 숲과 넓은 도로 사이에는 단절, 불통이 보인다. 그래도 답답한 서울에 비해서는 구시가지와 신시가지가 그런대로 조화를 이루고 있는 것 같아 좋아 보였다. 결국, 미래로 나아가는 길은 단절이 아니라 이음이고, 소통이고, 조화다.

또 하나 눈에 띄는 건물은 자그레브 신시가지의 전경이 한눈에 들어오는 언덕 위에 있던 '로트르슈차크 탑'이다. 현대식 건축물로 치면 2, 3층 정도의 높이다. 그 꼭대기에는 대포가 있다. 이곳에서는 오스만튀르크 군대를 격파한 것을 기념해 1877년부터 현재까지도 정오가 되면 대포 한 발을 쏜

'그라데츠 언덕' 위에 있는 '로트르슈차크 탑'

다. 정오가 되면 대포를 발사하는 소리를 들을 수 있으니 대포 소리에 놀라지 말라고 했다. 탑에는 올라가지는 않고 밑에서 바라만 보고 이동했다.

'그라데츠 언덕' 광장을 뒤로하고 작은 오솔길을 따라 내려오면서 여러 나라 여행자들과 현지주민들을 만나볼 수 있었다. 그중에서도 오가는 길에 한국 여행자들을 만나는 것이 무엇보다도 반가웠다. 그저 바람처럼 스쳐 지나갈 뿐이지만 알아들을 수 있는 말이 들려오고, 같은 모습을 지녔다는 사실이 그렇게 반가울 수가 없었다. 구시가지를 걸으면서 어느 건물이든 역사와 전통을 담기 위해 노력하는 그들의 모습이 너무 좋아 보였다.

구시가지를 벗어나면 '반 엘라치치' 광장이 바로 나온다. 이곳은 도시의 상징이자 자그레브 도시여행의 출발점이기도 하다. '반 엘라치치' 광장은

자그레브 여행의 출발점인 '반 엘라치치' 광장

오스트리아와 헝가리의 침략을 물리친 엘라치치의 동상으로부터 시작된다. 이 광장은 1641년에 캅톨 언덕 아래 세워진 광장으로 주변 건물들은 1800년대에 만들어진 건물들이 많다. 이 광장은 자그레브의 중심에서 있으며 사람들의 만남의 장소로 항상 많은 인파로 붐비고 있다. 동상은 1866년에 세워졌으나 공산주의 시절 1947년에 철거되었다가 1990년에 다시 제자리로 돌아왔다. 동상은 자그레브의 북쪽을 바라보고 있는데 오스트리아와 헝가리의 침략에 대항하는 의미를 지니고 있다. 그러나 현재는 광장의 균형을 맞추기 위해 남쪽을 바라보고 있다.

광장 동쪽에는 도시 이름의 또 다른 기원이 된 '만두쉐바츠' 분수가 있다. 보기에는 허름한데 거기에 사람들이 삼삼오오 앉아 여백의 도시를 즐기고 있다. 지금은 분수의 기능이 약해졌지만, 과거에는 실제로 물이 솟아올랐던 곳이라고 한다. '만두쉐바츠' 분수는 상징적인 의미가 크기 때문에 아직도 광장 중심에 위치하고 있다. 이곳에서 배울 점은 있다면 옛것을 버리지 않고, 없애지 않고 그것을 중심으로 두고 도시를 새롭게 형성했다는 것이다. 옛것 위에 새로운 도시를 세우는 것이 아니라 옛것을 중심으로 도시가 서서히 확장되어 나간다는 것이다. 옛것을 살리고 보존하면서 새로운 것과 조화롭게 배합에 나가는 지혜는 어느 나라나 반드시 배워야 할 점이다.

메드베드니차 산 아래 놓여 사바강을 품은 자그레브는 평화로웠다. 아이러니하게도 자그레브는 '참호'라는 뜻이다. 끊임없는 외침과 전쟁 속에서도 평화로운 모습을 유지한 게 그래서인가?

과거에 쉴 새 없이 전차가 몰려왔고, 지금은 사람들의 발길이 분주한 엘리치치 광장이 편안하게 느껴진다. 광장을 지나가면서 이곳 사람들의 여유로운 모습에 눈길이 자주 간다. 도심의 은은한 분위기가 눈을 느슨하게 풀어놓았다.

'반 엘라치치' 광장에서 거리를 따라 조금 올라가면 큼직한 동판화가 거리를 꽉 채운다. 자그레브라는 낯선 도시를 한눈에 볼 수 있도록 판화로 찍어놓았다. 그 모습이 마냥 신기한 듯이 여행자들이 하나둘 판화 주변으로 모여든다. 낯선 도시를 한눈에 볼 수 있다는 것이 이채롭다. 여기서도 단연 으뜸은 자그레브 대성당의 커다란 두 첨탑이다. 판화 속에 그 모습이 또렷했다. 동판화 덕분에 '자그레브'라는 도시를 가슴에 다 담을 수가 있어서 행복했다.

처음에 출발했던 자그레브 대성당으로 돌아왔다. 낯선 도시를 한 바퀴 빙 돌아 다시 원점에 선다. 버스를 기다리면서 했던 누군가의 한마디 말이 인상적이었다. '크로아티아의 국토는 엎어놓은 부메랑 모양으로 생겼다'라는 말이다. 어떤 연유로 그런 모양의 경계가 형성되었는지는 모르지만 수많은 사람의 아픔과 슬픔 그리고 고통의 사연이 깃들어 있을 것만 같다.

'자그레브'라는 낯선 도시는 알아갈수록 친근감이 드는 곳이다. 구시가지를 따라 천천히 걸으면서 크로아티아의 과거와 현재의 모습도 보았다. 그리고 미래의 모습을 상상한다. 자그레브의 민낯은 한마디로 청순한 이미지다. 거리에서도, 계단에서도, 언덕에서도, 그리고 오래된 건물에서도 모두 꾸밈이 없이 순수했으며 맑고 밝은 인상을 받았다.

'자그레브'라는 도시의 동판화

낯선 도시의 이색적인 풍경을 보면서 종일 걸었다. 하지만 극히 일부분 본 것에 불과하다. 이젠 조금 쉬고 싶다. 쉼은 또 다른 삶이다. 그래서 내일이 또 기다려진다. 누군가 '언젠가 다시 가야 할 곳이 있어서 다행이다. 여행은 직진하는 것도 아니고 백 미터를 다 왔다고 멈춰 서는 것도 아니라서 좋다. 다음을 기약할 수 있으니 다행이다'라고 했던가? 여행도 할수록 중독되어 가는 모양이다.

뉘엿뉘엿 저물어 가는 '자그레브'라는 낯선 도시풍경을 창문을 통해 내려다본다. 소주 한 모금 입에 머금고 고향의 맛을 음미하면서 창밖을 관찰했다.

은퇴하고 첫 여행지로 동유럽을 택했다. 무엇 때문에 이 낯선 곳에 왔는지 자신에게 물었다. 아마 정열적인 색깔 때문이 아닐까? 동유럽의 주황색을 보고 있으면 맑고 밝은 기운을 줄 것만 같았다. 동시에 마지막 소원을 들어줄 것만 같은 색깔이다. 마지막 소원을 불에 태운다면 그 색이 주황색일 것만 같다.

한 대상에게, 한 인간에게 몰입하면 몰입할수록 주황 빛깔은 더 짙어지고 깊게 뿌리를 내린다. 주황색은 넘치는 에너지를 가지고 있을 것만 같아 좋다. 그 주황 빛깔을 보기 위해 동유럽에 온 것이다. 동유럽 어디서나 볼 수 있는 주황 빛깔의 지붕을 걸친 저 많은 집은 언제, 왜, 어디에서부터 시작되었을까? 들리는 말로는 제2차 세계대전 당시 민간인 거주 지역을 표시하기 위해 주황색을 칠한 것이 기원이라고 한다.

동유럽 여행에서 돌아와 낯선 도시에서 즐거웠던 기억을 회상한다. 책갈피에 끼워진 빛바랜 기억은 아니지만 벌써 가물거린다. 크로아티아에서 보았던 많은 것들이 떠오른다. 부메랑처럼 생긴 나라 모양, 푸르다 못해 서늘한 풍경을 자아내던 플리트비체 국립공원, 오파티야에서 바라보았던 아드리아 해의 에메랄드빛 수평선, 위풍당당한 '성 슈테판 성당' 두 개의 첨탑 좌우로 원뿔을 닮은 주황색의 지붕도 인상적이었다. 그리고 자그레브의 여유로움 속에 숨어있던 중세의 구시가 길거리 속에 따뜻한 사람들이 온기가 흐른다.

마야 안젤루는 '인생은 숨을 쉰 횟수가 아니라 숨 막힐 정도로 벅찬 순간이 얼마나 가졌는가로 평가한다'라고 했던가. 크로아티아 여행에서 숨 막히게 아름다웠던 풍경들이 얼마나 많았던가? 그런 풍경은 은퇴 후에 사그라지는 영혼을 회복시켜주고, 잃어가는 자존감을 되찾아주었다.

인생이란 여정도 가장 행복했던 시절로 돌아가는 길임을 깨닫게 되는 순간 삶의 의미도 깊이 깨닫게 된다. 은퇴 후에야 내가 살아온 삶 속에도 숨 막히게 좋아했던 순간들이 얼마나 많았는지 알게 된다. 그러면 잘 살아온 것이다. 그리고 앞으로 여분의 삶도 숨 막히게 멋진 풍경으로 서서히 만들어 가면 된다.

열한 번째 동유럽 풍경

부다페스트
(헝가리)

우리가 낯선 도시여행을 하면서 경계해야 할 것은 새로운 만남에 대한 환상이다. 새로운 만남을 위해서 우리가 할 수 있는 일은 다른 사람들의 삶에 대해 겸손한 자세로 다가가는 것일 뿐이다. 그곳을 우리의 잣대로 함부로 평가하고 재구성하는 것은 오만이며 삶과 역사에 대한 무지가 아닐 수 없다.

어느 곳에 살든, 어느 시대의 사람이든 그들은 저마다 최선을 다해 살아왔고 또 살아가고 있다. 모든 곳은 그 땅의 최선이고 그 세월의 최선이다. 그래서 '지금 그리고 여기'에서 새로운 풍경들과의 새로운 만남이 항상 중요하다. 새로운 만남은 낯선 풍경과 친숙한 사이가 되어가는 과정이고, 서로 존중하는 일이어야 한다.

부다 왕궁에서 바라본 '부다페스트' 산뜻한 풍경

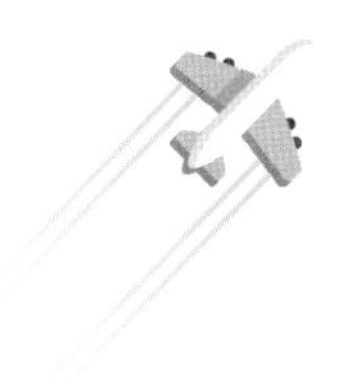

낯선 도시여행은 자신만의 눈으로 낯선 풍경을 바라보아야 한다. 그 도시가 품고 있는 다양한 이야기를 들으면서 새로운 풍경을 바라보아야 가장 즐겁다. 설사 묶음 여행을 통해서 같은 공간을 함께 여행하더라도 모든 여행자가 항상 똑같은 방향과 느낌을 품는 것은 아니다. 오늘 아침은 또 무엇이 달라졌을까? 그 작은 차이는 어디로 향하고, 어디로 나를 이끌어갈지 잠시 제자리에 서서 세심하게 자신을 돌아보는 시간을 갖게 한다.

새로운 아침이다. 하루의 여행이 끝나면 그리울 풍경들이 그리고 지워지지 않을 기억들이 돌아가는 필름처럼 차곡차곡 감긴다. 이름만 들어도 풍경이 푸를 것 같은 아름다운 나라 크로아티아, 유난히 평화롭고, 여유롭고, 여백이 많았던 도시 자그레브를 떠난다. 그리고 또 다른 새로운 도시풍경을 찾아 나선다. 그곳은 다뉴브 강이 흐르고 몽환적인 분위기를 자아내는 회색도시인 헝가리 수도 '부다페스트'이다. 그렇게 낯선 도시여행은 이어진다.

동유럽에 널리 퍼져있는 알프스 산자락은 한 시간 정도 지나자 지형이 서서히 바뀌고 있다. 전형적인 동유럽의 낮은 구릉, 끝없는 지평선 위에 펼쳐진 초원이 나타난다. 그리고 그 초원 위로 주황빛 지붕의 이층집과 그런 집들이 듬성듬성 모여 있는 마을들이 차창 밖으로 스쳐 지나간다. 그다지 크지 않은 소박한 주택, 아담하고 정갈한 정원, 그리고 조그만 자동차가 보였다. 초록빛 지평선 위로는 4월의 노란 유채꽃이 향연을 베푸는 듯했다. 이곳은 해발고도가 높은 분지 형태로 이루어진 지형이라 밤낮의 기온 차가 크고, 종종 비가 내려 우산을 준비하는 게 필수란다. 시시때때로 심술을 부리는 낯선 풍경은 그냥 스쳐 지나가는 바람처럼 내 앞을 지나가도록 놓아둔다. 잿빛 하늘, 푸른 초원, 주황 지붕이 이국적이라 자주 눈길이 간다. 빛바랜 낙엽처럼 시간이 멈추어버린 듯한 동유럽의 잔잔한 마을풍경은 바라볼수록 빠져든다.

크로아티아 국경에서 또 한 차례 여권검사를 받은 후에 한국과 여러 면에서 가장 많이 닮았다는 낯선 나라 헝가리로 들어선다. 그곳에 또 다른 새로운 풍경과의 만남이 우리를 기다리고 있다. 헝가리에 들어와서 했던 가이드의 첫 마디가 기억난다. 유럽이나 미국에서는 이름 다음에 성(姓)을 명명하지만, 한국은 성(姓) 다음에 이름이 따라온다. 그런데 헝가리도 성(姓) 다음에 이름이 따라온다는 것이다. 또 어순(語順)도 한국과 비슷하여 유난히 잔정이 많이 간다고 알려준다. 유럽 한가운데 있으면서도 유럽과 또 다른 곳이다. 첫 만남부터 헝가리라는 나라는 호기심을 자극하고 가슴을 쿵쿵 뛰게 하는 묘한 매력을 가지고 있다.

고속도로 휴게소에서 잠시 쉬어간다. 무슨 이유든, 어디든 버스가 자주 멈추기를 원했다. 버스가 자주 멈추면 여행의 속도가 그만큼 느려진다. 그리고 속도가 느려지는 만큼 여행을 통해 눈에 들어오는 풍경은 그 만큼 섬세해진다. 주변을 관찰할 수 있는 시간도 많아진다. 묶음 여행이라 마음대로 움직일 수는 없다. 다만 중간중간 짧은 휴식이라는 멈춤을 통해 자유여행 같은 여백의 기쁨을 충분히 느끼고 즐기고 싶다. 동유럽의 일상과 더 가깝게, 더 친근하게 접해보려고 했다.

가이드의 이야기가 이어진다. 9세기 후반에 아시아계 유목민인 마자르족이 다뉴브 강 유역에 거주하는 게르만족을 몰아내고 세운 나라가 바로 '헝가리'이다. 동양인의 후예인 마자르족이 세운 국가라서 그런가? 그들의 오래된 유전자 속에는 그런 동양적 유전인자가 들어있는 것인지 헝가리어는 유럽에서는 완전히 이질적인 언어다. 대부분 유럽 언어는 인도-유럽어족에 속하지만, 헝가리어는 핀란드어와 에스토니아어와 함께 우랄어족에 속하며 보통 이 세 언어를 한 묶음으로 해서 핀-우그르 어족에 속한다고 한다. 한편 우리는 흔히 헝가리어가 우리나라 말과 함께 우랄-알타이 어족에 속하는 것으로 배웠다. 하지만 최근에 이 가설은 부적합하다는 판정이 났다고 한다. 그러니까 헝가리어는 유럽에서 그야말로 '이질적인 외톨이 언어'인 것이다.

이래저래 몸은 유럽이지만 머리는 아시아에 더 가깝다는 생각이 자꾸 들었다. 일찍이 1892년 오스트리아-헝가리 이중제국 시대에 조선왕조와 우호 통상항해조약을 맺었던 나라이기도 하고 한국과 닮은 점이 많다고 들어서 그런가 유독 다른 동유럽 국가보다 왠지 모르게 눈길이 많이 간다.

헝가리 수도인 부다페스트는 도시 중심에 아름다운 도나우(두나, 다뉴브)강이 흐르고, 지하에는 온천이 흘러 일찍부터 물의 도시로 잘 알려져 있다. 특히 도나우 강의 수려한 경관은 부다페스트를 '도나우의 진주', '동유럽의 장미'라고 찬양받게 하였다.

원래는 다뉴브 강을 사이에 두고 서쪽의 부다 지구와 동쪽의 페스트 지구로 나뉘어 있었다. 그러다가 세체니 다리가 놓이면서 양쪽의 교류가 활발해졌고, 결국 하나로 합쳐 도시 이름이 부다페스트가 되었다. 896년 동양인의 후예인 마자르족이 이곳에 국가를 세웠지만, 1873년에야 부다페스트가 탄생했으니 이곳은 비교적 젊은 도시이다. 마자르족 특유의 건축과 문화가 다뉴브 강과 어우러져 더욱 장대해 보이는 도시풍경, 게다가 온천까지 즐길 수 있어 전 세계에서 찾아오는 여행자들의 발길이 끊이지 않는 곳이다.

낯선 도시 부다페스트에서 먼저 찾아간 곳은 한국식당이고, 정겨운 풍경은 '한글'과 '하회탈'이다. 버스에서 내려 이차선 도로를 따라 걸어가다 모퉁이를 돌아서면 작은 간판이 걸린 식당과 만난다. '한국관'이라는 한글 간판과 창문에 걸린 은은한 미소를 머금은 '하회탈'이 인상적이다. '동유럽의 파리'라고 할 만큼 아름다운 도시, 중세풍의 건물들이 즐비한 거리에서 동방의 나라 한국의 '하회탈' 풍경을 보다니. 벅찬 감동이 느껴진다. 비록 서로 다른 문화지만 왠지 어색하지 않았고 중세건물 사이에 있는 한식당은 아늑했다. 식당 안은 구수한 고향 냄새가 풍긴다. 이렇게 한국적인 냄새를 그리워했던 적은 있던가? 정말 다른 지방에 가면 고향이 그립고, 나라 밖으로 나가면 자기 나라를 사랑하게 된다는 말은 빈말이 아니었다.

2층에 예약이 되어있어 올라갔다. 안쪽 구석에는 한국 유학생들이 현지대학생들과 즐거운 한때를 보내고 있었다. 한국 음식 이름, 먹는 방법, 젓가락 사용하는 법 따위를 가르쳐주고 있다. 동유럽 안에 있는 작은 공간에서 우리나라의 전통풍습을 가르쳐주고 있는 그들의 모습이 의젓했고 보기에 좋았다. 너무 반갑고 대견해서 바라보는 쪽이 더 뿌듯해지는 느낌이다. 한국문화를 배우면서 신기해하고 즐거워하는 헝가리 대학생들의 모습이 지금도 눈에 선하다.

식탁에는 김치찌개, 김치, 콩자반, 나물 등 서너 가지의 반찬과 함께 쌀밥이 준비되어 있다. 오랜만에 먹는 고향 음식이어서 그런가. 순식간에 밥 한 그릇을 뚝딱 비웠다. 밥 한 그릇을 추가로 주문했더니 1유로를 선불로 요구한다. 고향 식당 풍경과 닮아서 마음이 편했다. 헝가리 속의 한국식당 안에서 벌어지는 자그마한 일탈들도 여행에서 일상으로 돌아가 기억해보면 낡은 일기 속의 애틋한 풍경처럼 오래오래 남아있게 된다. 오래도록 추억에 남는 풍경이란 화려한 것보다는 수수한 것들이, 복잡한 것보다는 간단한 것들이, 거창한 것보다는 사소한 것들이 아닌가 싶다.

낯선 도시 부다페스트만의 고유한 풍경을 보려 나선다. 빈티지 오르골의 음색처럼 마음을 은은하게 물들이는 부다페스트 거리 풍경을 보면서 걸었다. 부다페스트라는 낯선 도시에서 본 첫 번째 풍경은 '자긍심'이다. 언드라시 거리 끝에 다다르면 바로 눈앞에 가슴이 확 트이게 하는 드넓은 광장이 펼쳐진다. 바로 헝가리의 '영웅광장'이다. 이곳에서 현지가이드와 첫 만남이 있었다. 가이드의 첫 마디가 이곳은 날씨변화가 심하니 꼭

우산을 챙기라는 말이다. 정말 귀신같다. 도착하자마자 날씨가 끄물거리기 시작했다. 그리고 갑작스럽게 바람이 불면서 하늘에 검은 구름이 모였다 흩어진다.

시민공원 근처에 있는 영웅광장은 헝가리 건국 1,000년을 기념하기 위해 1896년에 조성하기 시작해 1901년에 완성된 광장으로 이름도 원래는 '밀렌니움'이었다. 영웅광장은 전체적으로 기념비적인 성격이 강하고 심지어 성스러운 느낌마저 든다. 사실 이 광장은 오랜 시간에 걸쳐 형성된 것이 아니라 어떤 확실한 의도에 따라 계획되고 설계된 것임을 금방 알 수 있다. 한복판에는 높이 36m의 기념비가 우뚝 솟아있다. 코린토스 양식의 원기둥 이름은 '밀렌니움 기념 원기둥'이라고 한다.

헝가리의 기원은 마자르족 7부족이 카르파티아 평원에 자리를 잡은 서기 896년으로 거슬러 올라간다. 꼭대기에는 황금빛 왕관과 십자가를 든 민족 수호신인 가브리엘 대천사 상, 그 아래로 아르파드를 위시한 초대 부족장 6명의 기마상이 있다. 또 원기둥 뒤로는 열주와 동상으로 이루어진 한 쌍의 건축이 이 높은 원기둥의 수직성을 보완하고 또 광장의 영역을 한정하는 듯, 좌우로 길게 병풍처럼 수평으로 세워져 있다.

이곳에는 헝가리의 역대 왕과 헝가리를 이끌었던 위대한 인물들의 동상이 양쪽에 7명씩. 초대국왕 이슈트반 1세부터 독립운동가 코수트 러요시까지 헝가리 위대한 영도자 모두 14명이 연대순으로 세워져 있다. 영웅광장은 모든 헝가리사람들에게 정신적인 구심점이 되는 곳이고 성스럽고 거룩한 장소라고 알려준다. 이곳은 헝가리사람들에게는 '자긍심'의 상징 같은 곳이라고 했다.

부다페스트 '영웅광장' 풍경

노동절에는 이 광장에서 행사를 시작해 '에르제베트' 광장까지 퍼레이드를 펼친다. 광장 한쪽에 자리 잡은 서양미술관은 스페인을 제외한 나라 가운데 스페인미술품을 가장 많이 소장하고 있는 미술관이란다. 광장 주변에는 날씨가 흐린데도 많은 사람들이 아이들을 데리고 나와 삼삼오오 모여 한낮을 즐기고 있다. 아이들에게 영웅들의 너르고 크고 올바른 기운과 어떠한 일에도 굴하지 않고 맞설 수 있는 당당한 기상을 배우라는 뜻도 있지 않을까? 어디서나 나라를 사랑하는 마음, 자식을 사랑하는 마음은 똑같으니 말이다.

영웅광장 앞에서 희한한 풍경을 본다. 우리의 상상을 초월하는 기이한 행동이고 그것을 이해하는 어른들의 문화였다. 우리에게는 문화의 충격이다. 도로 한가운데로 이상한 차 한 대가 나타난다. 젊은이들이 양옆으로 4명씩 8명이 타고 있다. 마치 강에서 레프팅할 때 고무보트에 8명 정도의 사람들이 양쪽에서 노를 저어 앞으로 나아가는 것처럼 양옆의 의자에 앉아 열심히 페달을 밟으며 앞으로 나아가고 있다. 자동차라기보다는 인력거에 가까운 모양이다. 더욱 가관인 것은 그 차 안의 모습이다. 차에는 생맥주가 가득 채워진 오크통에 호수 꼭지가 연결되어 있고, 그 위에는 큰 탁자가 놓여 있으며, 그 탁자 위에는 맥주잔이 놓여 있다. 희한한 광경이 아닐 수 없다. 한 마디로 '움직이는 생맥주 홀'이라고 하는 말이 정확한 표현일 것 같다. 이것의 정체는 '비어 바이크'라고 한다. 이곳에서는 젊은이들에게 특별한 날에만 이런 행사를 하도록 허용한다. 한국 같으면 특별한 날에도 어림없는 광경이 여기서는 도로 한가운데서 허용되고 있다. 너그럽게 젊은이들의 생각을 포용하는 어른들의 자세가 돋보인다. 지나가는 사람들도 모두 그들을 축하해 주는 그런 분위기이다. 문화의 차이라고 해두는 것이 이해하기 쉽다.

마냥 그런 모습이 좋을 수만은 없을 것이다. 여행은 이래서 묘미가 있는 것이 아닐까. 우리가 상상할 수 없는 고유한 풍습을 생각지도 못한 장소에서 보았다는 것이 여행자에게는 얼마나 큰 감동과 기쁨을 느끼게 하는지 모른다. 여행 중에 우연히 만난 하나의 낯선 풍경 속에서 헝가리사람들의 행복한 삶과 만난다. 낯선 곳에 와서 색다른 풍경을 편집하는 재미도 쏠쏠했다.

비어 바이크

부다페스트라는 낯선 도시여행에서 본 두 번째 풍경은 '슬픔과 아픔'이다. 영웅광장을 벗어나 '자유의 다리'를 건너 겔레르트 호텔 근처로 이동했다. '시타델라 요새'로 가는 낮은 오르막길을 따라 천천히 올라간다. 다뉴브 강에는 유명한 다리가 네 개 있다. 우리가 건너온 '자유의 다리', 그 위쪽에 '에르제베트 다리'와 '세체니 다리', 그리고 가장 위쪽에는 머르기트 섬과 연결된 '머르기트 다리'가 있다. '시타델라 요새'는 겔레르트 언덕 위에 있다.

이 언덕은 1000년의 순교의 역사가 깃든 다뉴브 강변에 위치한 성스러운 장소이다. '부다페스트' 하면 항상 따라붙는 수식어가 몇 개 있다. '동유럽의 파리', '도나우 강의 진주', '도나우 강의 여왕' 등이다. 그만큼 부다페스트는 화려하고 고고하며 멋진 곳이라는 뜻이다. 부다페스트 시가지의 풍경을 보면 다뉴브 강을 따라 부다 왕궁과 국회의사당 같은 웅장한 건축물이 주축을 이룬다.

이러한 전경을 멀리서 받쳐주는 배경이 되는 곳이 바로 '겔레르트' 언덕이다. 프랑스 파리의 몽마르트르 언덕을 많이 닮았다. 파리의 몽마르트르 언덕도 원래 '순교자의 언덕'이라는 뜻이라고 하니, '겔레르트' 언덕은 '부다페스트 순교자의 언덕'이라고 불러도 손색이 없을 것이다. '겔레르트'는 헝가리 사람이 아닌 이탈리아 사람이다. 그는 이탈리아 베네딕트 수도원 소속으로 베네치아의 산 조르지오 수도원 원장을 지낸 바 있는 '제라르도 사그레도'다. '제라르도'의 헝가리식 표기가 '겔레르트'라고 한다. 그는 이슈트반 왕의 초빙으로 헝가리에 와서 왕자의 교육을 담당했고 또 헝가리를 기독교로 개종하는데 주된 역할을 했지만, 기독교를 완강히 거부하던 반란세력에 붙잡혀 1046년에 순교했다. 그래서 '겔레르트 언덕'은 '부다페스트 순교자의 언덕'이라고 부른다.

'겔레르트' 언덕에 오르기 위해 건너온 '자유의 다리'는 1896년에 개통된 다리로 오스트리아 황제 요제프를 기념해 놓은 다리지만, 다리에는 식민지시대 마자르족의 자존심을 엿볼 수 있는 헝가리 민족의 상징인 전설의 새 '투룰'이 조각되어 있다. '투룰'은 독수리와 비슷한 모습으로 고대 헝가리에서는 하늘과 땅을 연결해 주는 존재였으며, 헝가리 건국의 아버지 아르파드의 선조를 낳은 전설의 새로 알려져 있다.

또 '에르제베트 다리'는 1903년 개통된 다리로 합스부르크 왕가, 프란츠 요제프 황제의 아내 에르제베트(독일식으로 엘리자베트) 황후를 기념해 놓은 다리이다. 제2차 대전 당시 파괴되었다가 1964년 지금의 모습으로 재건축되었다. 자유롭고 활달한 성격의 에르제베트는 합스부르크 제국의 황후로서는 그다지 행복한 삶을 살지 못했다. 그래서 심신 요양을 핑계로 많은 나라를 여행했는데 그중에서 그녀가 자주 찾는 곳이 바로 헝가리였다. 그래서 부다페스트는 그녀와의 인연이 깊은 명소가 아주 많다. 마차시 성당, 바치 거리의 카페, 국립오페라 하우스, 에르제베트 광장, 괴될뢰 성 등이다.

파리 몽마르트르 언덕을 상상하면서 부다페스트 순교자의 언덕이라는 '겔레르트' 언덕을 오른다. 그림 같은 아름다움으로 펼쳐질 다뉴브 강을 따라 이어지는 주황 빛깔의 마을풍경이 머릿속에 그려진다. '시타델라 요새'를 오르기 시작하자마자 날씨는 조금씩 맑아진다. 시야도 넓어진다. 우리를 환영하는 듯 부다페스트 시내가 한눈에 잡힌다. 다뉴브 강을 중심으로 부다 지역과 페스트 지역이 확연하게 갈라지는 모습이 한눈에 들어온다.

한 편의 영화 속 장면 같은 도시풍경이 펼쳐진다. 멀리 강변에 우뚝 서 있는 국회의사당 건물, 머르기트 공주의 사랑이 깃든 머르기트 섬, 다뉴브 강에서 가장 아름답다는 세체니 다리가 눈앞에 환영처럼 다가선다. 그리고 그 너머에는 수많은 주황빛 풍경의 물결들이 넘실거린다. 꿈같이 다가온 현실 앞에 시간도 잠시 숨을 멈춘다. 마치 차안(此岸)과 피안(彼岸) 사이에 걸쳐 있는 듯한 착각에 빠져든다. 아른거리는 풍경, 움직이는 모든 것과 움직이지 않는 듯 보이는 모든 것은 다 시간이 안무해 낸 춤처럼 느껴진다.

하지만 이런 아름다움 곁에는 가슴이 시린 만큼의 오래된 '슬픔과 아픔'도 함께 공존하고 있다. 지금은 희미한 흔적만 남아있다. 아픈 상처의 여흔은 벽에 박힌 총탄 자국에서 찾아볼 수가 있다. 이것은 제2차 세계대전 당시 나치와 소련군의 치열한 전투의 결과물이지만 없애지 않고 그대로 보존되고 있었다. 현재 '시타델라 요새'는 호텔로 사용하고 있으며 주변에는 카페, 기념품점, 레스토랑, 공원 등이 자리 잡고 있다. 그리고 건물 한 켠에 전시되어 있는 두 대의 탱크와 한 대의 곡사포가 무척 인상적이었다.

아픈 상처의 여흔(餘痕), 벽에 박힌 총탄 자국

낯선 풍경을 구경하면서 조금 더 올라가면 다뉴브 강을 향해 있는 높이 40m의 '자유의 여신상'이 서 있다. 소련군이 승리를 기념하기 위해 세웠다고 한다. 헝가리 사람들은 1989년 민주화된 이래로 공산주의와 관련된 깃발이나 기념상은 모조리 다 끌어내렸는데 부다페스트 어디에서나 보이는 '자유의 여신상'은 철거하지 않고 그대로 보존하고 있다. 쓰라린 역사도 역사의 한 부분이기 때문이었을까? 과거 식민지의 고통을 지닌 많은 나라에서도 과거 흔적들을 다 지우지는 않는다. 고통과 아픔의 흔적들을 고스란히 간직함으로써 역사의 교훈으로 삼고 있다.

다만 좌대 정면을 장식했던 헌사(獻辭)는 '헝가리를 해방한 소련의 영웅들을 기념해 감사하는 마음으로 국민들이 바친다'에서 '헝가리의 독립과 자유와 번영을 위해 목숨을 바친 모든 사람들에게 바친다'라는 말로 살짝 바뀌었다. 오랜 순교의 슬픈 역사와 쓰라린 근대의 아픔을 지닌 언덕이라고 한다. 전망대에서 내려다보는 다뉴브 강의 전경이 파노라마처럼 펼쳐진다.

세월의 흔적을 간직한 옛 건물들이 강변을 따라 고풍스러운 멋을 뽐내며 촘촘히 자리하고 있다. 마치 시간여행을 하는 듯한 착각 속에 빠져든다. 이 언덕은 부다페스트에서 최고의 경치를 보여주는 곳이다. 그만큼 여기서 바라보는 다뉴브 강변의 풍경은 담백하고 청순했다. 아픈 역사와 함께 최고의

겔레르트' 언덕에서 내려다본 '부다 왕궁'과 부다페스트 전경

경치를 보게 해주는 '시타델라 요새'를 돌아 주차장으로 내려간다. 부다페스트를 한눈에 감상하고 싶으면 반드시 이곳에 와 보아야 할 것이다. 만약 헝가리 부다페스트에 여행 온다면 꼭 한번은 올라가 보라고 권하고 싶다.

'겔레르트' 언덕에서 내려와 20분 정도 버스를 타고 가면 '부다 왕궁'에 다다른다. 부다지구의 왕궁 주변과 도시를 가르는 다뉴브 강 연안의 모든 유적은 현재 세계문화유산으로 지정되어 있다. 왕궁 주변이 부다페스트의 과거를 상징한다면, 1896년 건국 1,000년을 기념해 현대적으로 재정비한 페스트 지구의 중심가는 부다페스트의 미래와 현재를 보여준다. 과거 그리고 현재와 미래가 함께 공존하는 도시가 참으로 아름답다. 마자르족의 유산이 살아 숨 쉬는 부다페스트는 다뉴브 강이 흐르는 유럽의 도시 중 가장 수려한 경관을 보여준다.

제2차 세계대전의 상흔(傷痕)이 남아있는 부다 왕궁, 드라마 〈아이리스〉의 배경이 되기도 했던 이 왕궁은 겉보기에는 너무 아름답지만, 사실은 너무도 많은 아픔을 함께하고 있다. 이 왕궁은 끊임없는 외세의 침략을 받아온 헝가리 역사와 운명을 함께했다 해도 과언이 아니다. 13세기 중반에 최초로 성을 지었으나 몽골군의 습격을 받아 철저히 파괴되었고 15세기에 마차시 1세가 르네상스양식으로 재건했지만, 오스만튀르크에 의해 또다시 파괴되었다. 17세기가 되어서야 비로소 오늘날과 같은 모습을 갖추었는데 제1·2차 세계대전으로 다시 한 번 막대한 손상을 입은 후 1950년에 복원되었다. 현재 국립현대미술관, 루드비크 박물관, 부다페스트 역사박물관, 국립 세체니 도서관 등으로 사용되고 있다.

부다 왕궁에서 바라본 부다페스트의 풍경이 한눈에 들어온다. 강 좌우로 길게 들어선 맑은 빛깔의 웅장한 건물들, 건물 사이로 보이는 뾰족한 첨탑들, 주황 색깔의 지붕들이 물결치듯이 이어진다. 마치 과거 중세의 한 유럽 도시에 여행 온 분위기가 느껴진다. 그래서 다뉴브 강이 관통하는 부다페스트를 '동유럽의 파리'라고 부르는 모양이다. 그만큼 아름답다. 아니 아름답다는 말로는 표현이 부족하다. 밝고 화사한 물감으로 그려낸 한 폭의 수채화를 연상시켰다. 그림에 물 한 방울을 떨어뜨리면 물감이 순식간에 도화지 전체에 번질 것만 같은 색깔이 선명한 도시였다.

낯선 도시 부다페스트는 다뉴브 강을 경계로 부다 지구와 페스트 지구를 나누면서 페스트 지구에 있는 국회의사당과 부다 지구에 있는 부다 왕궁 등 다양한 부다페스트 건축물의 웅장함과 진정한 부다페스트의 매력을 느껴보아야 한다. 강 주변에는 현대식 고층건물은 거의 없고 옛 중세 모습을 그대로 간직한 채 서 있다. 부다 왕궁 너머에는 건국 1,000년을 기념해서 지었다는 국회의사당이 웅장하게 서 있다. 이 건물은 오랜 식민지 역사를 청산하고 민족의 자존심을 고양(高揚)하는 의미에서 오직 자국의 건축기술, 인력, 자재만을 사용했고 네오 고딕 양식으로 지었다고 한다. 강 오른편에는 부다 왕궁, 어부의 요새, 마차시 성당 등이 오랜 역사의 아픔을 꿋꿋하게 견디며 부다페스트를 지키고 있는 듯하였다.

도시란 채우는 것도 중요하지만 지키는 것도 중요하다. 도시도 생명을 가진 유기체와 같다. 생겨나고, 번성하고, 쇠락하기도 한다. 여행은 변해가는 어떤 장소의 짧은 순간을 함께하는 것이다. 여행지가 보여주는 찰나의 얼굴, 그 얼굴이 때로는 내가 보고 싶지 않은 민낯이라 해도 사랑하는 사람을 대할 때처럼 그렇게 바라보고 싶다. 옛것을 지키는 것도 도시를 다시 채우는 일만큼이나 중요하다는 것을 배워간다. 그것은 나라를 사랑하는 일이고, 더 나아가 민족의 자존심을 지키는 일이다. 무조건 새로운 문명을 무차별적으로 받아들이는 것만이 나라의 힘을 높이는 것은 아닌 것 같다.

그곳을 지나면 역대 헝가리 왕의 대관식이 열었던 마차시 성당이 한눈에 들어온다. 특이한 것은 성당 지붕이 모자이크 형태를 이루고 있다는 것이다. 13세기 중반 벨라 4세에 의해 고딕 양식의 성당으로서 건축되었다. 부다성 내에 건축되었던 당초에는 성모 마리아 성당이라는 이름이 붙여졌으나, 그 후 1479년에 남쪽 탑의 건축을 포함한 증축을 명한 마차시 1세의 이름을 따라 오늘날에는 마차시 성당이라고 널리 알려지게 되었다.

13세기에 이 자리에 세워진 부다의 첫 번째 교구 본당은 14세기에 고딕 양식으로 재건축되었는데, 공사가 채 끝나기도 전에 오스만 제국이 침공했다. 오스만 제국은 1526년 모하치 전투에서 헝가리 왕국을 격파하고 그 대부분을 점령하게 된다. 오스만 제국의 침략을 두려워하여 대다수 성당의 보물이 브라티슬라바(현, 슬로바키아의 수도. 당시에는 헝가리 왕국의 지배하에 있었고, 1536년부터 1784년까지 헝가리 왕국의 수도였다)로 옮겨졌다. 1541년부터 145년에 이르는 오스만 제국의 지배는 성당에도 암흑기였다. 1541년에 오스만 제국은 부다를 점령하고 이후 이 성당은 주요한 모스크가 되었다. 그들은 부다성을 손에 넣은 뒤 마차시 성당을 모스크로 새로 고쳤다. 성당은 모스크로 되었을 뿐만 아니라 추가로 큰 타격을 입었다. 내부의 벽에 그려져 있던 호화로운 프레스코화는 흰색으로 칠해져 망가지고 남겨진 비품은 약탈당했다. 이 와중에 내부 제대 등은 모두 파괴되었고 벽면도 이슬람 고유의 아라베스크 무늬로 장식되었다.

1686년에는 남쪽 탑과 지붕이 붕괴하기도 했다. 얀 3세 소비에스키가 인솔하는 폴란드-리투아니아 연방과 합스부르크 제국의 반 터키 신성동맹에 의한 부다의 포위가 계속되어 성당의 벽이 동맹 측의 대포에 의해 파괴되었을 때에 예전부터 봉납되어 오던 마리아상이 벽 속에 숨겨져 있던 것이 알려졌다. 이때 기도 중이었던 오스만 제국의 이슬람교도 앞에 마리아상이 나타나자 부다 주둔군의 사기는 붕괴되고 이날 부다는 함락되어 오스만 제국의 지배가 종결되었다. 이런 이유로 마차시 성당은 '성모 마리아의 기적이 있었던 장소'라고 불린다.

이 성당은 식민지배가 끝난 뒤 19세기 말에서야 성당 본래의 장려한 자태를 되찾자는 움직임이 일어났다. 명성 높은 건축가인 '슐렉 프리제슈'에게 수복작업이 맡겨졌다. 이 성당은 본래의 13세기의 설계도를 통해 수복되었을 뿐만 아니라 건설되었던 당초의 고딕 양식의 대부분을 되찾았다. '슐렉 프리제슈'가 중세 폐허에서 발굴된 유품을 다시 사용해 본래의 고딕식 건물로 재건축했던 것이다. 또한, 슐렉은 헝가리의 대표적인 도기 제조장인 조르나이제(製) 다이아몬드 모양의 기와지붕과 괴물석상의 물받이 홈통이 떠받치는 첨탑 등 새로운 그의 독자적인 요소를 가미하여 수복작업이 끝났을 때는 대논쟁을 일으켰다. 그러함에도 불구하고 오늘날에는 부다페스트의 으뜸 되는 개성적인 관광명소의 하나로 지칭되고 있다. 제2차 세계대전 와중에 성당은 다시 심각한 피해를 입었고 전후 복구에만 20년이 걸렸다.

명성 높은 건축가인 '슐렉 프리제슈'가 재건축한 고딕 양식의 마차시 성당

부다페스트라는 낯선 도시에서 본 세 번째 풍경은 '나라 사랑'이다. 마차시 성당을 지나면 광장이 나온다. 일명 7개의 고깔 모양의 탑이 인상적인 '어부의 요새'다. 19세기 말 마차시 성당을 재건축한 '슐렉 프리제슈'의 또 다른 걸작품이다. 긴 화랑으로 연결된 새하얀 요새는 네오 고딕 양식으로 지어졌다.

특히 동화 속에 나올 법한 7개의 아름다움 뾰족탑은 이곳에 뿌리를 내린 7명의 마자르인을 상징한다. 19세기 어부들이 적의 침입을 방어한 데서 그 이름이 유래했고 오늘날 다뉴브 강과 아름다운 페스트 지구를 감상할 수가 있어 전망대로 사랑받고 있다. 특히 석양 무렵 이곳의 풍경이 인상적이란다. 특이한 고깔 모양의 '어부의 요새'에서 보는 다뉴브 강 주변의 '세체니 다리'와 국회의사당이 어우러져 한층 여행의 품격을 높여준다. 다뉴브 강은 독일의 바덴에서 시작하여 오스트리아, 헝가리, 발칸의 여러 나라를 거쳐 흑해로 흘러드는 긴 강이다.

'어부 요새'는 왜 여기에 있을까? 좋은 전망을 제공하는 어부의 성채는 방어를 목적으로 세운 것이 아니라 19세기 말 마차시 성당을 재건축한

'슐렉 프리제슈'의 또 다른 걸작품 어부 요새

건축가 슐렉이 성당을 돋보이게 하기 위해 장식처럼 세운 것이다. 이곳에는 어부와 관련된 것이라곤 하나도 없다. 다만 중세에 어부들의 조합이 도시 성벽의 이쪽 부분을 방어했다는 사실에 기인할 뿐이다. 옛이야기와 역사가 얽혀 있고 또 매력과 낭만이 넘치는 어부의 성채는 화려하고 웅장한 부다 왕국이나 마차시 성당보다 더 유명한 명소가 되어 부다페스트를 찾는 관광객이라면 반드시 들러야 하는 곳이 되었다. 대규모 건축물이 아니라도 사람들의 발걸음을 이끄는 명소가 될 수 있다는 사실을 증명해 주고 있다. 결국, 여행자의 발걸음을 이끄는 것은 화려함이나 웅장함보다는 일상의 소소한 이야기가 스며있는 곳이 아닐까 싶다. 유명한 장소는 소소한 삶의 이야기가 스며있다.

부다 왕궁, 마차시 성당, 어부의 성채 그리고 주변 광장은 짧은 시간이지만 개인별로 자유롭게 돌아다닐 수 있는 시간이다. 그리고 묶음 여행 속의 짬짬이 자유여행을 즐길 수 있다. 관광명소를 구경하고 남은 시간은 낯선 도시 부다페스트의 일상으로 들어간다.

커피 가게에 들러 어렵게 손짓 발짓으로 이름도 애매한 커피 한 잔을 시켰다. 커피 가게의 풍경은 우리 일상 속의 커피 가게 풍경과 닮았다. 커피를 음미하면서 창밖으로 낯선 공간 속의 일상 풍경을 눈에 담는다. 헝가리 사람의 한적한 일상을 흉내 내며 창밖을 바라본다. 분주히 움직이는 여행자들이 보인다. 창밖과 안에서 바라본 세상은 너무 다른 모습이다. 커피 가게 안은 한적한데 밖은 분주하다. 안과 밖은 시간이 다르게 흐르는 다른 세상인 듯한 착각에 빠져든다. 안에서는 느림의 시간이 흐른다면, 밖은 빠름의 시간이 흐르고 있다. 안에서 시간의 흐름이 느껴지지 않는다면, 밖에서는 시간이 너무 빠르게 흐른다고 불평하는 모습이 역력하다. 안에서는 '카이로스'라는 특별한 감정을 느끼게 하는 의미 있는 시간이 흐른다면, 밖은 '크로노스'라는 반복적으로 흘러가는 일상의 시간이 흐르고 있다. 부다페스트의 한 커피 가게에서 일탈 속의 일상, 일상 속의 일탈을 통해 시간의 이중성을 발견했다.

짬짬이 자유여행을 끝내고 다뉴브 강 유람선(30유로/1인)을 타려고 강가로 내려간다. 이동하면서 가이드가 한 곳을 손가락으로 가리킨다. 얼른 보니 강가에 신발 같은 것들이 놓여 있다. 그것은 신발모형의 작은 조각품들이다. 뜬금없다. 왜 저기에 신발모형이 놓여 있는지 묻자 제2차 세계대전 때 유대인을 학살했던 나치군이 강가에 유대인들을 세워놓고 신발을 벗게 한 다음 총을 난사하여 강물에 자연스럽게 빠지도록 했다는 알려주었다. 시체를 치우기도 벅찼던 모양일까? 생각만 해도 소름 끼치고 온몸이 오싹해지는 현장이다. 그것을 잊지 않고 오래도록 기억하기 위해 그곳에 신발 조각상을 놓았다고 한다. 대략 80년도 넘은 큰 전쟁의 아픔과 흔적을 여기에서 볼 줄은 꿈에도 몰랐다. 그것도 아름다운 다뉴브 강가에서 말이다.

흘러가는 강물은 말이 없다. 다만 눈물을 흘리고 있을 뿐이다. 문득 폴란드에 있는 아우슈비츠가 생각난다. 홀로코스트와 같은 역사 속 악행은 광신자나 반사회성 인격장애인들이 아니라, 국가에 순응하며 자신들의 행동을 보통이라고 여기게 되는 평범한 사람들에 의해 행해진다고 '한나 아렌트'는 주장했다. 어디까지가 '악의 평범성'에 속하는 것일까? 어느 정도까지 인간은 악해질 수 있을까 고민해본다.

다뉴브 강 유람선을 타기 위해 강가에 정박되어 있는 배 안으로 들어간다. 2층으로 된 유람선은 음식과 유흥을 할 수 있도록 맥주홀과 식당도 갖추어져 있다. 아직 영업 전인지 배 안은 조용했다. 하늘이 또 꾸물거린다. 군데군데 갑자기 먹구름들이 모이더니 짙어진다. 비가 올 기세다. 그래도 다시 볼 수 있을지 모를 이 경치를 눈에 담아두기 위해 2층으로 올라갔다. 바람이 불고 쌀쌀해진다. 다뉴브 강 가운데 서서 바라보는 부다페스트는 서울의 한강을 무색하게 만들었다. '세체니 다리'까지 왕복하는 이 유람선에서 바라본 이 도시는 과거로 회귀하는 있는 듯한 느낌을 준다.

다뉴브강을 따라가면 '세체니 다리'가 점점 선명하게 보인다. 강 양편에 세워진 사각기둥이 고전적 모습을 그대로 유지한 채 다리를 지탱하고 있다. 한 세기 반을 지탱해 온 다리의 대들보가 두 지역의 수문장처럼 늠름하게 서서 강을 내려다보고 있다. '세체니 다리'는 헝가리의 수도 부다페스트의 서쪽 지구 부다와 동쪽 지구 페스트 사이에 있는 다뉴브 강에 놓인 현수교이다. 이 다리는 부다페스트의 다뉴브 강을 가로질러 놓인 최초의 다리이며 1849년에 개통되었다. 다리의 이름은 다리 건설의 주요 후원자였던 헝가리의 국민적 영웅인 이슈트반 세체니에서 따온 것이다. 템스 강의 런던 다리를 성공적으로 건설한 영국의 설계기사 클라크와 건축가 아담 클라크를 초빙해 건설하였다. 건설 당시만 해도 세계에서 경이로운 다리로 여겨졌다. '세체니 다리'는 헝가리의 경제와 국민 생활에 매우 중요한 요소이다. 장식물들과 구조는 주철로 만들었으며, 잔잔한 기품과 안정적인 모습을 발산하여 유럽에서 가장 아름다운 산업건축물 가운데 하나로 손꼽힌다. '세체니 다리'는 부다페스트의 상징물이 되었다. 밤이 되면 380m의 케이블에 이어진 수천 개의 동쪽 지구와 서쪽 지구를 한데 묶어주는 전등이 다뉴브 강의 수면을 비추는데, 과연 '부다페스트의 상징이구나' 하는 생각이 들게 한다. 모두 사람들에게 희망과 행운을 가져다주는 불빛이 되었으면 한다.

세체니는 아버지의 부음을 받고도 기상악화로 배를 타지 못한 자신의

부다와 페스트 사이를 흐르는 다뉴브 강에 놓인 '세체니 다리'

안타까운 경험이 계기가 되어 다리를 건설하게 되었다. 결과적으로 부다페스트 역사에 한 획을 긋는 중요한 업적을 남기게 되었다. 오늘날 '세체니 다리'는 다뉴브 강에 놓인 가장 아름다운 다리로 다리 양단에 있는 늠름한 사자상이 다리의 품격을 한층 높여준다. 특히 왕궁과 함께 멋진 야경을 감상할 수가 있고, 영화 〈글루미 선데이〉의 '당신을 잃느니, 당신의 반쪽이라도 갖겠어!'라는 자보의 절절한 대사가 떠오르는 곳이기도 하다.

서울의 한강처럼 부다와 페스트 사이를 흐르는 다뉴브 강에 놓인 8개의 다리 중 가장 아름다운 다리라 불리는 이곳은 다리 건설에 공헌한 세체니 공을 기리기 위해 '세체니 다리'라 불린다. 또 다리가 시작되는 부분에 양쪽으로 놓인 두 마리의 사자상 때문에 '사자다리'라 불리기도 한다. 이 다리의 설계자는 헝가리로 귀화한 영국 건축가, 아담 클라크로 19세기 말의 기술을 뛰어넘은 건축물이라 칭송받을 정도로 150여 년이 지난 지금에도 그 견고함을 인정받고 있다. 다리 앞에 있는 광장은 그의 이름을 따서 '클라크 아담' 광장이라 부르며, 광장 뒤쪽의 100여 년 된 터널도 그가 설계한 것이라고 한다. 1848년에 처음으로 개통되어 최초로 부다와 페스트를 잇는 다리가 되었으며, 이 다리를 통해서 '부다페스트'라는 도시의 건설도 빠르게 발전하게 되었다. 건축물로서도, 부다페스트의 상징인 관광명소로서도 유명한 이곳은 최초의 사슬교로서 체인으로 만들어졌다 해서 체인교라고도 불리고 있다.

낯선 도시여행은 어느덧 끝나가고 있다. 그리고 덧없이 '지금'은 흘러간다.

세상의 혼에서의 글귀가 떠올라 잠시 소개한다.

시간은 '지금'으로 흘러왔다가 끊임없이 '지금'을 지나 또 다른 '지금'을 향하여 나아간다. 우리가 '지금'이라고 말하는 순간 그 '지금'은 과거의 '지금'이 되어버리고, 미래의 '지금'이었던 순간들이 방금 지나가 과거가 되어버린 그 '지금'이 비운 자리를 차지한다. 사실 말하자면 현재의 '지금'은 없고 이미 말해진 '지금'이란 금방 과거 속으로 돌아가 버린 '지금'뿐이다. 그러므로 가없는 시간의 바닷속에서 수많이 많은 거품으로 바글거리는 '지금'들은 덧없다. '지금'은 헛된 낭비이며, 상상 임신이며, 어리석은 지나침이다. '지금'이란 이미 지나가 버린 과거의 기억들이 지각 속에 복귀하는 희귀한 현재를 말한다.

그러나 엄밀히 말하자면 지각 속에 복귀하는 그것들이 '과거'라는 증거는 매우 희미하다. 그것들은 지나간 것이 아니라 저 먼 시간 그곳에서 태어나 현재까지 끊어지지 않고 이어지는 실재다. 그것은 현재와 몸을 섞고 있거나 스며들며 일어나는 거품들 즉 미래의 과거다. 미래는 현재에 있지만, 우리가 그것을 알아채지 못하는 것은 그것이 충분하지 않은 상태로 혹은 모든 곳에 균질하지 않은 상태로 존재하기 때문이다.

'지금 그리고 여기' 시간이 멈춘 곳이 있다. 과거의 지금이고, 현재의 지금이며, 미래의 지금인 곳이 있다. 그곳은 바로 천 년의 시간이 지난 뒤에도 '지금 그리고 여기'에 살아남아있는 동유럽의 중세도시들이다. 이것이 한국의 오래된 도시인 서울, 경주, 부여, 공주 그리고 개성과 평양도 좋아하지만, 동유럽 천 년의 도시인 프라하, 부다페스트, 자그레브, 비엔나 등을 더 좋아하고 사랑할 수밖에 없는 이유이다. 그리고 '지금 그리고 여기'에 내가 여행 온 이유이기도 했다.

또 하나. 나의 관심을 끄는 것은 헝가리의 전통 음식이다. 우리와 여러 면에 닮았다는 헝가리. 이 낯선 도시에서 전통 음식은 어떤 맛을 낼까. 저녁 식사 분위기는 어떤 모습이고, 헝가리 사람들이 마시는 맥주는 어떤 맛일까? 그런 헝가리만의 풍경이 궁금해서 1985년에 세워진 'Kaltenbery'라는 오래된 식당을 찾았다. 부다페스트에서 '오부다'와 '굴라쉬 스프'라는 전통요리로 유명한 집이다. '오부다' 화덕 요리는 전통 헝가리 화덕에서 직접 구운 갈비, 족발, 꼬치구이이고, '굴라쉬 스프'는 유목민족이었던 헝가리 사람들이 예전부터 파프리카를 이용하여 다양한 채소와 소고기를 넣고 끓인 시큼한 맛의 수프다. 이 식당은 붉은 벽돌로 된 아치형 천장으로 동굴처럼 사방으로 길게 뚫려있고, 실내는 약간 침침하면서도 은은한 주황색 조명에 잔잔한 음악이 흘러나오고 있다. 입구나 통로는 좁았지만, 식당 안의 인테리어에서 아주 오랜 전통이 배어있는 집 같은 분위기가 느껴진다.

한참 식사를 하고 있는데 어디선가 한국민요 '아리랑'을 연주하는 아코

디언 소리가 들려온다. 〈세계테마여행〉에서나 볼 수 있었던 광경이 눈앞에서 펼쳐지고 있다. 3인 1조로 된 연주팀은 기타와 아코디언으로 반주하면서 한국어로 아리랑을 부른다. 흥에 겨운 한국 여행자들은 자연스럽게 어깨가 들썩이고 아리랑을 따라 부른다. 우리 민요가 헝가리의 전통식당에서 연주되었다는 사실이 자랑스럽고 한국인으로서의 자부심을 품게 했다. 이런 것이 여행의 또 다른 즐거움이다. 동유럽 헝가리의 부다페스트라는 낯선 도시, 낯선 식당에서 잘 먹고, 잘 놀다 간다. 여행에서 잘 먹었다는 것과 잘 놀고 간다는 것은 어떤 의미가 있을까 고민해본다.

〈세 PD의 미시여행, 목포〉에서 롤랑 바르트는 '맛있다'는 뜻의 영어단어 'savory'의 어원은 라틴어 'sapere' 즉 '안다'에 나왔음을 설명한다. 즉 아는 것과 맛있는 것 사이에는 긴밀한 연관이 있음을 알 수 있다. 사람이 맛을 느끼고 맛을 아는 것이 지식과 지혜의 근원적인 시작이라는 뜻이다.

여행지에서의 음식은 낯선 도시를 가장 잘 이해하는 방법이다. 음식의 맛은 그 지방만의 기후, 토양, 날씨, 기타 등 여러 가지 환경요인에 의해서 결정되기 때문이다. 그래서 음식의 맛을 보고 느끼는 감정은 낯선 도시의 풍경을 보고, 듣고, 느끼는 감정과 비슷하다.

또 '재미나다'는 영어로 'interest' 역시 '사이'를 뜻하는 'inter'와 '존재'를 뜻하는 'esse'의 어원인 'est'가 합쳐진 말이다. 사람들 사이에서 즐거움과 재미가 나온다는 뜻을 담고 있다. 낯선 도시의 여행도 맛있는 음식처럼 혼자보다는 여럿이 함께할 때 더 즐겁다. 찐 여행자는 자신만 중요하게 여기는 사람이 아니라 함께 나누는 것의 가치를, 함께 살아가는 것의 재미를 아는 사람이다.

여행을 통해 온전히 자연과 교감하고, 낯선 사람들과 소통하면서 더 넓은 세상을 알아간다. 여행은 살고 있는 삶과 살아보지 못한 삶 사이의 간격을 좁히기 위한 행위다.

부다페스트라는 낯선 도시에서 본 네 번째 풍경은 '헌신'이다. 도시풍경 여행은 숙소가 있다는 다뉴브 강의 유일한 섬인 '머르기트 섬'으로 향한다. 그곳에서 또 다른 풍경을 본다. 바로 한 공주의 헌신이 담긴 애절한 풍경이다. 그런 헌신이야말로 어쩌면 한 나라를 지탱하는 원동력이고 구심점이다. '머르기트 섬'은 다뉴브 강 한가운데 떠 있는 길이 2.5km 폭 500m의 작은 섬이다.

이 섬의 역사는 로마 시대로 거슬러 올라간다. 오스만튀르크 점령기에는 하렘으로 사용하였고, 합스부르크 제국 통치 시절에는 헝가리 총독 요제프 대공이 수집한 희귀한 식물과 나무로 가득한 공원이었다. 지금의 '머르기트 섬'이라는 명칭은 13세기 헝가리 공주의 이름을 붙인 것이다. '머르기트'는 공주라는 신분을 버리고 이 섬의 빈민굴로 들어가 가난한 사람을 위해 평생 봉사하며 살았다.

오늘날에는 도심 속의 오아시스 같은 곳으로 부다페스트 시민들의 휴식처이다. 공원 안에는 테니스코트, 야외수영장, 야외극장, 장미정원 등이 있으며 헝가리 출신의 예술가와 문학가들의 동상들이 서 있다. 1869년에 개통한 '머르기트 다리' 역시 공주의 이름을 딴 것으로 섬과 부다페스트를 연결한다. 다리는 제2차 세계대전 때 파괴되었다가 1948년에 복원해 놓았다.

'성 머르기트' 일생은 한 편의 드라마 같다. 그녀는 벨러 4세의 외동딸로 태어났다. 벨러 4세는 몽골군의 침입으로부터 나라를 지켜주면 외동딸을 하나님께 바쳐 수녀로 키우겠다고 맹세한다. 실제로 몽골군이 후퇴하자 왕은 공주를 수녀원에 보내 나라를 위한 기도생활로 일생을 바치게 한다. 공주는 가난한 사람을 늘 사랑으로 보살폈으며 자신은 땅바닥에 돗자리 하나 깔고 잠을 잤다고 한다. 자발적으로 수녀가 되지는 않았지만 한 나라의 공주라는 신분을 버리고 신앙생활에 전념해 훗날 성녀 반열에 올랐다. 이 섬은 나라를 위해 헌신했던 공주의 혼이 깃든 곳이고, 동시에 헝가리의 슬픈 역사와 뜻깊은 의미를 동시에 가지고 있는 곳이기도 했다.

이곳은 강변 산책길이 아름다운 '건강한 섬'이다. 다뉴브 강을 유람선을 타면서 간접 체험했다면, 다뉴브 강변 산책길을 따라 걸으면서 직접 체험을 통해 낯선 도시 부다페스트와 좀 더 가까워질 수 있다. 산책을 나선다. 처음에는 길이 한적했으나 시간이 지나자 이곳에도 헝가리 사람들이 하나둘씩 모여들기 시작한다. 어디든 남녀노소 관계없이 모두 열심히 산다. 어디서나 건강에 관심이 높은 모양이다. 포장된 작은 오솔길을 따라 '머르기트' 다리까지 걸어가 보았다. 갈 때는 해안가 산책로를 따라 1km 정도의 거리를 천천히 걸으면서 다뉴브 강가에 있는 고풍스러운 건물들과 다리의 풍경을 구경했다. 돌아올 때는 섬 안쪽 공원을 통해서 걸었다. 울창한 숲이 신선한 공기를 선물해준다. 공주의 헌신과 정성이 깃들어서인지 아직도 때 묻지 않는 깨끗하고 정갈한 공원이다. 이 공원은 바쁜 일상에 지친 도시인들에게 휴식의 안식처를 제공해 주는 듯했다. 이런 숲이 도심 가운데 있다는 것은 헝가리 사람들에게는 커다란 축복이고 행운이다.

다뉴브 강의 아침을 보면 다뉴브 강을 사이에 두고 국회의사당과 부다왕궁 건물들이 신기루처럼 아침 안갯속에 희미하게 모습을 드러낸다. '머르기트' 다리 너머로 '세체니' 다리도 희미하게 눈에 들어온다. 여기가 낯선 도시 부다페스트다. 다뉴브 강을 따라 형성된 산뜻한 도시풍경이 너무 아름답다.

'머르기트 섬'을 중심으로 오른쪽은 고풍스러운 건물들로, 왼쪽은 현대

'머르기트 섬'에서 바라본 머르기트 다리와 다뉴브강 주변의 아침 풍경

식 건물들로 채워져 있다. 이 도시는 과거의 시간과 현재의 시간이 공존하고, 중세의 모습과 현대의 모습이 어우러져 아름다움은 한층 더 빛을 발하고 있다. 그 순간 도시도 사람처럼 생명을 불어넣어 주는 내면의 힘에 따라온 사방으로 스스로 자라고 발전하려고 하는 나무 같은 존재가 아닐까 하는 생각이 든다. 먼 훗날 부다페스트는 어떤 모습으로 변해갈까? 다뉴브 강을 바라보면서 아늑한 도시의 앞으로 다가올 풍경들을 상상해본다.

부다페스트는 '여행'이란 단어가 어느 곳보다 잘 어울리는 도시다. 이 도시에서 이 도시만의 '오랜 역사와 자긍심, 많은 아픔과 슬픔, 나라 사랑과 헌신, 그리고 오래된 건물과 전통 음식들'이라는 풍경을 보았다. 그 안에서 앞으로 어떻게 살아가는 것이 가장 잘사는 것일까? 이런 질문을 스스로 던지며 도시와의 짧은 만남을 마치었다.

유시민은 『어떻게 살 것인가』에서 '사람은 누구든지 자신의 삶을 자기방식대로 살아가는 것이 바람직하다. 그 방식이 최선이어서가 아니라, 자기 방식대로 사는 길이기 때문에 바람직한 것이다'라고 철학자 밀의 말을 인용하고 있다. 직장생활을 하면서는 누군가 시키는 대로 또는 무언가에 얽매여 살아야만 했다. 그리고 스스로 물었다. 왜 나에게는 남들이 가진 게 없는가. 왜 나는 저 사람이 아니고 겨우 나밖에 안 되는가. 하지만 그러기에는 인생이 너무 짧다. 은퇴하고 이제라도 나만의 방식대로, '나다운 나'로 사는 것이 가장 좋은 삶이란 생각을 한다.

낯선 도시에서 이곳저곳을 돌아다니면서 자신만의 모습으로, 자신만의 방식으로 최선을 다해 살아가는 도시의 풍경을 보았다. 이 도시만의 색채가 너무 선명해서 기억에 오래 남는다. 이런 다채로운 풍경이 모여 낯선 도시 부다페스트가 더 아름답게 꾸며진다. 여기서 본 풍경 중에서 가장 기억에 오래 남아있는 것은 다뉴브 강가에서 보았던 '유대인들의 신발 모형'이다. 그 자국에 스민 유대인들의 고통과 아픔은 인류에게 지울 수 없는 상처를 남겼다. 우리가 영원히 기억해야 할 아픈 흔적이다.

우리나라도 제2차 세계대전과 육이오의 언저리에서 그런 아픔을 함께 했다. 현재는 과거의 그림자라고 했다. 모두 아픈 과거에서 벗어날 수 없다. 하지만 도망치고 부정하는 대신 이를 마주할 용기를 가질 때 우리는 비로소 자유를 얻을 수 있다. 아직도 세상에는 불편한 과거로부터 도망치고, 잘못된 과거를 은폐하고 부정하는 사람들이 너무도 많다. 그것이 우리 모두를 더 슬프게 한다. 모든 여행의 끝은 항상 자신에게로 돌아오게 마련이다. 낯선 도시여행의 마지막도 제대로 여행을 하고 있다면 결국 자신의 정체성을 묻는 것이 될 수밖에 없다.

여행은 이처럼 낯선 풍경, 색다른 경험을 통해 우리들에게 즐거움을 주는 동시에 세상을 깊이 생각하게 하게 만든다. 새로운 땅, 새로운 사람들, 새로운 경험들, 이 모든 것들을 통해서 여행자는 폭넓은 지식을 얻을 기회를 가진다. 여행자는 거의 아무런 제한 없이 자신의 이야기를 덧붙일 수도 있다. 다시 말해 여행자는 자신이 아는 만큼만 얻을 수 있다. 어떤 지식을 얻는 것보다 더 중요한 것은 여행이 사고의 습관과 다른 사람에 대하는 태도에 영향을 끼친다는 점이다.

여행을 통해 남을 이해하는 마음이 너그러워지고, 삶의 진실한 가치를 더 정당하게 평가하며, 인류는 하나라는 깨달음이 깊어진다. 그리고 어마어마한 인류의 성취를 바라보며 놀라움은 커져만 간다. 이러한 것들은 제대로 된 여행을 통해서만 나올 수 있는 결과물이다. 이런 것이 여행하고 싶은 하나의 이유가 되고 진정한 목적이 된다.

4일 차_ 여행 정리

6시~8시 이른 아침: 오파티야(크로아티아)에서 나만의 자유여행

- 아드리아 해 일출 감상
- 오파티야 풍경 감상
- 아드리아 해변을 따라 롱고마레 산책로 걷기

9시~11시: 버스 이동

11시~12시: 점심

- 크로아티아의 전통요리인 송어요리 맛보기

12시~15시: 플리트비체(크로아티아) 공원관람

- 하부호수 관광
- 전기 배로 에메랄드빛 하부호수 건너기
- 너도밤나무 오솔길 산책

15시~16시: 버스 이동

16시~19시: 자그레브 관광

- 자그레브 성당 관람
- 걸어서 자그레브 구시가지 관광
- 그라데츠 광장에서 중세와 마주하기

5일 차_ 여행 정리

8시: 자그레브(크로아티아) 출발

8시~12시: 버스 이동

12시~13시: 점심

13시~18시: 부다페스트 시내 관광

- 영웅광장 관광
- 겔레르트 언덕 오르기
- 부다왕궁 관광
- 마차시 성당과 어부요새 관광
- 어부요새 앞 커피숍에 들어가 티타임
- 다뉴브강 유람선 탑승하여 부다 왕궁, 국회의사당, 세체니 다리 풍경 감상

18시~19시: 저녁 식사

- 헝가리 전통 음식 '오부다'와 '굴라쉬 스프' 먹기
- 식당에서 3인조 밴드의 아리랑 연주 감상
- 헝가리 맥주 시음

◇ 6~7일 차 ◇

오스트리아, 체코

Austria, Czech Republic

열두 번째 동유럽 풍경

비엔나
(오스트리아)

작가 조지 엘리엇은 '감각을 깨우기 위해선 느릿느릿한 삶을 살아야 한다고 강조한다. 모든 평범한 일상을 천천히 그리고 빈틈없이 보고 느낄 수 있다면 잔디가 자라는 소리와 다람쥐의 심장박동 소리까지 들릴 것이다. 늘 그렇듯이 가장 빠른 자가 어리석음으로 똘똘 뭉친 채 돌아다닌다'라고 말했다.

이처럼 인간은 감각을 통해서 세상을 경험하고, 해석하며, 음미한다. 우리 몸에는 후각, 청각, 시각, 미각, 촉각 따위의 다양한 감각이 있다. 그런 감각을 이용해 자연의 소리를 듣고, 내면과 대화하기 위해 천천히 걷는 일도 필요하다. 바쁜 묶음 여행에서 자투리 시간은 나에게 그런 감각을 깨우는 틈이었다.

벨베데레 궁전의 단아한 정원 풍경

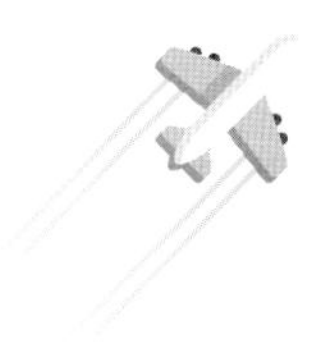

보통 자유여행이 아닌 묶음 여행을 하면 자신에게 주어지는 자유로운 시간도, 혼자만 즐거움을 가질 수 있는 시간도 거의 없다고 착각한다. 하지만 찾아보면 자유여행에 버금가는 자투리 시간들이 많다. 하루 중에 이른 아침, 늦은 저녁, 그리고 묶음 여행 중에 짬짬이 주어지는 버스의 멈춤 등이 자유시간이다.

그 중 아침형 인간인 나에게는 이른 아침 2시간은 가장 소중한 여백의 시간이다. 자유여행 같은 잔재미가 쏠쏠한 시간이고 자연의 리듬과 함께 산책할 수 있는 시간이고 현지인들의 일상으로 들어가 보는 어색한 시간이고 모든 감각을 깨우는 시간이다. '머르기트 섬'에서의 아침은 다른 도심의 아침보다 더 소중한 오롯이 자신만을 고요히 생각할 수 있는 혼자만의 시간을 주었다.

부다페스트 다뉴브 강에 있는 유일한 섬인 '머르기트 섬'에서 일상 같은 하루를 시작한다. 가볍게 운동복 차림으로 밖으로 나왔다. 쌀쌀한 강바람이 불어온다. 4월은 완숙한 여름이 되기에는 바람의 온기가 부족했다. 아침 바람을 가르며 강가에 만들어진 오솔길을 따라 걷기 시작한다.

앞으로 뛰어가는 사람이 보인다. 마치 동네 영산강수변 공원을 걷는 편안한 느낌이다. 다만 다뉴브 강 풍경이 낯설고, 주변의 도시풍경이 이색적이어서 수없이 고개를 두리번거렸다. 시간이 흐르면서 낯선 풍경은 서서히 눈에 익숙해진다. 마치 평범한 일상 속에 들어온 것처럼 마음도 편안해진다.

마음에 여백이 생기고 느슨해지자 온몸의 감각이 깨어나기 시작했다. 탐험가이자 연구가인 다이앤 애커먼은 『감각의 박물학』에서 '인간은 아름다움과 공포를 쏟아내는 세상을 자작(自作)하는 능력을 지닌 감각의 동물이다. 하지만 대부분의 사람들은 자신의 신비를 깨닫지 못한 채 비몽사몽의 상태로 살아간다. 우리는 잠에서 깨어나 의식이라는 찬란한 에너지를 이해하려면 먼저 감각을 이해해야 한다. 감각은 현실을 잘게 분해하여 의미 있는 형태로 다시 조립한다'라고 했다. 또 작가 조지 엘리엇은 '감각을 깨우기 위해선 느릿느릿한 삶을 살아야 한다. 모든 평범한 일상을 천천히 그리고 빈틈없이 보고 느낄 수 있다면 잔디가 자라는 소리와 다람쥐의 심장박동 소리까지 들릴 것이다. 늘 그렇듯이 가장 빠른 자가 어리석음으로 똘똘 뭉친 채 돌아다닌다'라고 말했다. 이처럼 인간은 감각을 통해서 세상을 경험하고, 해석하며, 음미한다. 우리 몸에는 후각, 청각, 시각, 미각, 촉각 따위의 다양한 감각이 있다. 그런 감각을 이용해 자연의 소리를 듣고, 내면과의 대화하기 위해 천천히 걷는 일도 필요하다는 것이다. 바쁜 묶음 여행에서 자투리 시간은 나에게 그런 감각을 깨우는 틈 같은 것이 아닌가 싶다.

오스트리아 음악의 도시 비엔나(빈)로 간다. 버스에서는 오스트리아 하면 생각나는 영화 〈아마데우스〉가 상영되고 있다. 가이드가 한국에서 직접 가져온 DVD라고 했다. 〈아마데우스〉는 직업에 얽힌 질투심을 소재로 한 매혹적인 드라마라는 것 외에도 수백만 장의 사운드트랙 앨범 판매고를 기록해 '볼프강 아마데우스 모차르트'의 음악을 널리 전파한 영화로 기억된다. 이 영화를 통해 오스트리아의 문화를 이해하고, 모차르트가 이곳에서 어떤 존재인지 빨리 이해시키기 위해서란다. 이곳에서는 엽서, 그림은 물론이고 모차르트 초콜릿까지 고가에 많이 팔린다고 한다. 오스트리아 관광에서 모차르트는 효자 중에 제일의 효자인 셈이다.

오스트리아 낯선 도시 비엔나(빈)에 다다라서 첫발을 내디딘 곳은 낯선 거리였다. 거리는 단정하고 정갈했고 건물들은 반듯했다. 낯선 시선으로 도로를 따라 도시의 풍경을 바라본다. 비엔나의 고풍스러운 외모에서 역사가 유구한 도시라는 것을 첫눈에 알 수 있었다. 이곳은 시인의 하루, 음악가의 한 달, 미술가의 일 년이 차곡차곡 쌓여 낭만 가득한 도시가 되었다고 했다. 오래된 도시의 낯선 풍경은 여행자들의 마음을 사로잡아 발걸음을 멈추게 했다.

합스부르크 제국의 수도이자 파리와 견줄만한 예술의 중심지. 클래식의 고향, 음악의 도시로 알려진 비엔나는 640여 년간 유럽의 절반을 지배한 합스부르크 제국의 수도로 미술, 건축, 문화 따위의 다양한 예술 분야가 발달한 곳이다. 보면 볼수록 이렇게 매력적인 도시가 또 있을까 할 만큼 예술뿐만 아니라 볼거리도 풍부하다. 합스부르크 제국 시절에는 성공을 꿈꾸는 유럽 예술가들의 활동무대가 되어 천재음악가 모차르트, 불후의 명작을 남긴 베토벤, 황금색의 마술사 클림트, 현대건축의 거장 오토 바그너 등 위대한 예술가들을 배출했다. 7세기 동안을 풍미한 합스부르크 제국이 남긴 풍부한 왕가의 유산과 위대한 예술가들이 남긴 작품 등은 많은 시간을 비엔나에 머물도록 여행자들의 발길을 붙잡는다. 비엔나는 세월의 먼지에도 화려한 자태를 잃지 않았다. 비엔나는 어느 도시에서나 발견할 수 없는 고고한 분위기를 아직도 잘 간직하고 있었다.

비엔나 첫 방문지는 '부귀영화가 넘치는 궁전'이라는 쉔브룬 궁전이다. 아름답고 생동감 넘치는 넵튠 분수가 있는 궁전이라는 의미의 쉔브룬 궁전과 정원을 관람하는 것이다. 이곳은 왕궁의 보존을 위해 보수를 하였고, 입장하는 인원을 제한하여 왕궁을 보호하고 있다. '쉔브룬 궁전'은 합스부르크 왕가의 여름 궁전으로 바로크 양식의 매우 화려한 외관을 가지고 있고, 내부는 마리아 테레지아가 수집한 동양 자기나 칠기, 페르시아의 세밀화 따위의 우아하고 호화로운 로코코 양식으로 꾸며져 있다. 왕궁 정원은 1.7km²에 달하는 바로크 양식으로 단장되었고, 넵튠 분수를 비롯한 여러 개의 분수와 그리스 신화를 주제로 한 44개의 대리석상이 있다.

입구에서 가장 먼저 눈에 띄는 것은 위용을 과시하며 우뚝 솟아있는 2개의 높다란 기둥이다. 기둥 꼭대기에는 합스부르크 왕가의 상징이라는 독수리 모양의 조각상이 세워져 있다. 여기가 '쉔브룬 궁전'의 정문이다. 정문을 통과하면 널따란 정원에 둥그런 분수와 동상이 먼저 여행자들을

'쉔브룬 궁전'으로 들어가는 정문 풍경

반긴다. 그리고 여행자들은 정원의 크기와 넓이에서 감탄을 자아낸다. 궁전 안으로 입장하는데 무척 절차가 까다롭고 관람하는데도 시간이 많이 걸린다. 궁전 내부를 보호하기 위해서 입구에서 안내 도우미들이 관람객을 일일이 확인하고, 궁전 안을 관람할 때는 한꺼번에 들여보내지 않고 적정인원만 들어간다. 입장 수속을 마친 후 궁전을 둘러보는 데 대략 1시간 정도 소요된다. 또 관광객이 만지는 것을 막기 위해 예민한 부분은 모두 유리벽으로 차단되어 있다. 문화재 보호를 위해 국가가 얼마나 노력을 하는지 바로 보여준다.

합스부르크 왕가의 여름 별장 쉔부른 궁전

'쉔브룬 궁전'에서 나를 감동시킨 것은 세상에서 가장 우아하다는 궁전 건물 때문도 아니고, 화려하기 그지없는 궁전 내부의 장식과 천장화 때문도 아니며, 페르시아 융단처럼 아늑한 정원의 꽃밭 때문도, 궁전 정원의 정상에서 내려다보이는 확 트인 전망 때문도 아니다. 다름 아닌 자식을 10명 가까이 두었다는 '마리아 테레지아' 여제 때문이다. '마리아 테레지아' 여제는 자그마치 16명이나 되는 자녀를 낳았고, 성장한 자녀가 10명이다. 그중에서 15번째 딸이 바로 '마리아 안토니아'이다. 그녀가 프랑스 시민 혁명으로 목숨을 잃은 루이 16세의 왕비인 '앙투아네트'이다. 단두대에서 목이 잘렸고 목이 잘린 시체는 공동묘지에 버려졌다고 한다. 참으로 비극적인 삶을 살다가 사라졌다.

합스부르크 왕가의 여름 별장인 '쇤브룬 궁전'은 마리아 테레지아와 그녀의 딸 마리 앙투아네트가 지내던 곳이어서 마리아 테레지아의 숨결을 가장 잘 느낄 수 있으며 아름다운 정원과 화려한 인테리어가 유명하다. 1,441개의 방 가운데 45개를 공개하고 있다. 세레모니얼 홀은 세례, 생일, 축하연, 연극, 발레공연을 위해 사용했으며, 지금도 국빈방문 때 접견실로 사용하고 있다. 나폴레옹 룸은 프랑스가 빈을 점령했을 때 나폴레옹이 침실로 쓰던 방이다. 거울의 방은 모차르트가 6세 때 마리아 테레지아 앞에서 연주하고 마리 앙투아네트에게 구혼한 방으로 알려져 있다. 이 방에는 프란츠 1세의 초상화가 걸려 있으며 이어지는 아이들 방에서는 마리를 비롯한 6명의 공주가 생활하던 분위기가 그대로 느껴진다. 이곳은 역사성과 예술성을 인정받아 1996년 유네스코 세계문화유산으로 등재되었다.

'쇤브룬 궁전'을 나오면 드넓게 펼쳐진 정원이 보인다. 흠잡을 데가 없을 만큼 아주 잘 손질되어 있다. 모든 가로수는 네모 반듯하게 각이 져 있다. 이것은 모두 마리아 테레지아의 성격 때문이다. 생동감이 넘치는 넵튠 분수 뒤로 언덕길이 나 있고, 언덕에 호수와 함께 멀리 보이는 것은 '글로리테(작은 영광)'라는 건물이다. 이것은 1747년 프러시아를 물리친 것을 기념하며 세운 그리스 신전 양식의 건물이다. 11개의 도리아식 기둥이 서 있으며, 높이는 20m에 달해 여기서 내려다보는 비엔나의 전경(全景)은 일품이다.

'벨베데레' 궁전 앞에서 바라본 정갈하고 반듯한 정원 풍경

정갈한 정원의 풍경에서 누군가의 손길이 느껴진다. 넵튠 분수 양옆에 세워진 조각상을 둘러보고, 조각상 가운데 가꾸어진 절제된 정원을 천천히 걸어보면서 쉔브룬 궁전의 낭만에 한껏 고조된다. 널따란 정원에 울긋불긋한 꽃들, 그리고 파란 하늘이 피날레와 함께 찾아온다. 두 번은 없을 것 같아 보고 또 보면서 가슴에 담는다.

바로 이 궁전의 주인공인 '마리아 테레지아'는 황제의 딸로 대외적으로는 평화를 유지하면서 내정에 몰두했다. 그녀의 치세동안 합스부르크 왕가는 관할 영토들에 더 깊이 뿌리를 내렸고 그들을 더욱 통합하는 데 성공했다. 그녀는 1780년 11월 29일 아들이자 신성로마제국 황제인 요제프 2세의 팔에 안겨 숨을 거두었다. 비록 그녀가 여자였던 탓에 신성로마제국의 황제 자리에 오르지는 못했지만, 합스부르크 왕가의 역사상 그녀만큼 '황제'라는 칭호에 어울렸던 사람은 없다고 한다. 광장 한가운데를 장식하고 있는 거대한 그녀의 청동상은 심지어 남편인 외젠 공작의 그것보다 크고 장중하다. '마리아 테레지아'는 높은 단 위에 마련된 옥좌에 앉아있다. 또한, 궁전 안에 있는 동상이나 초상화에서 본 그녀의 모습에서는 절대군주의 위엄이 묻어난다. 그녀만큼 후대에 감동을 주는 삶을 살다 간 군주는 없다고 한다. '마리아 테레지아'는 합스부르크 왕가에서 진정 으뜸으로 꼽는 군주라고 했다.

두 번째로 찾아간 곳은 또 다른 궁전인 '벨베데레 궁전'이다. 벨베데레 궁 측면 입구에 들어서자 상부 벨베데레 궁전의 옆모습이 먼저 바로 눈앞에 다가온다. 궁전 앞으로 발걸음을 옮기자 가슴을 확 뚫어주는 광경이 눈앞에 전개된다. 융단을 깔아놓은 듯한 넓은 프랑스식 정원이 완만한 경사를 따라 아래쪽으로 길게 펼쳐지고, 그 아래 하부 벨베데레 궁전 너머로는 비엔나 시가지의 지붕이 보인다. 마치 수평선을 보완이라도 하듯 자그레브 성당과 쌍둥이인 '성 슈테판 대성당'의 높은 첨탑이 시야의 초점을 이룬다.

비엔나는 프라하와 달리 시내 중심에 언덕이 없고 대부분 평지라서 시내 풍경을 가까이서 내려다 볼만한 곳이 없다. 하지만 이곳은 그나마 지대가 약간 높기 때문에 시가지 풍경을 그대로 내려다볼 수 있다. 그래서 이름도 '벨베데레'이다. 이탈리아어로 '벨'은 '아름다운', '베데레'는 '보다, 보기'라는 뜻이다. 즉 '아름다운 경치'라는 뜻으로 앞이 탁 트여 전망을 좋은 곳이라는 의미를 담고 있다.

'벨베데레' 궁전은 하궁과 상궁으로 이루어져 있는데 이 두 궁전은 정원으로 연결되어 전체적인 일체감을 준다. 정원은 아름다운 꽃들과 분수와 조각으로 장식되어 있고, 곳곳에 세워진 스핑크스 석상이 눈길을 끈다. 스핑크스는 '지혜'를 상징한다. '지혜'라 하면 이 궁전을 처음 세운 인물을 떠올리지 않을 수 없다. 바로 오이겐 공이다. 전쟁터에서만큼은 누구도 그의 지혜를 따라갈 수 없었다. 불과 30세의 젊은 나이에 제국의 총사령관으로 임명될 정도였던 그는 34세가 되던 1697년에 비엔나 중심부에서 남쪽으로 좀 떨어진 개발되지 않는 초지와 농지였던 이 지역을 매입했다. 그가 부동산 투자에도 앞날을 내다보는 혜안과 뛰어난 지혜가 있었는지 모르지만, 궁전 터 하나만큼은 확실히 골랐다.

오이겐 공이 1736년에 자식도 없이, 유서도 없이 세상을 떠나자 이 방대한 부동산은 조카딸 빅토리아에게 상속되었고, 상속녀는 이 궁전에 별 흥미가 없어서 결국 '마리아 테레지아' 여제에게 모두 팔아버렸다. 1776년 마리아 테레지아 여제와 요세프 2세는 호프부르크에 소장하고 있던 미술품들을 이곳에 옮겨 일반인에게 공개하기로 했다. 이리하여 5년 후에 세계 최초의 공공박물관 중 하나가 이곳에 문을 열게 되었다. 그것이 바로 오스트리아 미술관이다. 이곳은 오스트리아 건축의 거장 힐데브란트의 아름다운 건축물이며 '구스타프 클림트'와 '에곤 쉴레', '오스카 코코슈카' 등 유명한 작품이 전시되어 있는 벨베데레 궁전의 상궁이다. 이 궁전은 좋은 전망의 옥상 테라스라는 뜻을 가진 이탈리아 건축용어에서 유래한 벨베데레는 1683년 오스트리아를 침략한 오스만튀르크군을 무찌른 전쟁영웅 오이겐 공의 여름 별장으로 1714~1723년에 지은 것이다. 이 중에서 상궁은 원래는 축제를 위한 공간이지만 1995년에 대대적인 보수를 마치고 미술관으로 탈바꿈했다.

'벨베데레' 궁전에 온다는 것은 상궁에 있는 '구스타프 클림트'의 「키스」를 보러 온다고 해도 과언이 아니다. 다른 곳에 절대로 대여하지 않는다는 이 작품은 금빛 물감을 많이 사용해 조명의 각도와 보는 방향에 따라 다양한 분위기를 낸다. 1층에는 20세기 예술품, 2층에는 유겐트슈틸 양식의 예술품, 3층에는 비더마이어 시대의 소장품이 전시되어 있다. 가장 눈길을 끄는 것은 19세기 말~20세기 초에 활동한 오스트리아의 대표적인 화가 구스타프 클림트의 작품이다. 상궁은 클림트의 전용 갤러리는 아니지만, 그의 작품은 세계에서 가장 많이 전시하고 있고, 그와 인연이 깊은 오스카르 코코슈카, 에곤 실레의 작품 등도 전시하고 있다.

이 궁전에는 구스타프 클림트의 「키스」, 「유디트」, 에곤 쉴레의 「소녀」를 비롯한 대표작들이 전시되어 있다. 「키스」 작품은 벨데데레 궁전 상궁의 핵심이고, 금박과 금색 물감을 자주 사용하였던 1900년대 초 이른바 '황금 시기'의 대표작 중의 하나이다. 늘 많은 사람이 몰리는 곳이니 여유 있게 관람하고 싶다면 개장시간에 맞추어 입장하는 게 좋다고 한다. 우리도 서둘러 그 방에 들어서자 많은 사람이 한 방향을 향해 꼼짝도 하지 않고 서 있는 곳, 그들의 시선이 머무는 바로 그곳에 「키스」라는 그림이 걸려 있었다. 여행 전에 화면을 통해 유명하다는 「키스」라는 그림을 보았다. 그러나 실제로 보니 금박으로 입혀진 화려한 자태가 제목과 어우러져 범접하기 어려울 만큼 아름답고 신비스럽다는 느낌을 받았다.

이 그림이 왜 훌륭하고, 무엇 때문에 유명한지 자세히 알 수는 없었다. 다만 설명에 의하면 이 그림이 훌륭하고 유명한 것은 한마디로 '새로운 세계에 도전하는 알을 깨고 나오는 아픔'이 있었기 때문이라 한다. 위대한 예술가와 평범한 예술가의 차이는 데생을 조금 잘 그리고, 색을 조금 잘 내는 것이 아니다. 평범함을 위대함으로 전환시키는 것은 그런 기술의 높고 낮음이 아니라 '인식과 태도'다.

구스타프 클림프의 초기 작품은 그의 스승격인 한스 마카르트나 친구인 프란츠마츠의 것보다 뛰어나다고 할 수가 없었다. 우열을 가리기가 힘들 정도로 비슷비슷하였다. 그러나 1890년대 후반부터 클림트의 화풍이 바뀌기 시작했다. 기존의 관습에 도전하고 자신만의 화풍을 추구한 것이다. 그에게 예술은 과거를 답습하는 것이 아니라 과거에 도전하고 과거로부터 탈피하는 것이었다. 바로 이 차이가 평범함을 위대함으로 승화시켰다. 클림트는 제1회 분리파 전시회를 위한 포스터의 주제로 '미노타우로스를 죽이는 테세우스'를 선택했다. 미노타우로스는 현재를 짓누르는 과거를 뜻하며, 테세우스는 과거를 죽이고 자유를 되찾는 용기 있는 예술가들을 상징한다. 클림트뿐 아니라 위대한 예술가들은 모두 테세우스와 같은 길을 걸었다. 과거에 얽매이지 말고 과감하게 새로운 것을 창조하는 삶이 이 세상을 더 나은 곳으로 이끌어 갈 수 있어서 매력적이다. 지금 말하면 '창의력' 같은 것이 아닐까 싶다. 지금도 그런 힘이 세상을 움직이고 우리의 삶을 변화시키고 있다.

벨베데레 상궁 갤러리의 감상을 마치고 1층에 있는 상점에 들러 클림트의 작품과 화보집을 감상하고 기념으로 엽서 크기의 「키스」라는 작품 외 1점을 5유로에 구입했다. 지금도 오스트리아 벨베데레 궁전에서 사온 클림트의 「키스」라는 그림엽서는 액자에 넣어 식탁 위에 놓여 있다. 왠지 모르게 볼수록 사람의 마음을 끄는 묘한 힘이 느껴지는 그림이다. 오래 보고 있어도 지루하지 않아서 좋다. 항상 볼 때마다 새롭다는 느낌이 들어서 좋다. 우리에게 좋은 그림, 좋은 음악, 좋은 글, 좋은 책이란 무얼까. 아마 언제, 어느 때, 누가 보고 들어도 진부하지 않고 항상 새롭다고 느끼는 것이 아닐까.

오스트리아 낯선 도시 비엔나에서의 저녁은 동유럽 다른 도시, 다른 날과는 다르게 특별한 일이 하나 더 있다. 바로 '비엔나 음악회'를 가보는 것이다. 과연 음악의 도시 비엔나답다. 신청은 관람료(80유로/1인)가 비싸 개별적이다. 우리는 모차르트, 요한 볼프강 슈트라우스, 베토벤 등 수많은 음악가를 배출한 음악의 본고장 비엔나에서 음악회를 관람해 보는 것도 특별한 추억이 될 것 같아 신청했다. 음악에 관심이 많지는 않지만 비엔나 음악회의 풍경을 보고 싶었다. 서양음악의 본고장인 이곳에서의 음악회는 어떤 풍경일지 궁금했다. 연주회는 1시간 40분 정도 소용된다고 한다. 영화 한 편 볼 정도의 시간이니 길지 않은 시간이다. 반바지와 민소매 셔츠를 제외한 복장이면 모두 입장 가능하다고 한다. 공연장은 원형 모양으로 되어있고, 무대는 그다지 크지는 않았다. 좌석은 고정된 것이 아니고 이동할 수 있는 간편한 간이의자들로 배치되어있다.

안내방송에서 음악회는 1, 2회로 나누는데 1부 끝나면 짧게 칵테일 파티 겸 휴식시간을 갖고 이어서 2부가 시작된다고 한다. 휴식시간에는 처음 보는 사람들, 다시 만날 일 없을 것 같은 여행자들과 눈을 마주친다. 다른 나라 사람들과 자연스럽게 눈인사를 나눈다. 그리고 자연스럽게 중얼거리게 되는 말은 '헬로우, 땡큐, 아임 소리, 익스큐즈 미' 등 다른 나라 사람들 앞에서 여행자는 무장해제가 된다. 표정은 부드러워진다. 경계심을 허물어뜨리는 그들의 선량한 얼굴 앞에서 그만 마음이 노글노글해진다. 여행지에서는 자신도 모르게 너그러워진다. 평소에는 입술을 앙다물고 무표정하게 살다가도, 누군가 내 영역에 침범이라도 할까? 눈을 치켜뜨고 독기를 품고 살다가도, 여행길에 나서면 만나는 이들에게 미소를 짓게 된다. 아니 그들의 미소에 전염된다. 낯선 도시, 낯선 거리에서 낯선 여행자와 미소를 주고받는다. 이런 것이 여행이다. 여행은 자신을 무장해

제 시키는 소소한 즐거움이 있어서 좋다.

음악회는 다양한 관객들을 위해 음악연주회와 짬짬이 간단한 오페라 등을 섞어서 무대를 꾸미고, 지루하지 않게 관객의 흥미를 유발하고 있다. 하지만 음악을 모르는 내가 보아도 무대가 좀 빈약하고, 관광객을 유치하기 위해 상업적이라는 느낌을 받았다. 음악회를 보고 나오면서 조금 아쉬운 마음이 들었으나 새로운 문화를 보고 배웠다는 것으로 만족했다. 이곳 사람들은 음악을 좋아하는지 늦은 시간에도 가족, 부부, 연인끼리 함께 와서 음악회를 즐긴다. 그런 풍경은 생소했지만, 음악을 좋아하는 그들의 마음은 느껴진다. 여행은 풍경을 바라보는 것도 중요하지만 뭔가를 느끼는 것은 더 중요한 게 아닐까 싶다.

묶음 여행의 빡빡한 일정 속에서도 비엔나 음악회의 감상은 사막에서 오아시스를 발견한 것 같은 넉넉하고 느긋한 시간을 가질 수 있어서 좋았다. 무언가 뿌듯한 느낌이랄까. 고대 그리스인들은 일상에서 마음의 평정을 유지하려면 시간의 두 가지 속성을 이해할 수 있어야 한다고 했다. 바로 '크로노스'라는 시간과 '카이로스'라는 시간이다. 크로노스가 세상의 시간이라면, 카이로스는 정신의 시간이다. 크로노스가 반복적으로 흘러가는 일상의 시간이라면, 카이로스는 특별한 감정을 느끼게 하는 각자에게 의미 있는 시간이다. 크로노스에서는 자신만을 생각하는 시간이라면, 카이로스에서는 소울메이트와 비엔나 음악회에서 음악을 듣는 시간이다. 음악회에서 음악을 듣는 것은 어쩌면 '크로노스'라는 세상 속에 살다가 잠깐 짬을 내서 '카이로스'라는 세상으로 들어갔다 온 느낌이랄까. 비엔나 음악회는 나에게 그런 의미 있는 시간으로 남았다.

비엔나(오스트리아)에서의 다음 하루

『슬픈 열대』라는 책에서 '여행이란 것은 나를 둘러싸고 있는 이 황야(荒野)를 탐사하는 것이 아니라 오히려 내 마음속의 황야(荒野)를 탐사하는 것이구나'라고 적고 있다. 이른 새벽 오스트리아 어딘지도 모르는 거리를 천천히 거니는 이유도 눈으로는 바깥의 낯선 풍경을 보고 있지만, 마음으로는 내 안을 응시하고 있는지도 모르겠다. 여기는 내가 살아보지 못한 시간들이자 우리의 내면에서는 이미 고갈되어 버린 고요와 놀라움이 서려 있는 장소들이다. 내가 그 시간과 장소에서 잠시 살아보기 위해 익숙한 것들과 결별하고 이 먼 곳까지 여행을 떠나온 것이다. 이때 항상 떠나는 것은 자연이 아니라 사람이다. 자연이 여행을 떠나지 않는 것은 자연은 고갈을 모르기 때문이다. 언제나 고갈되는 것은 바로 여행자들이다.

숙소를 빠져나와 한적한 비엔나의 새벽을 바라본다. 낯선 거리를 천천히 거닐면서 도시풍경을 편집했다. 이곳저곳을 기웃거린다. 보이는 것마다 새롭고 신기한 것들뿐이다. 여러 색의 감각들이 반응한다. 하지만 어느 곳이나 사람 사는 풍경은 비슷했다. 누군가의 손길이 느껴지는 예쁜 화분들, 깨끗하게 정리된 거리, 얼기설기 얽힌 전선줄, 어딘가에 갈 수 있는 가게 앞의 자전거, 외부와의 통로인 우체통 등 이런 일상의 모습에서 삶의 따뜻한 기운이 느껴진다.

어쩌면 여행이란 바깥에 있는 것이 아니라 내 안을 탐사하려는 욕구에서 출발하였는지도 모르겠다. 어제 먹은 밥을 오늘 다시 먹고, 어제 잤던 잠을 오늘 다시 잔다. 그런 반복 사이에서 새로워지는 것들은 우리 안에 오글거리는 잡다한 근심들이다. 근심들은 꾸역꾸역 몰려와 마음에 머물면서 존재를 갉아먹는다. 우리는 존재 내부에서부터 서서히 갉아 먹힌다. 그러면 존재는 한없이 가벼워지고 대신 우리 안에 권태와 환멸은 뚱뚱해져서 제 무게를 이기지 못하고 마침내 해저로 가라앉는다. 그것이 어둠인 줄 모르고 우리는 그 속에 오래 있었다. 그때 어디선가 우리를 부르는 소리가 들렸다. 우리를 부른 것은 커다란 목소리가 아니다. 작은 속삭임들이다. 이것들은 낯선 것이기는 하되 우리 존재와 무관한 것은 아니다. 오히려 존재의 중추와 내밀하게 연결된 속삭임들, 먼 속삭임들, 여행이란 우리 안의 낯선 속삭임들, 거기에서 나오는 불가사의한 명령을 따르는 것이다. 내가 여기 낯선 도로 위에 서 있는 것은 의식적 행위가 아니라 무의식적인 행위일 수도 있다. 비엔나의 낯선 공간에서 사색을 통해 하루가 열리고 있다. 내 앞으로 걸어오는 노인의 발자국 소리와 개 짖는 소리가 나를 침묵에서 깨운다. 이곳은 한 주가 시작되는 아침인데도 조용하고 평온했다.

오스트리아 비엔나의 이틀째 여행이 시작된다. 버스에 오르자 가냘픈 현지가이드의 목소리가 들려온다. 비엔나에 음악을 공부하러 온 유학생이라고 자신을 소개한다. 틈틈이 학비를 충당하기 위해 아르바이트로 여행 가이드를 겸한다고 했다. 첫 마디가 비엔나에 음악 공부하러 온 유학생답게 오늘 처음으로 갈 곳은 '베토벤, 슈베르트, 요한 슈트라우스 2세, 모차르트, 브람스' 등 세계적인 음악가들이 잠들어 있는 '비엔나 중앙묘지' 라고 했다.

모두들 이구동성으로 '왠 묘지야. 갈 데가 그렇게 없나?' 하면서 생뚱맞다는 표정들이다.

비엔나 중심가에서 조금 떨어져 만들어진 이곳은 면적이 2.4km 현재 비엔나 인구의 2배가 되는 대략 330만이 묻혀있다고 한다. 이곳에는 정치, 과학, 건축, 회화, 음악 등 다양한 분야의 유명인사와 시민, 유대인이 함께 묻혀있다. '비엔나 중앙묘지' 정문에 들어서면 가로수 길이 영원한 곳을 향해 끝없이 펼쳐지는 것 같고, 그 길 끝에는 이 공간의 중심이 되는 '성 카를로 보로메오'에게 바쳐진 성당이 장려한 모습을 드러낸다. '비엔나 중앙묘지'의 독일어 명칭은 '비너 젠트랄프리트호프'이다. 여기서 '중앙'은 이 묘지가 지리적으로 비엔나 한가운데 있다는 것이 아니라 비엔나에서 가장 규모가 크다는 것을 의미한다. 비엔나에는 약 50개의 묘지 중 중앙묘지가 규모가 가장 큰데 유럽에서도 가장 큰 규모로 손꼽는다. 비엔나 시내에 있는 다른 묘지들은 시간을 두고 서서히 자연적으로 확장된 것이라면 중앙묘지는 처음부터 계획되어 조성한 것이다.

19세기 중반에 비엔나 시의회는 당시 산업화로 인해 수도 비엔나의 인구가 20세기 말에는 400만으로 증가할 것으로 예측하고 이런 대도시에 기존의 시립묘지로는 불충분하다고 판단해 1863년에 거대한 묘지를 비엔나 외곽에 조성할 계획을 세웠다. 독일 프랑크푸르트의 조경건축가인 '밀리우스와 블륜트슐리'가 1870년에 광대한 '네크로폴리스'를 설계하게 된다. '네크로폴리스'는 즉, 죽은 자들의 도시이다. 죽은 자들의 도시라고 하지만 막상 가서 보면 음산한 분위기는 전혀 느껴지지 않는다. 이 묘지의 디자인설계 개념은 '음산함에서 장려함'으로 요약된다. 오히려 위대한 음악가들이 잠든 유럽 최대의 장려한 '평온의 뜰'이라고 불러야 할 것이다. 이 묘지가 죽은 자들의 음산한 도시가 아닌 장려한 도시로 문을 연 것은 1874년 11월 1일이다. 하지만 가톨릭 교회가 유대교와 같은 다른 종교를 가진 사람들과 한 장소에 묻히는 것에 대해 크게 반발하자 시 당국은 유대인들은 별도의 지역에 따로 매장한다는 조건으로 합의를 보고 1875년에야 정식으로 문을 열었다.

그런데도 비엔나 시내에서 너무 멀어 사람들의 불만이 끊임없이 터져 나왔다. 그러다가 이곳을 매력적인 장소로 탈바꿈하려는 아이디어가 나왔다. 이곳에 유명음악가들의 묘지를 조성하는 것이다. 이런 아이디어가 음산함에서 장려함을 넘어 관광명소로 발전하게 되었단다. 작은 생각의 전환이라는 발상이 큰 성과를 내고 있다. 세상은 넓고 볼 것은 많다고 했는데 심지어 비엔나에서 와서 중앙묘지까지 오다니 놀랬다. 하지만 서양 고전 음악을 좋아하는 마니아들은 한 번쯤 꼭 와 보고 싶은 곳이란다. 여기에 세계적인 음악가들이 한자리에 모여 있고 그들의 묘비명과 조각상이 있다. 거기다가 그들의 음악이 있고 그들의 삶에 대한 이야기가 흐르기 때문이다.

이곳은 1894년 다섯 군데 묘지를 한데 모아 조성한 곳으로 모차르트, 베토벤, 요한 슈트라우스 2세, 브람스, 슈베르트 따위의 묘는 역대 오스트리아 대통령의 묘와 함께 있다. 이곳에서 클래식 마니아의 성지로 불리는 음악가의 묘지는 32A 구역 2번 출구를 통해 '닥터 카를 루에거' 성당 방향으로 직진하면 왼쪽에 있다. 우리는 32-A구역 작은 표지판에

'Musiker'라고 쓰여 있는 곳에서 모차르트 기념비를 중심으로 좌우를 둘러본다. 오른쪽에는 슈베르트, 왼쪽에는 베토벤, 앞에는 요한 슈트라우스 1세가 묻혀있다. 여기에 있는 모차르트의 묘에는 모차르트가 없다는 말도 있다.

오스트리아 오는 길에 버스 안에서 보았던 영화 〈아마데우스〉를 보면 말년에 너무 가난하여 관을 살 돈마저 없어 공동묘지에 버려지는 장면이 나온다. 모차르트는 생전에는 자신을 알아주지 않는 사람들에게 악담하고, 방탕과 탕진으로 말년을 힘들게 살아왔지만 죽어서는 오스트리아 최고의 영웅으로 칭송을 받고 있다니 참으로 역사라는 것이 아이러니하다.

중앙묘지 한가운데는 커다란 건물이 있다. 그곳은 우리나라 장례식장과 같은 곳으로 우리를 안내하는 현지가이드인 유학생도 이곳에서 생활비를 벌기 위해 장송곡을 불렀다며 어려웠던 유학생활을 단적으로 표현하며 멋쩍게 웃는다. 사실 도시 한가운데 공원묘지가 있다는 것은 한국적인 정서에는 어색하고 불편하다. 그것은 죽음을 맞이하는 태도가 다르다는 관점에서 바라보아야 한다. 무엇보다 중요한 것은 죽음이 늘 우리들의 가까이에 있다는 사실이다. 단지 죽음을 바라보는 동서양의 관점에 대한 차이일 뿐이다.

'사람은 낯선 규칙 앞에서 비로소 생각한다'라는 말이 있다. 이 문장을 헤아려보면 사람들은 반복되는 익숙한 공간 속에서는 별다른 생각을 하지 않고 살아간다는 뜻으로 해석된다. 예를 들어 치아에 병이 생겨 심한

푸른 나무와 환한 꽃으로 장식된 베토벤의 묘비

고통을 받게 되면 그때야 내 몸에 치아가 있음을 새삼 알고 치아의 소중함을 생각하게 된다. 미세먼지와 황사가 하늘에 가득하면 청정한 대기와 숨 쉬는 일의 고마움을 생각한다. 이처럼 우리와는 다른 낯선 규칙 같은 중앙묘지를 둘러보고 나니 죽음에 대해 생각도 깊어진다. 삶과 죽음을 가까이 두려는 서양과 가능한 한 멀리 두려는 우리와 인식의 차이가 느껴진다. 언제부터 그런 관습의 차이, 인식의 차이가 생겼을까. 삶과 죽음을 대하는 태도는 결국 우리로부터 비롯됨으로 물음도, 해답도 우리에게서 찾아야 하지 않을까 싶다. 갑자기 하늘이 변덕을 부린다. 맑은 날씨가 순간 흐려지는가 싶더니 하늘에 구름이 가득하다. 일순간 분위기가 장려함에서 음산함으로 변해간다.

다음으로 찾아간 곳은 비엔나에서 으뜸으로 치는 '성 슈테판 성당' 주변과 '케른트너' 거리이다. '케른트너' 거리 뒤편으로 '성 슈테판 성당' 첨탑들이 보인다. 자그레브의 '성 슈테판 성당'과 닮은꼴이다. 쌍둥이처럼 이름도 같다. 기독교 최초의 순교자인 슈테판의 이름을 딴 성당이다. 로마네스크 양식으로 1263년 일어난 대화재로 성당 일부가 소실되었고 연이은 전쟁으로 몸살을 앓았다. 제2차 세계대전 당시 소련군의 무차별 폭격으로 또다시 화재가 일어났다. 세계대전이 끝나고 잔해를 모아 지금의 대성당을 만들었다. 고난 속에서도 잘 지켜온 대성당의 내부는 이곳을 아끼는 비엔나 시민들의 마음이 담겨 안도감을 준다.

이 광장에서는 한 시간 정도 나만의 시간이 주어졌다. 묶음 여행의 하루는 빠르게 지나간다. 그래서 짬짬이 같은 자유시간이 더없이 소중하다. 낯선 여행지는 사는 곳, 보는 곳, 먹는 곳을 두루 갖추어야 재미가 있고 즐겁다. 진정한 여행자라면 낯선 거리를 천천히 걸어 다니면서 낯선 풍경을 구경하고, 낯선 시선으로 노천식당에 앉아서 느긋하게 음식과 차를 마시면서 한낮의 추억을 만들 것이다. 이곳은 비엔나라는 도시 중심이고 가장 번화한 거리이다. 마침 부활절이라 쉬는 가게는 많았지만 여러 나라 여행자들은 그런대로 붐빈다. 좋은 여행은 겉으로 드러나 있는 것만 보는 것이 아니다. 그들의 생활과 문화를 깊숙이 들여다보고 느껴야 한다.

낯선 도시 빈의 거리 풍경

케른트너 거리와 빈의 상징 '성 슈테판 대성당' 주변은 마치 우리나라 명동성당과 명동거리를 연상케 하는 아주 번화한 거리이고, 넓은 도로와 광장에는 자동차가 다니지 않으니 자유롭다. 또 노천카페들이 길 한쪽을 차지하고 있다. 이 거리의 주인은 자동차가 아니라 마을 사람이고 여행자라는 사실이 너무 좋다. 이곳 사람들은 노천카페에 앉아 음식을 먹고, 차를 마시고, 이야기를 나누고, 햇볕을 쬐는 일이 가장 즐거운 일상이라고 했다.

대략 한 바퀴 도는데 40~50분이면 충분할 것 같다. 묶음 여행에서 벗어나 끼리끼리 사람들의 취향에 따라 움직인다. 세상에는 수많은 취향이 있다. 인류의 숫자만큼이나 다양한 취향이 존재한다. 좋아하는 것과 싫어하는 것, 삶 자체가 의도한 것이든 아니든 간에 나타나는 것이 취향이다. 취향이란 그 사람 감성의 풍향계이고 한 사람의 미적 방향성을 나타내는 지표 같은 것이라고 말한다. 내 생각에 취향은 본질에 덧씌워진 자신만의 특이성이다. 그래서 사람마다 사물을 보는 각도가 다르다고 말할 수 있다.

우리도 우리만의 취향대로 낯선 거리를 따라 자연스럽게 흘러간다. 새로운 도시풍경이 마냥 신기해서 시간 가는 줄 모르고 걸었다. 그냥 자유롭다는 것이 좋아서 어슬렁거리면서 이곳저곳 가게마다 기웃거렸다. 마치 이웃 동네 마실 온 편안한 느낌으로 비엔나의 낯선 분위기에 젖어본다. 낯선 거리에서는 낯선 여행자들과 자연스럽게 어울린다. 거리에서 만나는 것마다, 가게에서 보이는 것마다 모두 낯설어서 즐거웠다.

케른트너 거리와 빈의 상징인 '성 슈테판' 성당 주변

케른트너 거리를 돌아다니다가 아내가 비엔나에 오면 '비엔나 커피'을 마셔보라는 누군가의 말이 생각난다며 커피숍에 들어가 보자고 했다. 빈의 중심가인 케른트너 곳곳에서는 커피를 즐기는 사람을 쉽게 만날 수 있다. 하지만 '비엔나커피'라는 이름의 커피는 없단다. 비엔나 사람들이 즐겨 마시는 비엔나커피는 바로 '멜랑쥐'라는 커피였다. 물론 이곳에서 제일 유명한 집이라고 알려진 커피 가게는 우리 동네처럼 고상하게 앉아있으면 주문을 받아 배달해 주는 것과는 거리가 멀었다. 사람들이 서서 주문을 하고, 사람들이 너무 많아서 발 디딜 틈조차 없다. 기다리다가 겨우 안으로 들어갔는데 의자에 앉아 먹는 사람은 소수였다. 공간도 너무 비좁다.

의자도 없는 테이블 옆에 서서 즐겁게 이야기를 나누면서 커피를 마시고 있는 사람들이 더 많다. 그리고 기다리는 사람들은 더더욱 많았다. 순서를 기다리는 것은 시간도 아깝고, 말도 잘 안 통하고, 번거롭고 지루할 것 같아 그냥 포기하고 밖으로 나왔다. 유명한 커피를 마실 기회를 놓쳐버려 아쉽지만, 그 분위기에 젖어보는 것으로 만족했다. 우리가 마시는 카페라테와 모양은 비슷한데 어떤 맛일까. 오스트리아 사람들 틈에 끼어 전통 비엔나 '멜랑쥐 커피'를 마시는 사람들을 구경하는 것도 여행의 작은 즐거움이다.

비엔나 '멜랑쥐 커피' 대신 앞에 있는 선물 가게 들어가 여러 가지 기념품들을 구경했다. 이 고장에서 생산되는 여러 모양의 기념품들이 여행자들을 기다리고 있다. 낯선 물건들이 신기했지만, 특별히 사고 싶다는 욕구가 생기지 않았다. 내가 나이가 들긴 들었나 보다. 이곳저곳 구경하다 보니 약속 시간이 조금 지났다. 서둘러 일행이 모이는 곳으로 갔지만, 갑자기 추워지고 바람도 많이 불어 먼저 식당으로 갔다는 것이다. 식당은 도심에 있는 'Fan Kardos'라는 곳이다. 지리를 잘 몰라 한참을 헤매다 겨우 식당을 찾아냈다. 입구에는 이 집만의 전통을 말해주는 화려한 문양의 문장이 새겨져 있다. 이곳은 우리나라에 잘 알려진 오스트리아의 전통 음식인 '슈니첼'로 유명한 집이란다. '슈니첼'은 일명 '오스트리아의 돈가스'로 불린다. 이 음식은 오스트리아의 정통 맥주인 '메이커 괴서' 맥주가 격에 맞는다고 했다. 돈가스에 찐 감자, 삶은 채소가 함께 나오는 '슈니켈' 그리고 곁들여 마시는 맥주 한잔은 잘 어울리는 음식 궁합이다. 낯선 도시에서 먹는 색다른 음식이지만 그 맛이 최고였다.

비엔나를 떠나면서 들었던 가장 안타깝고 충격적인 말은 모차르트에 관한 풍문이다. 지금까지 오스트리아 관광업을 주도하는 역할을 하는 음악가인 그도 말년에는 방탕과 과소비로 자신이 묻힐 묘지는 물론이고, 관조차 살 돈이 없을 만큼 가난했고 채무도 많았다는 것이다. 죽은 후에는 아무도 돌보지 않아서 누군가 마차에 송장을 실어서 공동묘지에 버렸다는 이야기가 전해온다. 아직까지 모차르트가 묻힌 곳은 정확히 알지 못하고 찾지도 못했다고 했다. 중앙묘지에 있는 모차르트의 묘는 가묘라고 한다. 어릴 적부터 신동으로 추앙받던 그였다. 성장하면서 지독한 외로움과 고독함을 맛보았을 것이다. 가이드의 말이 '새옹지마'라는 말과 겹쳐지는 것은 왜일까. 우리는 어떻게 살아야 잘 사는 것일까? 지극히 간단한 물음 앞에 나는 한없이 대답을 망설인다.

비엔나의 짧은 여행도 끝이 나고 있다. 비엔나는 한마디로 어디를 가나 박물관이고, 미술관이고, 공연장이다. 심지어 중앙묘지까지도 그런 공간으로 거듭나고 있다. 오래된 도시가 주는 일상의 공간은 다시 한 번 와야겠다는 마음이 들게 하는 매력적인 곳이다. 이 도시는 모든 게 과거에 멈춰있는 듯했고 낯선 여행자들만 지금 살아 움직이는 느낌이다. 오래전부터 이곳은 예술가들의 꿈과 환상이 가득 찬 곳이고, 애초 그런 마음과 기대로 만들어진 공간이라는 생각이 들 정도였다. 일단 예술가들의 도시, 비엔나에 들어오면 바깥세상의 분주한 일상이나 자신을 괴롭히던 여러 생각을 그대로 놓아둘 수 있어서 좋았다.

이 도시에 들어서면 아무것도 하지 않아도 충분하며 모든 것이 이대로 괜찮은 듯했다. 이 도시는 어디에나 있는 듯하지만, 어디에도 없는 소중한 공간을 만들어내고 있다. 오래된 도시 비엔나는 긴 호흡으로 서서히 만들어진 시공간들만 존재하는 듯했다. 하지만 낯선 시선으로 만났던 이 도시에 대하여 섣부른 진단을 내리는 것은 마치 책이나 영화에서 만난 허구의 인물과 실제 사람들의 특성을 동일시하고 일반화하는 것만큼이나 위험한 태도가 아닐까 싶다.

6일 차_ 여행 정리

○ 6시~7시: 아침 자유시간

- 헝가리 다뉴브 강을 따라 머스키트 다리까지 산책
- 헝가리 다뉴브 강 아침 풍경보기
- 부다페스트 일상 들여다보기

○ 8시~13시: 오스트리아 빈으로 버스 이동

○ 13시~14시: 한국식당에서 점심

○ 14시~17시: 쉔브룬, 벨베데레 궁전 관광

- 쉔브룬 궁전에서 예술품 관람
- 벨베데레 궁전 산책
- 벨베데레 궁전에서 유명화가들의 미술품 관람
- 매점에서 클림프 그림엽서 구입

○ 18시~19시: 오스트리아 전통식당에서 저녁

- 전통 음식인 '호이리게'와 맥주 마시기

○ 19시~20시: 저녁 자유시간

- 비엔나 음악회 관람

7일 차_ 여행 정리

○ 6시~7시: 아침 자유시간

- 자유 산책

○ 8시~12시: 중앙묘지와 빈 시내 관광

- 중앙묘지에서 유명음악가들의 묘역 관광
- 쇼핑센터 방문
- 케른트너 거리 여기저기 돌아다니기

○ 12시~13시: 점심

○ 13시~19시: 프라하로 버스 이동

◇ 7~8일 차 ◇

체코

Czech Republic

열세 번째 동유럽 풍경

프라하
(체코)

누군가 '새벽은 하루의 시작에 지나지 않지만, 황혼은 하루의 반복이다'라고 했던가. 황혼은 하루의 끝이 아니라 반복이라는 말이 가슴에 와 닿는다. 그 말은 누구나 은퇴라는 황혼을 맞으면 끝없이 지나간 날들과 새롭게 다가올 날들을 생각하기 때문이리라.

우리의 삶처럼 여행도 많은 사람과 머물던 숙소들과 수없이 걸었던 길들과 그리고 보였던 다채로운 풍경들과 만나고 헤어지는 것이다. 진심으로 지극한 것들은 다른 길로 가더라도 같은 길에서 만나게 되는 법임을 몸으로, 마음으로 익혀가는 것이 바로 여행이다. 여행에서 만났던 사람, 여유, 재미, 숙소, 길, 그리고 풍경 등 소중한 것들이 또다시 들어올 수 있도록 여운(餘韻)을 남기기 위해 여기에 기록을 담는다.

카를대교에서 바라본 프라하의 야경(夜景)

천년의 고도(古都) 프라하. 이곳은 중세의 모습을 고이 간직한 채 빠르게 발전하고 있는 체코의 수도이다. '백탑의 도시, 북쪽의 로마, 유럽의 음악학원' 등 수많은 프라하의 애칭만으로도 이곳이 유럽문화의 중심지이자 유럽인의 사랑을 듬뿍 받아온 아름다운 도시임을 짐작하게 한다. 보헤미아 왕국의 수도로 1,000년이 넘는 역사를 간직한 고도답게 중세의 기풍(氣風)이 곳곳에 서려 있어 영화, 광고 촬영지로도 대단한 인기를 누리고 있다. 프라하는 도시 전체가 박물관이라고 할 만큼 다양한 역사적인 건물들이 제 모습을 뽐내고 있다. 이 때문에 도시 전체가 1989년에는 유네스코 세계문화유산으로 지정되었으며 해마다 1억 명의 관광객이 프라하를 찾아오고 있단다. 세계 6대 관광도시에 당당히 이름을 올린 프라하는 2004년 체코의 EU 가입을 계기로 정상을 향하여 더욱 박차를 가하고 있다.

천 년의 역사를 가지고 있는 고색창연한 중세도시. 따뜻한 미소와 나눔이 있는 동유럽의 보석 같은 도시. 체코 '프라하'로 이동한다. 차창 밖으로 도로를 따라 노란 유채꽃들의 향연이 끝없이 펼쳐진다. 마치 넓게 펼쳐진 초록도화지 바탕에 노란 색채의 몽환적인 파스텔톤의 그림을 그려 놓은 것만 같았다. 프라하로 가는 길은 시작부터 여행자의 감정을 북받쳐 오르게 했다. 체코는 산악지역이 거의 없고 평지로만 이루어져 있는 곳이 많다. 곳곳에 동그란 모양의 푸른 물감으로 채색된 풍경들이 여러 모양의 무늬를 만들어내고 있다. 이런 풍경은 보면 볼수록 여행에 대한 욕구는 강해진다. 풍경이란 결국 이런 기억과 추억의 차이를 확인하는 만남의 반복이다. 낯선 도시와의 첫 만남에 대한 설렘 때문인지 이런 저런 생각이 많아진다.

비엔나에서 무려 5시간이나 달렸다. 버스에서 졸다 깨다를 반복하면서 낯설지만 보고 싶었던 도시 프라하에 왔다. 프라하 여행은 한식당의 포근함에서부터 시작된다. 늦은 저녁을 위해 'KOBA'라는 한식당을 찾았다. 인상적인 풍경은 바로크식 건물 한 칸에 있던 식당 간판이다. 간판 KOBA의 'O'자 안에 빨간색과 파란색의 태극 마크가 선명하다. 그리고 창문에도 대형 태극기가 걸려 있다. 식당 안으로 들어서면 한쪽 면은 이곳을 다녀간 한국 관광객들의 방명록이 빼곡히 채워져 있었다. 이곳에서는 돼지 불고기 쌈에 김치, 나물 몇 가지와 된장국으로 차려진 백반 정식이 나왔다. 오랜만에 몸도 마음도 한결 개운해진다. 마치 땀 흘려 운동하고 샤워 후에 시원한 맥주 한 잔 마시는 기분이랄까.

프라하의 마지막 햇살의 온기가 창가에 아직 남아있다. 석양의 노을은 서서히 빛이 바래간다. 상점마다 전깃불이 하나둘 들어오면서 어둠을 밝히기 시작했다. 동유럽 중세 모습을 그대로 간직하고 있는 구시가지 풍경이 어둠 속에서 반짝거린다. 캄캄한 어둠 속에 은은하게 빛나는 프라하성(城), 카를 4세가 당시 최고의 토목기술을 동원해 1406년 완성한 프라하의 낭만을 느낄 수 있는 카를 대교 등 다른 도시에서는 만날 수 없는 또 다른 풍경을 만나기 위해 이곳에 왔다. '프라하'라는 이름만 들어도, 생각만 해도 가슴이 뛴다. 이곳은 내 눈으로 직접 보고, 내 발로 직접 걸어가 보고 싶어 오랫동안 꿈꿔왔던 곳이다. 여러 나라에서 온 수많은 여행자와 같은 공간에 함께 있다는 사실만으로도 벅찬 감동이 느껴진다.

시간이 멈춘 듯 중세도시의 향기가 흐르고 문화가 살아 숨 쉬는 곳. 프라하 구시가지는 오래된 거리답게 고풍스럽고, 보이는 건물들은 고색창연했다. 주변을 돌아보더라도 고딕, 르네상스, 바로크 양식의 건축물들이 한눈에 들어온다. 먼 과거로 되돌아간 느낌이다. 건물마다 오래되고 옛 풍치가 그윽했다. 구시가지의 오래된 거리와 건물들이 '프라하'라는 도시의 품격을 높여주고 낯선 아름다움을 만들어내고 있다. '프라하'를 건축박물관이라 부르는 것이 바로 이런 이유 때문이구나. 건물들 사이에 작은 조약돌로 포장된 길을 따라 구시가지 광장으로 발길을 옮긴다. 오늘이 무슨 날인지 우리나라 지역축제 때마다 볼 수 있는 야시장처럼 포장마차들이 광장을 가득 채우고 있다. 한 자리에서 체코의 다양한 문화를 구경할 수도 있고, 다양한 먹거리와 볼거리를 체험할 수는 공간이다. 우리같이 묶음으로 여행 온 여행자에게는 행운이었다.

사방에 어둠이 내리고 가로등과 포장마차에 하나둘씩 불이 밝혀지자 구시가지 광장의 풍경은 마치 중세로 돌아간 듯했다. 거리에는 두 필의 말이 끄는 관광 마차가 손님을 기다리고 있고, 포장마차 뒤로는 구시가지 광장의 상징이기도 한 틴(Tyn) 성당이 보인다. 우뚝 솟은 두 개의 첨탑을 가진 아름다운 성당이다. 기도할 때 두 손을 모은 모습을 따서 만든 고딕 양식의 탑을 가진 성당으로 두 개의 탑은 각각 아담과 이브를 상징한다고 한다. 아담 탑이 이브 탑보다 조금 높고 크게 지어져 있다. 뜨거운 오후가 되면 그늘을 만들어 이브 탑을 보호해 주기 위해서라고 한다.

다채로운 볼거리 많아서 그런지 구시가지 광장에는 여행자들이 하나둘 몰려든다. 여기는 걸어 다니는 곳마다 역사의 현장이고 슬픔과 기쁨이 함께 공존하는 공간이기도 했다. 누군가 '기쁨은 역사가 되고 아픔은 전설이 된다'라고 했던가? 이 공간에는 희로애락의 역사와 문화가 깃들어 있다. 그리고 전설이 살아 숨 쉬는 곳이다. 구시가지 광장은 전형적인 고딕 양식을 자랑하고 있는 건물로 둘러싸여 있으며 14세기경에 건축되었다고 했다. 제2차 세계대전 때 나치의 폭력으로 부분적으로 손상을 입었으나 그 후 손상된 부분을 복구하여 현재의 모습을 갖추었다고 한다. 다행히도 체코는 동유럽의 다른 국가에 비해 구시가지가 크게 파괴되지는 않았다고 했다.

구시가지 광장 중에서도 볼거리의 으뜸은 '오를로이 천문시계'이고 그다음은 카를 대교가 아닐까 싶다. 이곳에 있는 벽시계 '오를로이 천문시계'는 유럽에서 제일 아름다운 벽시계로 수많은 이야깃거리를 낳으며 전 세계 여행객들의 눈길을 끈다. '얀 타보르스키'란 유명한 시계공이 1572년도에 완성한 것으로 19세기에 전체적으로 보수공사를 하면서 시계 밑에 민족주의 화가인 '마네스'의 달력판이 덧붙여졌다. 그 후 장인 하누시가 프라하 시의 요청을 받고 시계를 개조했다고 한다. 전설에 의하면 시장은 시계공에게 후하게 보답하고 이것보다 다 아름다운 시계를 만들지 못하도록

구시가지 광장의 상징이기도 한 틴(Tyn) 성당

시계공의 두 눈을 멀게 했다고 한다. 그런데 시계공은 죽기 전에 시계를 만져보는 것이 소원이라고 해서 소원을 들어주었는데 그 순간부터 시계는 작동이 멈췄다. 그로부터 1세기가 지나서 새로운 시계공이 수리하고 나서야 움직이게 되었다. 그 후 예수의 12제자상(정확히 말하면 열한 명의 제자와 성 바울)은 17세기에 더해졌으며 연, 월, 일, 시뿐만 아니라 지구를 중심으로 한 해와 달의 궤도를 비롯하여 황도 12궁을 표시했다.

저녁 8시가 가까워지자 시계탑 앞에는 여러 나라에서 온 여행자들이 모여든다. 먼 곳에서 날아온 여행자들은 반 천 년 동안 계속된 짧은 공연을 보기 위해 이곳을 찾는다. 주변에는 소매치기가 많으니 조심하라고 가이드의 당부도 잊은 채 천문시계 탑 앞에서 모두 숨을 죽인다.

오후 8시 정각이 되자 시계의 중간 부분에 조각된 해골이 오른손에 감긴 줄을 당기면서 왼손으로는 모래시계를 뒤집는다. 그러면 시계의 맨 위에 있는 두 개의 작은 창문이 열리고 예수의 12제자상이 고개를 돌리며 천천히 움직인다. 이 행렬이 끝나면 작은 창이 닫히고 시계 위쪽의 황금색 수탉이 홰를 친다. 이때 시계는 벨을 울려서 시간을 알려준다. 그동안 무슬림을 대표하고 튀르크인을 상징하는 조각상이 고개를 좌우로 흔들며 동의하지 않는다는 모습이 보인다. '허무'를 상징하는 알레고리 조각상은 거울을 보고 지난 세월을 회고한다. 그리고 고리대금업자에게서 그 모습을 따와 탐욕을 상징하는 유대인상이 움직인다. 당시 체코인들의 우주관이 표현된 실용적이고 예술적인 작품이다.

이와 비슷한 천문시계는 프랑스 알자스 지방의 스트라스부르 대성당에서도 볼 수 있다. 또 모라바 올로모우츠의 구 시청 탑 벽에도 아름다운 천문시계가 있다고 했다. 대략 500년이 넘은 시계가 얼마나 정교하게 설계되었으면 지금까지 정확하게 움직이고 있는지 감탄을 금할 수가 없다. 시계탑은 반 천년의 세월을 살아오면서 인간들의 굴곡사를 보아왔을 것이다.

또 '오를로이 천문시계'의 짧은 공연에 아쉬움이 남는다면 시계탑 오른쪽 모퉁이를 돌아가 보라고 했다. 모퉁이를 돌자 바로 아래쪽 마당에 스물일곱 개의 십자가와 1621 21 VI 이라는 표식이 새겨져 있다. 이게 무슨 암호일까. 2차 투척사건 때문에 일어난 신·구파 간의 종교싸움에서 신교도 측이 패하자 구파 황제 측이 신교도 측에게 책임을 물어 성직자와 시민 대표 등 스물일곱 명을 참살한 때를 나타낸 것이다. 벽에는 참살

오를로이 천문시계

당한 이들의 이름이 새겨진 명판이 걸려 있다. 사형을 집행한 날이 6월 21일인데 그날을 택한 이유는 날이 가장 긴 하짓날을 택해 시민으로 하여금 가장 오래도록 단죄한 머리 모양을 보게 하기 위함이었다고 한다.

역사의 거울을 비추어 오늘을 바라본다. 이런 과거와 유사한 종교 간의 분쟁은 지금도 끊임없이 일어나고 있다. '내 이웃을 내 몸처럼 사랑하라'고 했던 예수의 가르침이 모든 종교의 핵심 즉 '황금률' 같은 것이 아닐까. '황금률'이란 '자신이 대접받고 싶어 하는 만큼 남을 대우하라'라는 예수의 계명에 대한 17세기 이후의 현대적 명칭이다. 하지만 다른 믿음을 용납하지 않는 것이 또한 종교이다. 이율배반이 아닐까. 지금도 곳곳에서 종교분쟁은 계속되고 있다. 지구 상의 수많은 분쟁이 이념보다는 종교조직 간의 갈등으로 해서 더 많이 일어났다고 한다. 그 원인은 종교조직 간의 이해 상충과 배타적 전도주의에 있다. 모든 종교가 자기 믿음의 방식만이 오로지 인류를 구원한다는 좁은 편견에서 빨리 벗어나야 한다. 과연 종교는 선(善)한 것인가? 종교는 얼마만큼 더 악(惡)해질 수 있을까?

'오를로이 천문시계' 시계탑을 떠나 자유롭게 이곳저곳 낯선 가게들을 기웃거리고 낯선 거리를 어슬렁거렸다. 낯선 시선으로 거리의 풍경을 바라보면서 세상은 수많은 다름으로 구성되어있고 그 다름이 만들어내는 아름다움에 빠져든다. 프라하의 낯선 아름다움에 점점 매료되어간다. 구시가지 광장 옆으로는 미로 같은 골목길이 있다. 여행자들의 무리에서 빠져나와 가이드가 알려준 '카프카 생가'에 가본다. 틴 성당 교회 바로 옆에 있는 건물에는 '카프카 생가'라고 표지가 자그마하게 걸려 있다. 카프카가 살았다는 집을 밖에서 보기만 하고 지나친다. 그리고 황금소로로 들어가는 길목에서 슬쩍 뒤돌아본다. 오른쪽으로 '틴(Tyn)성당'의 우뚝 솟은 두 개의 첨탑 위에 또 다른 거대한 시계탑이 보인다. 구시가지 광장 주변 건물에서 오래된 풍경이 아름다웠다면, 작은 미로 입구에서 크리스털 유리의 풍경은 색채의 아름다움을 넘어선다. 크리스털 유리의 풍경은 화려함을 넘어 신비함이다. 크리스털 유리의 짙은 색채 속에는 신비로움이 숨어있는 듯했다. 특히 보헤미안 블루의 색채를 띤 크리스털 유리는 영혼이 숨어있는 듯한 강한 인상을 받았다. 진열장 안에 가득 채워진 파랑, 보라, 초록 그리고 투명한 빛깔로 태어난 크리스털 유리 그릇은 하나의 공예품을 넘어 또 다른 마법 속의 세상 같다. 오색찬란한 크리스털 유리를 보고 있으면 자신도 모르는 사이 황홀경에 빠져든다. 크리스털의 강렬함에 나는 한동안 자리를 뜨지 못했다.

또 가이드는 황금소로에 있는 카프카가 글을 쓰던 집에도 가보라고 했다. 황금소로로 향하는 길은 네모 반듯한 조약돌로 되어있고, 골목길의 풍경은 중세의 모습을 그대로 보존하고 있다. 길옆으로 크고 작은 건물들이 다닥다닥 붙어있다. 밤이라 어둡고 길이 미로여서 어디가 어딘지 알아볼 수가 없다. 우왕좌왕하다 갈피를 못 잡고 돌아섰다. 마치 황금소로에서 길을 잃은 느낌이다. 이럴 때 혼자 여행할 수 있는 능력이 된다면 얼마나 좋을까. 내가 꿈꾸는 좀 더 자유로운 여행은 언제쯤이나 가능할까. 그러면 여유를 갖고 낯선 풍경을 호기심으로 천천히 바라볼 수 있었을 텐데….

마지막으로 구시가지 풍경의 최고 장면을 연출하는 블타바 강 위에 세워진 프라하의 상징 카를 대교와 카를 탑을 건넌다. 멀리 블타바 강을 따라 점점이 이어지는 프라하의 야경이 한눈에 들어온다. 카를 대교는 카를 황제의 명령에 의해 '페트르 파를러'가 그곳에 있던 작은 유디트 다리를 헐고 오늘날의 돌다리를 놓았다. 카를 대교는 프라하의 등뼈일 뿐만 아니라 체코에서 가장 중요한 통로로 부와 권력, 힘과 명예의 상징이다. 20세기 초에는 전차가 다녔지만, 지금은 인도교로만 사용한다. 전차는 그 앞의 인도를 통해 지나간다. 카를 대교는 650년이 넘는 오늘날까지 세계에서 가장 아름답고 견고한 돌다리로 사랑받는 역사물이다. 여기에서 낯선 도시 프라하를 바라보면 도시의 아름다움을 만끽할 수 있다.

프라하에 다녀온 수많은 여행자가 카를 대교 위에서 바라본 프라하 성의 야경을 프라하 여행의 최고 경치로 꼽는 이유를 그제야 실감할 수 있었다. 카를 대교의 야경(夜景)은 늘 찬사가 뒤따른다.

이에 관한 일화가 있다.

남자가 카를 대교 위에서 강물에 비친 프라하 성의 야경에 감탄하며 말했다.

"정말 백만 불짜리 야경이군!"

그러자 옆에 서 있던 프라하 사람이 대꾸했다.

"겨우 백만 불이라고요? 어림없는 말 마세요."

이런 일화가 있을 만큼 카를 대교 위에서 바라본 프라하 城(성)의 야경

(夜景)은 프라하 시민들의 자존심 그 자체였다.

낭만이 충만한 카를 대교 위에서 서서 흐르는 강물을 바라본다. 유유히 흐르는 강물을 바라보면 누구나 아름다운 물결에 매료되기 마련이다. 밤이 깊어갈수록 강물은 점점 황금빛으로 물들어간다. 블타바 강은 자연과 인류가 만들어 낸 아우라를 연출하고 있다. 프라하의 밤은 바로 정처 없이 방황하는 보헤미안의 모호함 그 자체였다. 그래서 '보헤미안 블루'란 말이 생겼는지도 모르겠다.

프라하의 최초의 다리인 카를 대교에 전설이 없을 수가 없다. 바츨라프 4세(1361-1419) 때인 어느 해 여름, 프라하에 엄청난 비가 내렸다. 유례없는 홍수에 견디지 못하고 카를 대교는 군데군데 무너져 내리고 말았다. 바츨라프 4세는 홍수가 지나간 후 여러 차례 기술자를 동원해 다리를 복구하려 했지만, 번번이 실패했다. 외국기술자까지 초빙하여 보수를 시도해도 실패만 거듭할 뿐이었다. 그런데 어느 날 한 인부가 왕에게 찾아와 꿈속에서 어떤 영험한 지혜를 계시받았다며 다리 보수를 자청했다. 그는 보수공사 때 일한 석공이었다. 인부는 꿈에서 만난 유령의 지시대로 비가 억수같이 내리던 밤, 구시가지 쪽에 세워진 다리 교탑에 올라가 다리가 무너지는 이유를 밤새 살펴보았다. 그러던 중 깜박 졸고 말았는데 갑자기 우르르 쾅쾅하는 천둥소리와 함께 다리가 다시 무너져 내렸고 유령이 그의 꿈속에 나타났다.

유령은 그에게 한 생명의 영혼을 빼앗아가는 조건으로 비책을 알려주겠다고 제안했다. 유령은 다리를 수리하고 나서 첫 번째로 다리를 건너는 생명을 자기에게 바치면 된다고 말했다. 유령의 대답을 들은 사내는 천천히 미소를 지으며 좋다고 대답했다. 이렇게 유령의 탈을 쓴 악마와 사내의 계약은 성사되었다. 사실 사내는 기막힌 꾀를 낸 참이었다. 닭을 한 마리 준비하고 있다가 다리를 다 보수하면 맨 처음으로 닭을 다리 위로 지나가게 하면 되겠지 했다. 악마는 사내에게 몇 가지 비책을 알려 주었다. 그중에는 흙과 계란을 섞어 반죽하여 사용하라는 내용이 있었다. 그 방법은 다리 보수공사에 실제로 활용되었다고 한다. 유령이 알려준 비책에 따라 다리는 완벽하게 보수되었다. 사내는 미리 다리 양쪽에 경비병을 세워 아무도 지나가지 못하도록 조치를 해 두었으므로 자신에 찬 미소를 짓고 있었다. 그러나 악마는 이미 사내의 꾀를 간파하고 있었다.

악마는 다리가 완공될 즈음 사내의 집으로 달려가 그의 부인을 찾았다. 부인을 만난 악마는 숨을 고르며, 자신은 당신의 남편을 도와 다리를 공사하는 인부인데 남편이 공사 중에 많이 다쳤다고 말했다. 깜짝 놀란 부인은 신발도 제대로 신지 못한 채 카를교로 뛰어갔다. 당시 사내의 아내는 임신 중이었다. 도착한 아내는 당연히 다리를 지키던 경계병에 의해 제지당했다. 그러나 여인은 자초지종을 말하고 남편의 상태만 알아야겠다고 사정을 했다. 딱한 사정을 들은 경비병들은 길을 내어 주었다. 한달음에 남편이 일하는 다리에 도착한 여인은 남편이 멀쩡한 모습을 보고 매우 기뻤다. 그러나 남편의 얼굴은 사색이 되었다. 사내는 온몸이 얼음처럼 굳는 듯했다.

그날 밤 집으로 돌아온 남편은 수심에 차서 아내에게 한마디 말도 건넬 수가 없었다. 며칠 후 아내는 아이를 낳은 후 곧 세상을 뜨고 말았다.

악마가 아내의 영혼을 데려간 것이다. 자신의 꾀에 넘어간 사내는 괴로워하고 이내 정신을 놓아버렸다. 그러나 절망 속에 희망이 있는 법. 사내의 아들은 무럭무럭 자라 날마다 다리 위에서 엄마의 영혼을 위로하는 진혼곡을 연주하는 악사가 되었다고 한다. 이런 까닭에 오늘날까지도 거리의 악사들이 그 역할을 대신하는 듯 카를 대교 위에서 아름다운 곡을 연주하고 있다.

카를 대교의 또 다른 흥미로운 점은 동양사상인 음양의 조화가 담겨 있다는 데 있다. 블타바 강 위에 최초로 건설된 다리는 1172년에 지어진 유디트 다리였다. 카를 대교의 시조격인 이 다리는 붉은 돌과 나무로 지어진 목조다리였는데 여러 차례 홍수를 거치면서 훼손되었다. 카를 황제는 홍수에도 견딜 수 있는 다리를 건설할 계획을 세웠다. 이 과정에서 황제는 꿈을 꾸게 되었다. 꿈은 홀숫날에 착공해야만 프라하가 번성하고 다리가 안전을 유지할 수 있다는 내용이었다. 이 말에 따라 황제는 실제 135797531이라는 숫자를 조합하여 1357년 7월 9일 5시 31분에 착공할 것을 명령했다. 7월 9일은 토성과 태양이 합을 이루는 날로 서양에서는 토성이 태양의 에너지에 의해 생명력을 주도한다고 믿는다. 마치 동양사상을 보는 듯하다. 앞뒤 구별이 없는 홀수 숫자의 배열도 참으로 흥미롭다. 또 물은 음의 영역이고 홀수는 양의 영역을 나타내는 것이니 동양과 서양의 사상적 교류를 보는 것 같다.

카를 대교와 구시가지는 걷는 재미가 쏠쏠하다. 차창 밖으로 내다보는 '줌 아웃'의 세상도 매력적이지만, 낯선 거리를 걸으면서 '줌 인'해 들어가는 세계는 모든 것이 더 크고, 더 진하고, 더 섬세하게 보였다. 지극히 개인적이고, 평화롭고, 즐거운 개입이다. 세계도 나의 간섭을 마다치 않는다. 걷기 자체가 크고 작은 명상을 부르는 행위인데 그중에서도 강변을 걷는 것은 인도의 명상가 '크리슈나무르티'를 대동하고 개인교습을 받는 것쯤 된다. 이 만큼 마음을 잔잔하게 해 주는 것은 지금까지 없었다.

모든 도시에는 문화와 역사를 상징하는 강이 있다. 성장의 찌꺼기를 삼키고 있는 한강, 오르세 미술관 꼭대기에서 새의 눈으로 바라보았던 세느강, 로마의 사라져 가는 역사를 묵묵히 바라보고 있는 테베레 강, 여기 프라하의 메이플 시럽 같은 블타바 강 등 유유히 흐르는 강물은 현상적으로 시간을 은유하기에 더 없이 안성맞춤이다. 카를 대교에 보슬비가 내린다. 프라하 성(城)의 야경이 블타바 강에 반사되어 수 갈래의 불꽃으로 승화되고 있다. 반짝거리는 수많은 불꽃은 밤새 프라하 성의 풍경을 지켜낼 것이다. 내일 '프라하'의 또 다른 풍경을 기약한다. 프라하 구시가지에 어둠이 살포시 내려와 오래된 건물들의 상처를 부드럽게 감싼다.

프라하(체코)에서의 다음 하루

어딘가를 여행하기 전에 그곳을 배경으로 한 책이나 영화로 예행 연습하는 것을 좋아한다. 동유럽 도시 중에서도 왠지 모르게 체코 프라하가 너무 좋다. 이곳에 오기 전에 프라하의 구시가지와 신시가지의 지도를 외우다시피 여러 번을 보고 또 보았다. 그것은 이 도시와 사랑에 빠지기 위한 구실이다. 사랑은 우연을 필연으로 만들려는 덧없는 몸부림이 아니던가. 그 덧없음에도 불구하고 그것은 세상에서 가장 순수할 수 있는 유일한 감정이다. 카를 대교와 프라하 성(城)의 야경(夜景), 그리고 카프카가 아니었다면 이만큼 프라하를 오고 싶어 했을까.

낯선 도시로 여행을 떠나온 지 8일째이다. 어제는 밤늦게까지 카를 대교, 프라하성의 야경, 그리고 프라하의 구시가지 광장과 주변 소로들의 저녁 풍경을 구경했다. 마침 우리나라 축제와 같은 행사가 있는 날인지 구시가지 광장에는 수십 개의 천막으로 이루어진 간이가게와 관광용 마차들이 즐비했다. 낯선 여행자들과 함께 길거리 가게들을 기웃거렸다. 낯선 풍경과 이국적인 풍물에 매료되어 한참을 가게 앞에 머뭇거린 다음에야 자리를 뜬다. 그리고 프라하의 오래된 골목길을 따라 걸었다. 그 속에서 프라하의 오밀조밀한 일상을 볼 수 있어서 너무 좋았다. 기념품 가게에서부터 즉석음식점, 간이주점 등 축제 분위기를 한층 고조시키고 있었다.

구시가지 광장에도, 오래된 골목길에도, 그리고 카를 대교 위에도 남자, 여자, 그리고 여행자가 있었다. 그들이 낯선 도시 '프라하'를 여행하는 데는 저마다의 이유가 있을 것이다. 낯선 도시여행은 나를 바꾸고 새로운 나를 만든다는 생각이 들었다.

'HOTEL PRAGUE' 밖으로 나온다. 낯선 도시의 새벽 공기가 반갑게 맞아준다. 이른 아침인데도 버스정류장에는 사람들이 전차인 '트램'과 '이중 버스'를 타기 위해 줄을 선다. 사람들의 숨결에서 삶의 역동성이 느껴진다. 버스정류장 옆 구멍가게 앞에는 막 구워낸 빵 한 조각을 사서 가방에 넣고 하루의 힘겨운 여정을 시작하려는 사람들이 서성거린다. 마치 우리 동네 길모퉁이 붕어빵 노점을 연상시킨다. 도시에서의 일상은 어디서나 비슷비슷했다.

운동복 차림으로 그들의 낯선 마을 속 일상으로 들어간다. 비록 묶음 여행이지만 자유여행 같은 나만의 시간을 가져보려고 했다. 짬짬이 자유여행을 통해서 이 도시의 속살을 보고 싶었기 때문이다. 큰길을 따라 걷다가 도로 옆 동네공원으로 들어선다. 우리 일상에서도 흔히 볼 수 있는 도심 속의 공원이다. 공원 안쪽에는 노숙자 한 분이 벤치에 누워 얇은 담요 한 장에 몸을 의탁하고 있었다. 세상 어디든 사람 사는 풍경은 비슷하다. 갑자기 산다는 것이 초라해지고 동유럽여행이 호사스럽게만 느껴진다.

산다는 게 무언지 고민하면 할수록 답에서 멀어지는 느낌이다. 답은 아주 간단하지만 어렵다. 생각해보면 산다는 게 허기를 채우는 것과 다를 게 뭐냐 싶다. 여행하는 것도, 글을 쓰는 것도, 남과 관계를 맺는 것도 결국은 서로 다른 종류의 허기를 채우는 일이다. 여행도 어쩌면 허기를 채우려는 누군가의 부추김에서 비롯되었는지도 모른다. 낯선 도시가 품고 있는 이야기를 보고 들으면서 새로운 세상을 배운다.

나 자신과 인간과 우리의 삶에 대해 여러 색깔의 감정들이 마주친다. 낯선 도시의 민얼굴을 보고 싶어서 여기에 왔다. 그것 때문에 이른 아침에 낯선 거리를 서성이고 있다. 진정 이 낯선 마을 여행을 통해 내가 찾고자 하는 것은 무얼까?

'HOTEL PRAGUE'라는 말이 영화 속의 한 장면처럼 들린다. 호텔 식당 안은 사람들로 붐빈다. 창문 쪽에 자리를 잡고 우아하게 접시에 음식을 담았다. 나도 모르게 접시에는 음식들로 가득하다. 옆자리에 앉은 일본인, 중국인, 한국인들도 내 모습과 비슷했다. 여행자는 항상 허기가 지는 모양이다. 아침을 간단하게 먹든 든든하게 먹든 뭐든 마음껏 먹을 수 있다는 것만큼 행복한 일이 또 있을까?

아침에 봤던 공원 노숙자의 모습이 겹쳐진다. 우리에게 행복은 본디 여집합이다. 감당해야 할 것들을 감당하고 견뎌야 할 것들을 견디고 났을 때 그제야 존재감을 얻는 것 그래서 황송하기 짝이 없는 것이다. 그런데 어떤 사람에게는 그것이 그저 쉽지만, 또 다른 사람에게는 한없이 어려운 것이 행복이라는 것이다.

오늘은 프라하를 떠난다. 묶음 여행을 함께했던 사람들이 하나둘씩 모여든다. 시간이 지나자 현지가이드라는 중년 남자가 버스 앞에 선다. 나이가 마흔쯤 되어 보이는 가이드는 청바지에 가벼운 자켓 그리고 챙이 넓은 모자를 썼다. 그다지 크지 않은 보통 한국 남자였다. 얼굴에는 장난기를 가득 머문 인상을 풍긴다. 현지가이드는 버스에 올라와 마이크를 잡는 순간부터 말이 청산유수처럼 흘러간다. 익살과 재치가 넘친다. 타고난 입담가다. 입속의 혀가 쉴 틈이 없이 말을 마구 쏟아낸다. 지금까지 현지가이드는 대부분 현지유학생이거나 젊은 청년들이었다. 그리고 그들은 일상적이고 업무적인 안내만 하고 자신의 주관적인 생각이나 견해는 일절 말하지 않았다. 하지만 오늘 만난 프라하의 현지가이드는 확연히 그들과는 다른 모습이다. 어쩌면 불혹의 나이가 주는 여유, 그리고 세상을 보는 안목이 넓다는 것을 말해주는지도 모르겠다.

고향으로 돌아와서도 마지막 날 들었던 중년 현지가이드의 말이 오래도록 기억에 남아있다. 그리고 김훈의 『남한산성』이라는 소설에 나오는 우리나라의 가까운 과거 현실과 대비되면서 큰 울림으로 다가왔다. 체코의 수도인 프라하는 유럽의 중심부에 속하는 지정학적인 위치로 인해 수많은 전쟁의 한가운데 있었음에도 이렇게 중세의 건물이 고스란히 보존된 이유는 전쟁에 불리하면 민족적인 자존심 같은 것은 내려놓고 현실과 타협하고 무릎을 꿇었다고 한다. 조상들의 그런 굴복의 대가로 지금과 같이 체코에는 중세건물들이 그런대로 온전하게 보존될 수 있었다고 한다. 만약 나라를 지키기 위해 싸웠다면 많은 건물이 전쟁의 포탄 속에서 파괴되고, 옛날의 흔적들은 거의 찾아볼 수가 없을 수도 있었을 것이다. 자존심이냐? 아니면 생존과 보존이냐? 이런 것이 역사의 아이러니이다. 어느 나라에서든 약소국가에서는 언제든 일어날 수 있는 흔한 일이다.

우리나라는 유독 그런 일들이 많았다. 특히 병자호란으로 나라가 바람 앞에 등불처럼 위기에 처해있을 때 남한산성에서 조선의 왕 인조는 청나라에 굴욕적인 항복 내용을 담은 삼전도비는 우리나라의 슬픈 역사를 보여주는 증표이다. 김훈의 『남한산성』이라는 책을 보면 '의리냐, 실리냐'로 조정이 나누어졌다고 한다. 명과의 의리를 주장한 척화파인 김상헌, 홍익한, 윤집, 오달제 등은 명분을 존중하는 성리학자로서 청의 압력에 즉시 무력으로 응징하자고 주장했다. 청과는 사대 관계를 맺을 수 없다는 파

(派)로 대의명분을 강조한 성리학자들도 있는가 하면, 다른 한편으로는 실리와 내치를 주장한 주화파로는 최명길 등 양명학자로서 명분보다는 현실적인 국제정세와 국가의 실질적인 이득을 중시하고 성리학에 비판적인 입장이었다. 외교담판으로써 청의 침략을 저지한 다음 내정개혁을 통해서 국력을 키우자는 현실적인 자세를 취하자고 했다.

체코의 선조들도 '명분과 실리'라는 그런 고민과 갈등 속에 있을 것이다. 그들이 택한 것은 다른 것이 아닌 후손들에게 어떤 나라를 물려주는 것이 옳은가의 문제였다. 죽을 때까지 싸워 민족적인 자존심을 지킬 것이냐? 아니면 잠깐 굴복을 하더라고 역사적인 건물들을 보존하고 살아남을 것이냐? 하는 문제로 많은 고민이 있었을 것이다. 결과적으로 보면 체코 조상들의 선택이 현명하다고 생각할 수도 있겠지만 상처받은 자존심은 어디에서 보상받을 것인가? 체코인들은 남아있는 구시가지의 많은 유물에서 보상을 받는다고 한다. 그리고 그런 사실에 대해 요즘 체코 젊은이들은 크게 부끄러워하지는 않는다고 했다. 물론 나라마다, 지역마다, 사람마다 관점의 차이는 있겠지만 참으로 뜻밖이었다.

또 한 가지는 현지가이드 말이 고국을 떠나오니 한국이 더 잘 보인다고 했다. 누구나 한곳에 오래 머물러 있다 보면 굳어진 좋지 않은 버릇에 젖어 자신을 똑바로 볼 수가 없다. 생각은 고루해지고 마음은 안이해진다. 하지만 여행을 하다 보면 많은 것을 서로 비교할 수 있는 안목이 생긴다. 어떤 가치가 올바른 가치인지, 어떤 행위가 올바른 행위인지 판단할 수 있다. 여행이나 이민을 통해서 자신이 자란 곳을 잠시 떠나는 이유는 가난, 불평등, 불의 때문이거나 삶의 질과 가치 있는 삶의 방식 등 여러 가지가 있겠지만 결국은 '더 나은 삶'을 선택하기 위해서다.

가이드의 구수한 입담과 함께 버스가 목적지를 향해 나아간다. 가이드가 쏟아내는 말들이 모처럼 우리에게 웃음을 선사한다. 피곤함이 웃음 속에 자연스럽게 녹아든다. 모두 졸리던 감각들이 조금씩 활기를 찾고 얼굴에는 생기가 돋는다. 프라하 성(城) 정문 앞에 위치한 '흐라트차니' 광장에 다다랐다. 오전에는 자유롭게 걸어 다니면서 구시가지 여러 곳을 구경하고, 오후에는 '트램'을 타고 세 정거장 정도 잠깐 체험도 해보고, 오후 4시쯤에 공항으로 갈 것이라고 했다. 하지만 피곤함을 이겨낼 수 있을지 의문이다. 아무리 좋은 여행도 피곤함 앞에서는 속수무책이다.

피곤함은 나에게서 나의 뇌, 나의 심장, 나의 근육에서 나를 밀어내는 그 무엇이다. 이때의 피곤함은 폭력일 수도 있다. 그것은 모든 공동의 삶, 모든 친밀함을 심지어 언어 자체마저 파괴하기 때문이다. 이런 피곤함을 가이드의 유머가 말끔히 씻어준다. 가이드의 유머는 피곤한 여행자의 무디어진 감각을 깨운다. 그때 여행자는 또다시 행동 하나하나에 온 마음을 담아 집중하게 된다. 가이드의 유머는 세상에서 제일 사소한 일을 최고로 진지하게 해낸다.

가이드의 한마디의 말을 지금도 기억한다.

"프라하 성(城)의 관광은 '흐라트차니 광장'에서부터 시작된다. 그래서 이 광장은 늘 사람들이 붐빈다"라고 했던 말이다.

흐라트차니 광장(廣場) 앞에서

'흐라트차니' 광장에서 가장 눈에 띄는 것은 널따란 광장이 모두 조약돌(포석)로 포장되었다는 것이다. 앞서 체스키크룸로프 성(城) 안에서 보았던 것처럼 이 광장도 모두 작은 조약돌로 촘촘히 덮여 있다. 아스팔트 포장이나 시멘트 포장에 비해 운치가 있고 더 듬직해 보인다. 옛것을 아끼고 유지하려는 체코인들의 정성과 노력이 조약돌 하나하나에서 엿볼 수가 있다. 중세 때부터 사용한 이 조약돌 재료를 지금도 도로 개·보수 작업 때 꼭 사용한다고 한다. 넓은 '흐라트차니' 광장을 다 돌아보는 데도 시간이 한참 걸린다.

한쪽에선 음악을 좋아하는 나라답게 거리 악사들의 노래가 울려 퍼지고, 맑은 날씨에 시야도 탁 트이니 멀리 카를 대교와 블타바 강, 그리고 체코 시내가 한눈에 들어온다. 블타바 강을 따라 물결치듯 흐르는 주황빛 풍경을 보는 것만으로도 행복했다. '흐라트차니' 광장에서 프라하의 아름다운 풍경과 거리 악사들의 노래는 힘들고 지친 여행자를 위로했다. 여기저기서 사진을 찍는 사람들로 발을 내디딜 수가 없다. 여기서는 사람과 풍경만 보일 뿐이다. 인종의 색깔이나 국적 따위는 아무런 의미를 가질 수가 없었다. 그냥 여행자만 존재했다. 누구에게나 환하게 인사하고, 다정하게 말을 걸고, 그리고 그냥 반가웠다. 이런 것이 여행의 참맛이 아니겠는가?

여행이란 이처럼 소탈하고 수수한 활동이다. 성당을 하나 더 보고, 그 건물이 바로크니 고딕이니 꽥꽥거리는 것이 중요하지 않다. 물론 그 나름대로 의미는 있다. 아는 만큼 더 보인다. 그것은 명징한 진실이다. 하지만 그냥 순간을 즐기고 싶다. 낯선 도시에서 숨 쉬고 있다는 것만으로도 즐거웠다. 어차피 여행은 각진 다면체 세상을 내 맘에 맞게 이리저리 둥글리는 작업이 아니던가? 날카로웠던 세상의 한구석을 내 두 발로 조금 닳게 하였다면 그것으로 되었다. 공부 잘하는 법, 연애 잘하는 법은 있어도 여행 잘하는 법은 정의상 성립되지 않는다. 여행에서는 치사한 합리화도 허용된다. 그래서 가장 초라한 여행조차 눈부시게 찬란할 수 있다. 나는 그렇게 믿는다.

'흐라트차니' 광장이 있는 프라하 성(城) 안쪽에는 대통령집무실이 있다. 정문 앞에는 두 명의 근위병이 부동자세를 취하고 근엄하게 서 있다. 현재 이들이 입고 있는 파스텔 색조의 제복은 세련되었지만, 예전에 입던 제복은 공산체제의 냄새가 물씬 풍기는 복장이었다고 한다. 제복 디자인이 바뀐 이유는 영화 덕택이란다. 체코 출신인 '밀로스 포만' 감독이 모차르트의 일생을 다룬 영화 〈아마데우스〉를 그가 망명해 버린 고향 프라하에서 찍고 싶었다. 우려와는 달리 조국은 그를 따뜻하게 맞아주었고, 이 영화로 아카데미 일곱 개 부문에서 수상했다. 그 뒤에 프라하를 다시 방문한 포만 감독은 하벨 대통령에게 촌스러운 근위병 복장을 바꾸는 것이 어떻겠냐고 조언했다. 공산주의 체제의 냄새를 없애자는 것이다. 하지만 제복의 디자인이 바뀌었다고 해서 과거 공산주의 시대의 흔적이 완전히 사라진 것 같지는 않았다.

모든 여행자는 그런 근위병의 무표정한 모습에도 아랑곳하지 않고 이들을 모델 삼아 기념사진을 찍느라 분주하기만 하다. 정문 앞에서는 매시간 위병 교대식이 열린다. 정오에 열리는 위병 교대식은 화려한 편이어서 여행자들에게 좋은 볼거리를 제공한다. 하지만 시간상 일정이 맞지 않아 볼 수가 없다. 서울 광화문의 수문장 교대식이 가장 오래된 한국적인 풍경이라면 어느 나라나 위병 교대식은 가장 오래된 그 나라만의 풍경이다. 그래서 여행자들은 이곳을 찾는다.

정문 양쪽 기둥에는 큰 조각상이 버티고 있다. 보기만 해도 소름이 끼치고 위협적인 형상을 하고 있다. 몽둥이를 들고 위협적인 자세로 사람을 내리치는 인물은 그리스 신화에 나오는 거인 타이탄의 형상이다. 오스트리아 합스부르크 왕가가 체코를 지배할 당시 그들의 힘을 과시하고자 세운 것이다. 밑에 깔린 사람들은 체코인을 상징한다. 체코 사람들 처지에서는 치욕스러울 텐데도 왜 조각상을 철거하지 않는지 궁금했다. 그 이유는 후대에 역사적인 교훈을 심어주기 위해서란다. 그래서 비록 아프고 고통스러운 역사의 흔적이지만 남겨놓은 것이라고 했다.

정문 윗부분을 치장한 금장식을 보면 T.M.J 세 개의 영문자가 숨은그림찾기처럼 세로로 겹쳐져 있다. 이 글자는 마리아 테레지아 여황제와 그의 아들 요제프 2세를 의미하는 머리글자로 요세프 2세 때 세워졌다고 한다. 대통령궁 문 위에 걸려 있는 체코의 문장을 보면 체코인들의 기질이 담긴 그림을 볼 수 있다. 두 개의 꼬리를 가진 하얀 사자는 체코를, 파란색 바탕 위의 독수리는 모라비아, 노란색 바탕 위의 독수리는 슐레지엔을 상징한다. 그리고 그 독수리는 합스부르크 왕가의 상징이다. 그 아래 라틴어 문구는 '진리는 승리한다'라고 쓰여 있다. 여기서 말하는 '진리'는 누구 편일까?

체코 사람들은 처음 만나면 근위병들의 표정처럼 무뚝뚝하고 퉁명스러워 보인다. 그 이유는 수많은 전쟁으로 나라를 빼앗겼고, 독립해서도 오랫동안 공산국가 체제의 지배를 받아온 것 때문이다. 그래서 누구에게도 쉽게 정을 주지 않는 습관이 자연스럽게 배어들었다. 하지만 조금만 더 자세히 체코 사람들의 내면을 들여다보면 낭만적인 보헤미안 기질을 숨기고 있다는 것을 알게 된다. 이들은 음악과 시를 즐기며 살아가는 민족이다. 들으면 들을수록 우리나라의 '백의민족(白衣民族)'이라는 말과 잘 어울린다. 처음에는 사귀기가 힘들지만 한 번 마음을 주고 정을 주면 모든 것을 함께 공유까지 하는 한국인들, 수많은 외세의 침입에도 꿋꿋이 나라를 지킨 한국인들, 흰색 저고리와 바지를 입고 탈춤이나 판소리 같은 가무와 막걸리를 즐겼던 우리 민족의 낭만적인 기질과 많이 닮아있다는 생각이 든다.

체코 속담에 '체코인이면 음악인'이라는 말이 있다. 체코 사람이라면 누구나 악기를 잘 다루며, 체코 사람은 음악을 즐기고, 맥주를 즐기는 민족이라고 한다. 체코는 인구에 비해 시집을 많이 출판하는 시인이 많은 나라 중 하나이다. 심지어 희곡작가 출신의 '바츨라프 하벨' 같은 대통령을 두었던 나라이니, 얼마나 낭만적이고 멋진 나라인가? 낭만적인 기질이 한민족을 많이 닮았다.

현재 일부는 대통령 관저로 이용되고 있는 프라하 성(城)으로 들어가면 으뜸으로 치는 건축물은 단연 '성 비투스 성당'이다. 약 1,000년의 세월에 걸쳐 완성된 '성 비투스 성당' 입구에서 가이드의 한마디에 가슴이 벅찼다. 안내표지판에는 11개 나라의 언어로 성당 이름이 표기되어 있는데 그 안에 한국어 표기가 들어있다는 것이다. 정말일까. 한글로 '성 비투스 성당'이라고 맨 아래쪽에 선명하게 보인다. 순간 뭉클했다. 이런 묘한 감정이 여행자들이 갖는 나라 사랑의 마음인가? 한국 여행자들이 많이 찾아오면서 생긴 현상이면서, 동시에 나라의 품격을 짐작하게 만든다고 자랑스럽게 말한다.

'성 비투스 성당'은 너무 크고 높아서 쳐다보는데 고개가 아플 지경이다. 뾰족뾰족한 탑 모양의 기둥이 여러 개 서 있고 약간 검은 빛을 발하고 있다. 그것은 '검은 녹'이라고 했다. 지금은 연차적으로 이 녹을 제거하기 위해 계획을 세워놓고 매년 공사를 한다고 한다. 정교한 기법이 필요해서 여러 나라에 입찰한 결과 지금은 일본 모 회사에서 입찰을 따서 진행하고 있다고 한다. 그들이 얼마나 문화재를 아끼고 사랑하는지 조금은 이해할 것 같다.

이 성당은 926년 '바츨라프'가 원형으로 된 교회당을 처음 짓기 시작하여 현재의 모습을 갖춘 시기는 카를 4세 때인 1344년경이다. 이후에도 끊임없이 개축과 증축을 거듭하여 1929년에 최종 완공되었으니 무려 1,000여 년에 걸쳐 완성된 건축물인 셈이다. 오랜 시기를 두고 지어진 만큼 건물에는 각각 시기를 대표하는 로마네스크, 고딕, 르네상스, 바로크 따위의 건축양식이 고스란히 반영되어 있다. 그래서 '성 비투스 성당'은 프라하의 모든 건축양식을 담고 있는 건축박물관이라고 해도 지나친 말이 아니다.

'성 비투스' 성당의 스테인드글라스 풍경

프라하 성(城)은 세계에서 가장 큰 성(城)으로 기네스북에 올라 있다. 성(城)의 가장 위쪽에 있는 성당의 이름은 시칠리아 출신의 순교한 성인 '비트'에서 따 왔다. 그가 순교하기 전 쇠고랑을 차고 걸어가는 모습이 마치 춤을 추는 듯하다고 하여 춤추는 자들의 수호성인으로 추앙된 인물이다. '성 비투스 성당'이 유명한 이유는 아름다운 스테인드글라스도 한몫한다. 아름답기도 하지만 다른 고딕식 성당보다 스테인드글라스가 많이 설치된 것만으로도 놀랍다.

스테인드글라스에 새겨진 가장 인기가 있는 그림은 체코가 자랑하는 아르누보의 대가 '알폰소 무하'의 '성 치릴과 성 메토디우스'이다. '알폰스 무하'는 아르누보를 대표하는 화가로 체코 사람들이 가장 사랑하는 화가이다. 영국인들이 세익스피어를 자랑하듯이 체코인들은 '알폰스 무하'를 아낀다. '성 치릴과 성 메토디우스' 두 사람은 보헤미아에 처음으로 기독교를 전파한 선교사 형제이다. 색의 마술사라는 명성을 지닌 '알폰소 무하'의 작품답게 그의 작품은 유리에 여러 가지 색으로 화려하게 수를 놓았다. 파란색은 과거를, 금색은 신화적 의미를, 빨간색은 미래를 상징한다. '알폰소 무하'의 작품들은 상당히 장식적이며 마치 만화를 보는 듯하다.

'성 비투스 성당'의 자랑거리는 스테인드글라스뿐만이 아니라 성당 정면 중앙에 있는 장미의 창 또한 빼놓을 수 없는 볼거리이다. 이 유리창을 제작하기 위해 무려 2만7천여 장의 색유리를 사용했다고 한다. 주 제단의 오른쪽 옆에는 은으로 만들어진 카를 다리의 수호성인인 성 얀 네포무크의 묘가 시선을 끈다. 은빛을 발하는 묘 위에 장식된 조각상은 천사들에 의해 천국으로 옮겨지는 승천을 묘사하고 있다. 어둠 속에서 불빛을 받아 은은하게 빛을 반사시키는 정교한 장식은 관람객들의 눈을 사로잡을 만하다. 성당의 내부는 전통과 관례를 깨뜨렸다는 평가를 받는 등 건축사적 의미도 지닌다.

둥근 천장에 있는 갈빗대 모양의 뼈대가 교차하는 새로운 디자인을 도입한 점이 그러하다. 성당 정문 안으로 들어서면 모든 시련을 이겨내고 살아남은 웅장한 기둥들과 난간들이 묵묵히 프라하의 신비로운 역사를 들려준다. 그 사이 스테인드글라스를 통해 스며드는 햇살의 오묘한 분위기는 여행자 자신의 존재마저 잊게 할 정도로 성스럽고 아름답다. 여러 실험적인 건축기법을 선보인 기념비적인 체코의 '성 비트 성당' 앞에 지금 내가 서 있다.

'성 비투스 성당'은 워낙 커서 전체를 다 돌아본다는 것은 부담스럽다. 그래서 보다가 잠시 쉬었다 다시 보기를 반복했다. 한 시간쯤 프라하 성(城)에 들어와서 성당 주변을 걷고 성당을 한참 쳐다봤더니 다리도 아프고 목도 뻣뻣했다. 잠깐의 휴식이 필요했다. 성당 옆에 있는 야외 카페에서 비엔나커피를 마셔 보

'성 비투스' 성당 앞에서

는 기회도 갖는다. 여행은 많이 보는 것보다는 천천히 보는 것도 필요하다. 여유를 가져보자 마치 자신만의 느린 일상으로 들어간 느낌이다.

찻잔에 아롱거리는 4월의 따사로운 봄볕이 너무도 정겹다. 묶음 여행으로 함께 온 동료들과 웃음꽃이 피어난다. 한국에서 무려 비행기로 11시간이나 날아와 세계에서 제일 크고 가장 오래된 성당을 보면서, 그 옆에 있는 야외카페에서 비엔나커피를 마시고 있는 여유가 짜릿했고 왠지 모르게 아늑하고 편안했다.

'쉼표'는 풍경을 익숙하게 만들고 마음을 차분하게 만드는 재주가 있다. 차 한 잔의 '쉼표'을 통해 같은 세상을 다르게 바라보는 재미도 쏠쏠하다. 야외카페에서 쉬면서 한 30분 정도 가이드의 설명은 계속된다. 하지만 무슨 말을 했는지 하나도 기억이 나지 않았다. 다만 가이드 말에 사람들이 웃었던 기억만 남아있다. 하도 말을 재미있게 하는 통에 일행들이 웃으면서 일주일간 여행의 피로감을 말끔히 잊어버리는 듯하였다. 아무튼, 즐거운 시간이었다. 노동보다 쉼을 통해 더 많은 기쁨을 얻는다. 어쩌면 여행도 바쁜 일상 속의 작은 일탈 같은 '쉼표'가 아닐까 싶다.

마지막으로 그곳을 떠나면서 '성 비투스 성당' 전체와 자신의 모습을 작은 스마트폰 카메라 화면에 함께 담을 수가 없을까? 고민하자 가이드는 경험상 스마트폰 액정을 발등 위에 올려놓고 적당한 거리에서 각도를 잘 잡아 찍으면 성당 전체가 나온다고 했다. 그러다 보니 사진 찍는 자세가 유별나고 이상하다. 그런 포즈로 사진을 찍어주면서 모두를 웃게 만든다. 그래도 멋진 사진을 찍을 수 있다는 말에 모두 기이한 자세로 사진을 찍는다. 모두 같은 모습, 같은 재주만 있으면 세상은 얼마나 심심하고 따분하겠는가? 사람마다 다양한 재주가 있다는 것이 참으로 좋다.

이제 프라하 성을 떠날 시간이다. 성(城) 전체를 둘러보는 데는 시간이 턱없이 부족했다. 묶음 여행이라서 찬찬히 둘러보지 못했다. 짧은 시간 동안 눈요기만 하고 가는 것 같아 못내 아쉽지만, '적당한 거리를 유지하면서 그림을 바라볼 때가 그림이 가장 아름답다'는 누군가의 말에서 위안을 얻는다. 세상도, 친구의 만남도, 동유럽의 풍경도 적당한 거리를 유지할 때 가장 아름다운 관계를 유지하는 것이 아닌가 싶다. 짧은 시간에 다 볼 수 없다면 감동의 여운을 여백으로 남겨두고 떠나는 것도 좋을 것 같다. 그 여운이 언젠가 다시 이곳을 찾게 할지도 모르기 때문이다. 프라하 성은 가까이 다가가 바라보는 것도 감동이지만 어젯밤 카를 대교에서 서서 바라보았던 프라하 성(城)의 야경(夜景)은 훨씬 더 환상적이었다.

프라하 성(城)을 나와서 천천히 도로를 따라 걸었다. 마치 시골에서 갓 올라온 사람들처럼 이곳저곳을 기웃거린다. 여기저기 보이는 것마다 온통 낯선 동네풍경이다. 낯선 풍경은 여행자의 마음을 설레게 하는 이상한 힘이 있다. 거리에는 상점마다 작은 간판이 문 위에 걸려 있다. 화려하지도 크지도 않는 간판이다. 오래된 건물의 미관을 훼손하지 않고 조화를 이룬다. 건물보다 큰 간판이 걸려 있는 우리 풍경과는 대조적이다. 우리나라는 건물보다 간판이 더 화려하고 커서 건물의 아름다움을 가리는 경우가 많다.

거리마다 골목마다 오래된 추억으로 넘쳐난다. 고색창연한 건물 사이를 걸어서 구시가지 광장에 다시 이르렀다. 광장 중앙에는 얀 후안 서거 500주년을 기념하여 1915년에 세워진 동상이 세워져 있었다. 보지 못했던 또 다른 풍경들이다.

얀 후안 서거 500주년을 기념하여 1915년에 세워진 동상

동상 벽에는 얀 후안의 사상인 '진실을 사랑하고, 진실을 말하며, 진실을 행하라'는 라틴어의 문구가 새겨져 있다. 이것이 지금의 유럽이나 체코를 지탱해 주는 정신이 아닐까?

구시가지 광장은 같은 공간인데도 어제와는 또 다른 풍경으로 변해있다. 프라하의 상징인 구시가지 광장은 항상 낯선 여행자들로 붐빈다. 마치 서울시청 옆에 있는 서울광장을 닮은 것 같기도 하고, 명동거리와 흡사하기도 했다. 프라하 걷기 여행은 광장 시계탑이 있는 구 시청사 앞에서 시작된다. 광장 한가운데는 한국인에게도 낯설지 않은 얀 후안 동상을 떠받치는 벽이 있다. 이 벽은 드라마 〈프라하의 연인〉에서 자신들의 소원을 담는 쪽지를 붙여놓은 '소원의 벽'으로 소개되었지만 실제로는 없는 가상이미지로 만든 곳이란다. 동상의 주인공 얀 후안은 마틴 루터보다 약 100년 앞서 종교개혁을 부르짖다가 화형당한 종교지도자 정도로만 알고 있다. 얀 후안이 살았던 당시에 지식인들이 종교개혁을 부르짖은 것은 교회가 부패했기 때문만이 아니다. 더 큰 문제는 종교가 아닌 다른 조직으로 변질되었기 때문이다. 교회의 궁극적인 권위는 성경이어야지 교회나 특정 인물이 될 수 없다는 것이 그의 생각이었다.

오늘날 한국의 개신교회는 반면교사로 삼아야 할 것이다. 교회의 궁극적인 권위는 성경이지 특정교회나 인물이 될 수 없다는 '얀 후안'의 생각을 기억해야 한다. 교회 세습, 성직자의 성폭력, 교회의 부동산 투기, 그리고 목회자들의 막말 등 이와 비슷한 언행으로 연일 화제가 되고 있다. 또 종종 일부 목사들이나 종교지도자들은 없는 자의 편에 서지 않고, 있는 자들의 편에 서서 성경을 자의로 해석하는 오류를 범하고 있어서 안타깝다. 우리나라에도 이들을 비판하고 개혁시킬 올바른 지식인이 한 명이라도 나왔으면 하는 바람이다.

짬짬이 자유시간이다. 어젯밤에 잠깐 둘러보았던 프라하의 구시가지 광장, 황금 장식으로 만들어진 틴교회, 오를로이 천문시계 탑, 황금소로라는 골목길, 그리고 프라하 최대 번화가인 바츨라프 광장의 노천카페 따위를 둘러본다. 낯선 도시 프라하의 이국적인 모습을 눈이 시리도록 담고 담았다. 이만큼 고전적인 아름다움을 지닌 곳이 또 있을까? 떨어지지 않는 발걸음을 돌려 시계탑 아래 다시 모였다. 가이드의 설명을 들으면서 프라하 시청과 프라하 대학이 있는 길을 따라가면 카를 4세의 동상이 있는 카를 대교 입구가 보인다.

구시가지 쪽 입구에서 카를 대교로 들어가는 카를 탑

구시가지 여행에서 여행자들이 가장 아름다운 풍경으로 꼽는 것은 카를 대교를 걸어서 블타바 강(江)을 바라보면서 천천히 건너는 것이다. 아름다운 풍경을 보는 일은 좋은 음악을 듣는 것과 다르지 않다. 아름다운 풍경은 사람을 위로해주는 힘이 있고, 사람의 마음을 따뜻하게 만들어 주기 때문이다. 이것은 내가 동유럽에 오고 싶은 이유이기도 했다. 카를 4세가 당시 최고의 토목기술을 동원해 1406년 완성한 프라하의 낭만을 느낄 수 있는 카를 대교는 700년이 되었지만, 아직도 건재하고 그 밑으로는 블타바 강이 유유히 흐르고 있다. 어제저녁에도 건너가 보았지만, 낮에 걷는 것은 또 다른 느낌이다. 이곳은 프라하의 어떤 장소보다도 여행자들이 가장 오래 머무는 공간이다. 다리를 건너는 행위만으로 일상을 벗어나는 해방감을 주기도 한다. 이렇게 다양한 의미가 있는 다리는 과거를 기억하면서도 미래를 지향한다. 고요를 내포하는 동시에 정적을 깨고 있다. 허무함을 드러내면서도 이미 무언가를 창조하고 있었다. 이 다리는 결코 그 무엇에도 귀속될 수 없는 실재하는 그 무엇이었다.

카를 대교 구시가지 쪽 입구를 통해 대략 700년이나 된 과거의 공간으로 들어간다. 오래된 다리 앞으로 야경(夜景)이 아름답던 프라하 성(城)이 보인다. 이젠 익숙한 풍경이다. 다리를 천천히 걸어 30분 후에 멀리 보이는 '맥도날드' 간판 앞에서 모이기로 했다. 카를 대교를 낯선 여행자

카를 대교 밑으로는 유람선들이 여행자들을 싣고 블타바 강을 선회한다.

카를 대교 입구에서 바라본 '얀 네포무크' 상과 주황빛 프라하 성(城)

들과 함께 걸었다. 저녁과는 또 다른 운치와 매력을 발산하다. 지나가는 길목에는 거리의 악사들이 흥을 돋우고, 다리 갓길에는 작은 사진첩이나 그림 같은 소품을 파는 길거리 가게들은 여행자의 호기심을 자극한다. 다리 밑으로는 유람선들이 여행자들을 태우고 블타바 강을 선회하면서 프라하 자신만의 민얼굴을 보여준다. 그 순간 여행자의 마음은 보헤미안 블루가 된다.

수많은 낯선 여행자들이 카를 대교를 건너가면서 반드시 멈추는 곳이 있다. 다리 중간쯤에 세워져 있는 '얀 네포무크' 성인(聖人)상 앞이다. 카를 대교의 수호성인 '얀 네포무크'는 목에 다섯 개의 별을 두르고 있다.

조각상을 떠받친 받침대에는 두 개의 동판이 붙어있는데, 충정을 상징하는 개 한 마리와 성인이 강에 던져지는 모습이 새겨져 있다. 개의 머리를 만지면서 소원을 빌면 소원이 이루어진다는 전설 때문인지 개의 머리 부분이 유난히 반질반질하다. 동서양을 막론하고 무엇을 만지면 소원이 이루어진다는 정서는 언제, 어디서부터, 어떻게 시작된 것인지 비슷한 전승이 있다. 지나가면서 멀리 있는 아들들을 생각하면서 마음속으로 간절히 가족의 건강과 행복을 빌어본다.

많은 성인 가운데서 '얀 네포무크'가 카를 대교의 수호성인이 된 이유는 뭘까? 카를 4세의 아들인 바츨라프 4세가 프라하를 통치할 때 '얀 네포무크' 신부는 프라하 교구를 담당하는 주교였다. 그는 왕비의 고해성사를 들어주는 임무를 겸했다. 어느 날 왕비가 찾아와 자신이 외도했다는 사실을 털어놓게 되고, 이를 왕의 측근인 신하가 몰래 엿듣게 된다. 신하는 이런 사실을 왕에게 즉시 달려가 알리고, 의심 많은 괴팍한 성격의 왕은 신부(神父)를 불러 고해성사 내용을 털어놓으라고 추궁한다. 그러나 '얀 네포무크' 신부는 종교적인 신념을 지키기 위해 왕의 명령을 따르지 않았고, 그 대가로 신부는 혀가 뽑힌 채 다리 아래로 던져져 죽음을 맞았다. 얼마 후 그의 시신이 물 위에 떠올랐는데 다섯 개의 별이 강물 위에서 빛났다고 한다. 석상에 별 다섯 개가 둘린 이유이다. 여기가 카를 대교에서 최고의 경치를 볼 수 있는 자리라고 했다. 카를 대교는 주변의 풍경도 아름답지만, 오랜 역사와 함께 수많은 사연과 아픔 그리고 전설을 품고 있다. 그런 이야기가 있어서 많은 여행자가 프라하를 찾는다.

마지막 여행지를 떠나는 것을 축하해 주듯이 프라하의 하늘은 맑고도 곱다. 프라하에서 마지막은 이곳의 교통수단인 '트램'의 탑승체험이다. 동유럽여행에서는 편리하고 간단한 교통수단으로 '트램'을 권한다. '트램'은 지상을 다니는 전철 같은 것이다. '트램'을 탈 때는 특별히 표 검사를 하지 않는다. '트램'에 오르면 차창 옆에 체크인할 수 있는 기계가 따로 있어서 스스로 해야 한다. 가끔 표 검사를 할 때 차표에 체크인이나 체크아웃이 되어있지 않으면 무임승차로 간주하여 수십 배의 벌금을 내야 한다.

우리나라 여행자들은 모르고 체크인을 하지 않고 타는 경우가 종종 있단다. 그래서 간혹 곤욕을 치른다고 했다. '트램'은 체크인과 체크아웃만 잘하면 시내버스처럼 이동 거리가 짧아 편리하다. 우리는 체크인하고 '트램'에 올라 세 정거장쯤 프라하의 일상으로 들어가 그들의 민얼굴과 마주했다. 우리 일상과 마찬가지로 모두 무덤덤한 표정이고 무기력해 보였다. 사람들이 무기력해 보이는 것은 '남이 바라는 나'로 살고 있기 때문은 아닐까? 하는 생각을 했다. 어디서나 삶은 팍팍한 모양이다.

묶음 여행을 마무리하고 프라하공항에 왔다. 출국 수속을 마치고 이곳저곳을 기웃거린다. 공항은 다양한 인종과 문화가 소란 속에서 뒤섞이고 교차하는 공간이다. 물론 인천공항보다는 협소하지만 많은 볼거리를 제공한다. 이 많은 사람은 어디에서 와서, 어디로 가는 것일까? 먼 옛날부터 사람들은 끊임없이 이동했다. 한 곳에 정착하지 못하는 노마드적인 기질은 모든 사람의 뇌리에 각인된 모양이다. 이렇게 생각하면 나의 동유럽여행도 작은 의미의 노마드적 삶의 징표 같은 것이 아닌가 싶다.

우리는 늘 어딘가의 여행을 꿈꾼다. 일상에서 끊임없이 이어지는 자잘

한 걱정 혹은 견뎌내기 버거운 외로움, 연약하고 다치기 쉬운 그 마음을 보듬고 여행을 떠난다. 여행은 떠나는 것이지만 동시에 다시 돌아오는 것이다. 모든 여행자는 떠날 때는 외적 여행으로 떠났지만 돌아올 때는 내적으로 충만한 모습이 되어 돌아오기를 희망한다. 여행은 돌아옴으로써 끝났지만 그건 원점회귀와는 또 다르다. 여행자는 떠나기 전과는 다른 내면을 가지고 오기 때문이다. 여행자는 떠나서 자신과 다름을 보고, 새로움을 만나면서 좀 더 풍요로운 자신이 되어 돌아오는 것이다. 그래서 여행은 내적 깨달음이고 동시에 충만함이다.

프라하공항에서 한국으로의 귀향(歸鄕)을 위해서 앞으로 11시간이 넘는 긴 시간 동안 3만km 높이의 공간 속에서 홀로 되어야 한다. 이제 올 때와는 정반대로 날아갈 것이다. 깊은 어둠은 한국에 가까워지면 다음 날의 해가 뜰 것이다. 여행은 이처럼 이곳에서 저곳으로, 이 시간에서 저 시간으로 넘어감이다. 올 때의 인천공항도, 갈 때의 프라하공항도 마찬가지이다. 상징적인 횡단의 시발점인 역과 공항의 문턱, 창구, 통로는 늘 붐빈다. 그만큼 다른 공기로 숨 쉬는 기쁨을 맛보고자 하는 낯선 여행자들이 많다는 증거이다. 많은 여행자는 오늘도 그 기쁨을 찾아 여행을 떠난다.

누군가 나에게 묻는다.
사람들은 왜 안락한 집을 놔두고
낯선 곳으로 떠나는 고생을 사서 하는 것일까?

그런데 왜 그것이 기쁨일까?

왜 무거운 배낭을 지고 먼 길을 걷는 것일까?

동유럽의 곳곳에서 볼 수 있는 붉은 지붕, 높은 첨탑, 파란 하늘의 가장자리에서 스러지는 것을 바라보면서 왜 환희를 느낄까?

그것은 여행이 일상에서의 권태와 환멸의 형태로 주어지는 삶의 모욕에 대한 보상이기 때문이다. 그러므로 나는 또다시 떠나리라. 여행을 떠나려는 욕망은 때때로 불가사의하다. 그것은 갑자기 솟구치는 불꽃과 같아서 무엇도 그 욕망의 격정을 잠재울 수 없다. 피할 수 없는 어떤 운명의 계시이다. 여행은 낯선 곳, 미지의 시간을 향한 첫걸음이다. 우리는 이 세계의 편도여행자들인 것처럼 우리 삶도 요람에서 무덤까지 가는 편도여행이라는 일생을 살아가는 것이다.

7일 차_ 여행 정리

19시~22시: 프라하 구시가지 야경 투어

- 구시가지 오래된 중세 풍경보기(0)
- 구시가지 벼룩시장에서 물건 사기(x)
- 오를로이 천문시계 공연 보기(0)
- 카를 대교에서 프라하 성 야경(0)
- 황금소로 카프카의 집 투어(x)
- 크리스털 가게 쇼핑(0)

8일 차_ 여행 정리

6시~7시: 아침 자유시간

- 동네 한 바퀴 마을 들여다보기
- 프라하 동네공원 산책

8시~13시: 프라하 시내 관광

- 흐라트차냐 광장에서 프라하 내려다보기
- 대통령 궁인 프라하 성 관광
- 성 비투스 성당 관광
- 프라하 성 안에서 비엔나커피 마시기

13시~14시: 프라하 시내 관광

- 구시가지 한 식당에서 등갈비와 맥주 먹기

14시~16시: 프라하 시내 관광

- 카를 대교 건너보기
- 쇼핑하기
- 트램 타보기

16시: 프라하 공항으로

은퇴하고 나서 새로운 습관이 하나 생겼다. 아침에는 누군가의 책을 보고, 좋은 글을 읽고 옮겨 적으며, 그 글을 통해 마음을 비쳐 본다. 그런 행위를 통해 글을 배우고 심신을 단련하고, 그 안에서 크고 작은 깨달음을 얻는다.

오늘도 나는 글을 쓴다. 나에게 글쓰기는 자신을 밖으로 드러내는 것이 아니라 철저하게 내면을 들여다보는 계기가 된다. 글 속에서 나를 들여다보고 오랫동안 잊고 살았던 '진짜 나'를 찾아간다. 그리고 서서히 나를 넘어선 그 무언가에 도달하고 싶다는 희망을 품어본다. 은퇴 후 나에게 글쓰기는 '나의 자화상'을 그리는 행위와 같다. '좀 더 나은 삶'을 살아가기 위한 몸부림 같은 것이다.

종일 탁탁거리는 컴퓨터자판기 소리가 방안에 울린다. 일명 '독수리 타법'으로 글을 쓰는 소리이다. 내가 글을 쓴다는 것은 글을 쓴다기보다는 자판에 있는 자음과 모음을 번갈아 치는 행위라고 해야 옳다. 자음과 모음이 합쳐져 한 글자가 되고, 그 글자는 요술처럼 모니터에 나타난다. 그 순간이 너무도 신기했다. 마치 내 머릿속에 들어있던 온갖 기억들이 밖으로 불쑥불쑥 튀어나오는 듯했다. 은퇴 후 용기를 내서 초짜 여행기를 쓴지 어언 6년이 되어간다. 그리고 이제야 마무리를 하게 되었다.

다녀온 여행에 대한 기억과 감정을 기록하는 일은 '망설임들'의 연속이고, '단어의 어색함'과 만남의 반복이다. 이 단어와 저 단어, 이 문장과 저 문장 사이의 줄다리기가 끝없이 이어진다. 어제의 생각과 오늘의 생각이 충돌하는 순간 끝없이 쓰고 지우고, 지우고 쓰고를 반복한다. 어떤 말을 어떻게 써야 할까를 결정하기 위해 끊임없는 마음의 줄다리기가 계속된다. 길고 긴 줄다리기 끝에서 선택된 단어들은 저마다 자기만의 풍경을 갖고 있다. 그 풍경은 비슷해 보이지만 자세히 보면 시시때때로 변하고 있다. 그 풍경을 바라보는 사람의 마음이 계절에 따라 다르고, 어제와 오늘이 다르고, 아침과 저녁이 다르기 때문이 아닐까?

수많은 '망설임들' 속에서 한 단어를 선택하고, 단어와 단어의 순서를 결정하고, 문장의 위치를 바꾸는 작업이 마무리된다. 마지막으로 문장과 문장의 행간을 띄우는 작업을 마칠 때쯤이면 자판의 엔터키는 기능을 조금씩 상실해 간다. 그렇게 '망설임'들과 '단어의 어색함'으로 꽉 채워진 시간들이 흘러간다. 그리고 동유럽여행의 마지막 '여행 후기'를 쓴다. 이게 나을까? 저게 나을까? 거기서 막 빠져나온 나에게 그런 동작은 이젠 낯설지 않았다. 무의미의 반복에서 의미를 길어내고, 무모의 시간을 버티면 마음은 아름다운 풍경으로 가득 채워진다.

여행을 다녀와서도 유난히 동유럽 도시풍경이 그리운 이유는 한마디로 낮에는 주황색 지붕의 차분한 빛깔과 그 사이를 흐르는 강물의 푸른 표정이 좋고, 밤이 되면 더 예뻐지는 빛의 공간이 만들어지기 때문이다. 그래서 생각만 해도 기분이 저절로 좋아진다. 낮에는 중세의 고풍스러운 빛깔의 건물들이 어스름한 저녁이 찾아오면 동유럽 세상은 온통 황금빛으로 변해간다.

체코의 블타바 강을 채워 넣는 프라하 성(城)과 카를 대교의 불빛도, 부다페스트의 다뉴브 강을 물들이는 세체니 다리와 국회의사당, 그리고 부다 왕궁도 절정의 매력을 발산해 낭만적인 하루의 끝을 보여준다. 빛의 축제인 '루미나리에'를 연상시킨다. 주변의 풍경과 어우러지는 고풍이 배어있는 동유럽 건축물이 주는 것은 자연스러움과 은은함이다. 그래서 아내와 함께했던 동유럽 도시풍경이 오래도록 추억으로 남아있다.

'독수리 타법'으로 글을 쓰는 것은 천천히 작은 숲길을 산책하는 기분이다. 느리기 때문에 생각이 많아진다. '되새겨보고 싶음'을 부추긴다. 그래서 독수리 타법이 좋다. 비록 조금 느리지만 타법을 바꾸지 않을 생각이다. 탁탁거리는 소리가 경쾌하게 방안에 울려 퍼진다. 모니터에 깜박이던 커서가 느리게 움직일 때마다 자음과 모음들은 나타나고, 그것이 조합을 이루어 한 글자가 되고, 하나의 단어가 되고, 한 줄의 문장이 되어 결국은 한 권의 책으로 모인다.

마치 '세수대강(細水大江)'이라는 말처럼 한 방울 한 방울 미세한 빗물이 서서히 모여들어 작은 시냇물이 되고, 강물이 되고, 바다를 이루듯이 느리게 움직이는 모니터의 활동은 신기했다. 이것이 은퇴 후에 맞이하는 새로운 하루의 풍경이고 즐거움이다.

낯선 도시풍경을 찾아 떠나는 여행은 늘 꿈을 찾아 떠나는 것이고 거기에서 행복을 느껴가는 또 다른 인생이다. 나이 듦이 서글픈 것은 감동이 점차 줄어든다는 것이다. 새로운 것에 도전하기 싫고, 자극받는 것을 꺼리며, 변화를 원치 않고 타성이 젖어간다는 것이다. 반복적이고 무신경적인 생활로부터 뛰쳐나와 할 수 있을 때까지 삶의 무한한 의미를 찾아가며 살아가는 것 중의 하나가 낯선 나라, 낯선 도시, 낯선 곳으로 풍경여행을 떠나는 것이 아닐까 한다.

처음으로 써 본 동유럽여행기를 마지막까지 최선을 다해 썼다고 생각하지만, 볼 때마다 최선을 다했는가? 하는 미련이 남는다. 그럴 때 최선을 다하지 못한 자신을 탓하고 실망하기보다는 준 최선을 지속하며 때때로 힘을 보태 최선으로 나아갈 가능성을 마련하는 것이 더 나았다고 생각했다. 일상을 긍정하면서도 변화의 여지를 탐색하며 무겁지 않은 한 걸음을 내딛게 하는 것이 더 나았다고 생각하면서 여기까지 왔다.

나이가 들어가면서 자신이 평범한 보통사람이라는 사실을 자연스럽게 알게 된다. 타고난 재능 같은 것은 어쩌면 없을지도 모른다. 그러면 어떤가? 내가 하고 싶은 일이고 좋아하는 일인데. 혹여 생각과 달리 어이없는 글이 되었더라도, 문장 속에 맞춤법이 몇 번 틀렸더라도, 내가 찍은 풍경사진 속 사물들의 비율이나 명암이 이상하더라도, 책의 내용이나 짜임새가 조금 허술하더라도 나는 그 결과물을 사랑할 준비가 되어있다. 바로 이런 것이 '최선을 향한 준 최선'이 아닌가 싶다.

마지막으로 이 책을 출판하도록 도와준 우리 가족 최광례, 김록, 김미현, 김현승과 이 글을 교정해주신 엄성엽 샘에게 고맙다는 말을 전하고 싶다.

2022년 9월

오룡산 자락 남악에서 기ㅁ조ㅇ호